諭吉の愉快と漱石の憂鬱

竹内真澄

花伝社

『諭吉の愉快と漱石の憂鬱』◆目次

はじめに

福沢諭吉と夏目漱石。現代日本人にとって、二人は有名人である。諭吉は現在も一万円札の肖像であるし、かつては漱石だって千円札の顔だった。二人とも教科書に名前や作品の一部が出てもいる。両者の名文句は数知れず、代表作も文庫や新書で容易に入手できる。知名度は抜群で、明治の偉人であるというイメージは定着している。だから、あらためて書くほどのことは皆無のように思われるかもしれない。たしかにそれぞれの人物に関しては、すでに大量の研究があって、論じつくされた感無きにしもあらずだ。けれども、両者の関係とはいったいどのようなものだろうか。踏み込んで二人の思想を対照させてみようとするとたちまち像はぼやけてくる。明治の偉人という漠としたイメージを揺さぶって、もう少し奥行を見ようとすると、実は何も知らなかったことがわかってくるのである。

このことと関わっているのだろうが、両者を対照する研究にはあまりお目にかかったことがない。これはある意味で不思議なことだ。

いま対照と言ったが、二人が、どういう家族環境で育ったか、どういうふうに時代と向き合ったか、どういうふうに人間形成をしたか、物事をどのようにつかんだか、未来をどのように展望したか、要するにどういう思想的個性の持ち主であるかを考えていくと、両者はまことに好対照、むしろ好敵手といったほうがよさそうである。

諭吉は漱石よりも三二歳年長である。両者は、いわば親子ほどに違うのである。諭吉が日本近代化の開拓者であるとすれば、漱石は日本近代化批判の開拓者である。この意味で、諭吉と漱石は日本人の心の深いところにある二つの魂である。二人の人気がずばぬけて高い理由は、それぞれの才能が優れているとか、物事の見極めが鋭いとか、あるいは名文家であるとかという以上に、二人に接することで私たちが自分自身の魂の奥に潜む深い層に入っていけるからであろう。二人が好きであるという人々は、二人を通じて自分の「諭吉的側面」を見たり、あるいは「漱石的側面」を見たりすることで、つまりは自分をつかめそうな気持になるのではなかろうか。言い換えると、二人「を」理解したいということ以上に、二人「で」世界と自分の関係を理解できる、というのが人気を支えている根本なのではあるまいか。

もしこういうことが言えるとすると、二人を知ろうとする動機は、自分を知ろうとすることに密接に絡んでいるから、ますます無関心ではあり得ず、たえず深まるにちがいない。諭吉と漱石「で」自己を探求できるはずだという確信はますます強化されるため、人々は二人から容易に離れられないわけである。本当の意味での人気者というのは大概そういう人を指すものなのである。

私はこの本で二人を比較して論じる。このことをつうじて私は二人「を」正しく知ってほしいと考えているのではない。むしろ、あなたのなかの好対照、あなたのなかの好敵手に気づいてほしいと願っているのだ。たとえば、同一の物事について、諭吉がYESと言うなら、漱石はたぶんNOと言うことが多い。しかし、その理非にかんして両者ともに深い根拠を持って論じている。するど、比較対照を通じてあなたの魂の奥底にある好対照や好敵手が照らし出されてくることになろう。最終的にはあなた自身が一定の結論を主体的に選ばねばならない。だがその場合、両者の深い好対照と好敵手とを踏まえたうえでしか物事の是非を語れないようになるにちがいない。この意味で、あなたは必ずや一味違う人間になってしまうのである。結論がたとえ昔通りであったとしても、今述べた比較対照の濾過を踏まえたものとなってしまう限り、内容的には過去の自分を一段上回ることになるだろうと思う。

二人がともに明治の偉人であるという枠でくくられてきたこと自体は妥当な評価である。しかしそれだけならちっとも面白くない。奥行きのある思想の個性へ降り立つと、諭吉と漱石は、まったく逆の方向から事柄に迫った好対照の好敵手である。このことを解明したい。

個人的な事情をさしはさむと、私は元は諭吉について賛同する側にあり、漱石については懐疑的だった。だがこの著作を準備する過程で、予想以上に漱石の重みをずっしりと感じるようになった。いまも両者が凄い人だとは思うが、軽重の基準は変わった。

諭吉を「富国強兵路線」であるとすると、漱石を「自己本位路線」と呼べるであろう。これまでの日本では私たちのリアルな課題は、まず諭吉に学び、思想と行動を諭吉的なモードに同調させることだった。だからこそ、明治以降の急激な近代化が立ち上がり、達成されえたのである。

これにたいして漱石は状況を憂慮して、このまま行けば日本が「滅びる」と警告した。警告が発せられたのは二〇世紀はじめのことであった。しかし、その声は、諭吉を主体的に受け容れた人々がつくる怒涛のようなうねりに比べるとずっと小さかった。近代日本において、諭吉的に物事をつかむことが漱石的にそうすることを凌駕してきたと言わざるを得ない。現実を作ってきた者の強みは否定できない。この枠内で両者を見るかぎり、漱石の価値はかすんでしまうだろう。

しかし果たして現実を作ってきた者は本当に偉いのだろうか。諭吉のセットした路線に沿って大方の日本人はひた走り、一九四五年の大敗を迎え、深い傷を負ってしまった。廃墟のなかに取り残された日本人は、ふたたびスタートラインに押し戻された。そして戦後新しい価値を選ぶべき課題に直面した。この機会にあたって、漱石の警告を想い出すべきであったのだ。ところが戦後日本人は警告を忘れたままだった。忘れた心の隙間を埋めたのは、またしても新型の諭吉モードなのだった。新型諭吉モードは「富国強兵」から「強兵」を取り除いた「富国路線」（経済成長路線）であった。

一回目に間違ったのは、西洋と敵対したからだと多くの日本人は判断した。諭吉は西洋にくみするべしと教えたはずなのにそれを逸脱したのだ。それゆえ新型モードは、西側の一員となって、具体的にはアメリカの力の傘の下で「富国路線」を採るのがよかろうと考えたのだ。これこそが「豊かな日本」の起源となった。

新型諭吉モードによる経済成長路線とその成功は、案外長かった。成長の上下があり、オイルショックも起こり、さらにバブルもあった。それでもまだ惰力でいけそうな気配も残っていたのである。これがいよいよ怪しくなってきたのは一九九五年ごろからだ。経済成長を支えた企業の正社員を減らす財界の方針変更が発表され（日経連『新時代の日本的経営』一九九五年）、同じ頃沖縄で米兵少女暴行事件が起こった。格差社会の起点が定められたこの年に、偶然が重なるように、一〇万人県民の米軍基地縮小を求める声は、本土まで揺さぶるほど大きくなった。それを未解決のままに右往左往しているうちに二〇〇一年の9・11事件が起こり、二〇一一年3・11の福島原発事故が起こった。

これらの一連の事態は、新型諭吉モードを選択したことが本当に正しかったのかどうかを問いかける深くて暗い闇である。新型諭吉モードにたいして、漱石の「滅びる」との予測を引き継いだ者が戦後皆無だったわけではない。しかしこの警告の声も無視された。「沖縄」と「フクシマ」は歴史的には同一の岩盤から吹き出したものだった。アメリカの傘の下で富国路線を進む深い岩盤の亀裂から事態は発生していたのだ。

総じて新旧二つの諭吉モードは、いずれも自分自身の生命を窮屈に締め付けつつある。だが、これらのモードは肉体に食いついて容易に離れない。3・11後の今、こういう痛切な感覚が静かに湧いてきているのが実情ではなかろうか。感覚は、しかしまだ十分な意味で思想ではない。漱石ならば、戦後日本人の感覚と思想の分裂を「無意識な偽善」（『漱石全集』㉕二九一頁）と喝破するのかもしれないのだが。

「無意識な偽善」は「無意識」であるがゆえに、気づかれない。にもかかわらずこの「無意識」を「偽善」として意識する以外に覚醒もない。二人の思想を比較して考察することは、無意識を意識化するための方法であってほしい。我々は、長らく「アメリカの傘の下の富国路線」を享受し、しかもまたこの岩盤が亀裂によって液状化する様を見てしまった。こうした事件のあとで諭吉と漱石を対比するということは何を意味するのか。それは結局のところ、日本近代化総体を魂の奥の思想的モメントの競合として把握し、その深淵を覗くものでなければならないであろう。

Ⅰ　生い立ちゆえ

1　〈譜代下っ端侍〉と〈没落名主〉

世代の差と漱石の無視

諭吉は漱石より三二歳年上である。二人は親子ほど離れているわけだ。夏目漱石（一八六七〜一九一六）が『吾輩は猫である』（一九〇四年）でデビューした頃、福沢諭吉（一八三五〜一九〇一）はすでにこの世の人ではなかった。だから『福沢諭吉全集』には漱石への言及が一箇所もないのは当然である。直接の関係ではないが、漱石がロンドン留学中の一九〇一年三月、グラスゴー大学の日本語の試験委員に任命されたことがあった。日本人の受験者中に、福沢三八《さんぱち》（福澤諭吉の三男、一八八一〜一九六二）、岩崎秀弥《ひでや》（岩崎弥太郎の二男、一八七九〜一九一二）の名前があった。漱石はこの仕事をして俸給四ポンド四シリングを得た（荒正人『増補改訂　漱石研究年表』二八二―三頁）。同年二月三日に諭吉は死去していたから、息子の受験の出題者が漱石であることを知る由もない。

だが、漱石のほうは福沢家と岩崎家の息子の英国留学の動きをこの時知った。採点結果はどうだったか。これを念頭においたものと思われるが漱石は後にこう述べている。「金持チノ馬鹿息子ガ大学ヲ卒業シテ留学ヲスレバ、貧乏人の頭脳アル青年よりモ（えラク）ナルナリ」（『漱石全集』⑩一八二頁）。

漱石はあるところで「維新の当士（闘士のことか）勤王家」を賞賛したことがある（㉒書簡695）。「いやしくも文学を以て生命とするものならば単に美というだけでは満足出来ない。丁度維新の当士勤王家が困苦をなめたような了見にならなくては、駄目だろうと思う」。漱石は何よりも文学者たる気概を述べているのだが、明治維新に関しても高い評価を下していると見てよかろう。

ここに言う「闘士勤王家」のなかに諭吉は含まれないが、それにしても明治近代化を牽引した「大恩人」とも評される諭吉について何か書き残したものはないのであろうか。期待に反して、漱石はまったく諭吉に触れていない。『漱石全集』には諭吉のゆの字もない。こうして、近代日本人の運命について深く考察した二人の間には、何の討議も、批評も、否すれ違いさえないのだ。

ただ漱石にヒントのようなものがないわけではない。一九〇六年（明治三九年）の断片三五Bに書いている。「モシ真ニ偉人アッテ明治ノ英雄ト云ハルベキ者アラバ是カラ出ヅベキナリ。之ヲ知ラズシテ四十年ヲ維新ノ業ヲ大成シタル時日ト考ヘテ吾コソ功臣ナリ模範ナリ抔《など》云ハヾ馬鹿ト自惚ト狂気トヲカネタル病人ナリ。四十年ノ今日迄ニ模範トナルベキ者ハ一人モナシ。吾人ハ汝等ヲ模範トスル様ナケチナ人間ニアラズ」（⑲二四〇頁）。「明治ノ英雄」というのは、「四十年ヲ維新ノ業ヲ大成シタル時日ト考ヘテ」ということであるから、幕末の偉業を達した英雄を指すのではなく、維新後四〇年の近代化を牽引したリーダーのことである。諭吉は当然このなかに入ってよさそうに見える。ちなみに諭吉自身「暗に政府のお師匠様たりしことは故老の今に忘れざることなり」と人に向かって放言したと伝えられる（小泉信三「日本の近代化とアジア」、『福澤諭吉全集』①付録、二頁）。

このことを知って漱石は、リーダーたちを「病人」と断じたのであろうか。諭吉の死後五年の時の発言である。これを見る限り、漱石の「模範」の人物リストに諭吉がノミネートされる余地はほとんどない。漱石はかなり挑戦的な、反時代的ともいうべき明治近代史像を抱いているらしいのである。

事実の上での両者の交際が皆無であるからと言って、二人の思想を対照する作業が不可能であることにはならない。むしろ漱石の剣幕には、ただごとならぬ緊張がみなぎっている。そこに、氷山の下の思想的な暗闘があるかもしれない。まずは生い立ちの対照性から見ていくことにしよう。

諭吉の生い立ち

『福翁自伝』（一八九九年、⑦、以下『自伝』と略記）によると、諭吉は天保五年（一八三四年）一二月一二日に大阪で生まれた。新暦では一八三五年一月一〇日となる。父は百助《ひゃくすけ》、母は於順《おじゅん》といった。父百助は、現在の大分県中津市周辺を領有する譜代大名中津藩の下級士族で、大阪の藩倉屋敷で財務関係の仕事をしていた。譜代大名ということは幕藩体制を支える側だということで、薩長のような外様とは違うということである。大阪藩屋敷勤務が長かったので、この間に五人の兄弟が皆大阪で生まれた。諭吉は末っ子であった。

諭吉一歳のとき、百助は四五歳の若さで病気で死んでしまった。このため、諭吉家族は中津に帰らねばならなくなった。母於順はシングルマザーになった。長らく大阪風の流儀で暮らしてきた母や上の兄弟たちは大阪弁でしゃべった。このため中津の田舎の風習になじめず、孤立していたという。諭吉も、親戚や地域の子どもと外で遊ぶことも少なく、木に登ったり泳いだりしたこともなかったほどだ。

それでも一四、五歳の頃、諭吉は伝統に従って儒教の塾に通い始めた。才能があったために、あっという間にトップにたち、関係書をことごとく読破し、面白いところは暗記するほどであった。晩年の諭吉は、荻生徂徠を「日本髄一世界的大漢学者」と激賞したと伝えられる（伊藤正雄「赤穂義士論と楠権助論の由来について」、⑩付録）。諭吉は朱子学を嫌い、徂徠の合理主義を学んだようである。

こまめな諭吉

諭吉は勉強だけの秀才ではなかった。諭吉は生来の手先の器用さを活かして、大工仕事、履物の修繕、障子の張替えなどをやって得意であった。刀剣の細工などからすすんで金物細工などもこなすようになった。うまい具合に近所の下級士族の中に職人ばりの工作名人がいて教えを受けたという。

つまり、福沢家のような下級士族には、家計のやりくりのために職人仕事を自力で行わざるをえない事情があった。下男や下女にまかせてふんぞり返っているほどの身分ではなかったのであろう。諭吉の母はとても厳格な気位の高い人だったらしいが、それでも息子が様々な手作業を好んで行うことを叱ったりしていない。叱るほどの余裕はなかったのかもしれない。諭吉は、外で友達を作らない分、家の中であれこれ工夫して家事を手伝い、かえって重宝がられていたようだ。ここに下級士族の思考の中に実学的な活動が紛れ込む根拠があった。

下級武士は身分上は武士ではあっても工商に近しい生活感覚を部分的に持っていたようだ。武士である以上大方は下の身分を蔑んだであろうが、諭吉の父母は下等社会の百姓町人、乞食、えたと平気で付き合うことを悦ぶ人柄であったらしい。諭吉自身、父母の性質を受け継いで「町人百姓に向かっても、仮初にも横風に構えてその人々を見下して威張るなどということはちょいともしたことがない」（⑦一四〇頁）と言っている。また中津時代に、少年諭吉は何になるかと兄に問われて「まず日本一の大金持ちになって思うさま金をつこうてみようと思います」（⑦一六頁）と応じたという。

兄は同じ家にいながら諭吉の金銭的合理主義をまったく理解できなかった。おそらく兄の方が武士的である。上級武士たちは商売や金を下賤なものと忌み嫌い蔑視したので、下級武士の一部にもそれは浸透したのだが、諭吉はそれをまぬがれていたのだ。

幕府による近代化論者としての諭吉

だが諭吉にも兄と同様の面がなかったわけではない。譜代中津藩内の俊英である以上、諭吉は幕藩体制の内部で洋学派になっていくほかに道はない。自身でも蘭学に見切りをつけて英学に切り替え、うまい具合に一八六〇年（万延元年）咸臨丸による渡米のチャンスを握った。もし諭吉が外様大名の下級武士であったならば咸臨丸に乗り込めるはずはないが、中津藩は小なりとは言え譜代大名である。地の利を得ての大抜擢であった。そもそも咸臨丸渡米の目的は何であったか。日米修好通商条約（一八五八年）の批准である。諭吉は随員でしかないが、代表団は皮肉なことに明治が「一国の独立」の障害物として取り除くべき不平等条約（裁判領事権、関税自主権、片務的最恵国待遇）を仕上げに行ったのだ。

一八六二年（文久二年）使節団の一員になって諭吉の欧米視察の頻度は当時のトップクラスに及んだ。幕府側のメンバーであるからこそ欧米を知りえたわけだが、欧米を知れば知るほど身分制の頂点を占める幕府の無意味を思わざるを得ない。開国をいやいや決意したのが幕府であるという矛盾は多少なりとも諭吉にとって重荷になった。

つまり幕府側に属することと近代化的知識人であることの二重性を諭吉は抱えていた。幕府の思考枠組内部にいる限り諭吉はこの二重性に容易に決着をつけることができなかった。一方で、「人々の智愚賢不肖に拘わらず、上士は下士を目下に見下すという風が専ら行われて、私は少年の時からソレについて如何にも不平でたまらない」（⑦二一二頁）、という一種の近代的な感性をもち、加えて欧米視察を通じての近代体験を積んでこの感性に磨きをかけていくのであるが、他方で幕府側の政治イデオロギーの縛りにからめとられてもいたのだ。諭吉は、ともすれば公的な発言をする場面でコチコチの身分制擁護派になることさえあった。前者は近代知にかかわる側面であるが、後者は封建的な側面であって、それらを統合できていないのである。諭吉は、心中これらを同居させたまま、維新直前まで幕府側にたっていた。

諭吉は攘夷派を倒すべしと進言する

一八六六年（慶応二年）「御時務の儀に付申上候書付」に諭吉の幕府側イデオローグとしての実像が垣間見える。そこで諭吉は、尊王攘夷勢力を「浪人」と罵倒しつつ、徳川家の洋式武装化を懇願した。「平生その身に不足これある者ども、人気の騒ぎだちそうろうを折りといたし、みだりに鎖国攘夷など申す儀を唱え、……誠にもって恐れ多き儀に御座候」と攘夷派をかなり権威主義的に牽制した。自分は開国派であり、幕府による開国は正しい、これにたいして勤王派の鎖国攘夷は困ったものだと考えるのである。さらに第二次長州征伐の時「長州再征に関する建白書」（一八六六年、⑳）という論文を書いた。このなかで尊王攘夷説の趣意は「天子を尊候にても無之、外国人を打払候にても無之、唯活計《かっけい》なき浮浪の輩、衣食を求候と、又一には野心を抱候諸大名　上の御手を離れ度と申姦計の口実にいたし候迄の義にて、其証跡顕然につき、別段弁明仕候にも及ばず候義に奉存候」（⑳七頁）、長州再征伐は「千古の一快事」「御英断」であると進言した。

維新までわずか一年半というところまで迫っていたにもかかわらず、諭吉は幕府による近代化＝開国政策を支持している。返す刀で幕府の長州征伐を素晴らしいですねと持ち上げ、長州の者どもは暮らしに困ったはぐれ者にすぎず、お上に逆らう不届者ですから、懲らしめてやりましょうと進言する姿は幕臣とはいえ、体制べったりである。諭吉の状況認識にもバイアスが感じられる。長州は馬関戦争（一八六四年）をへて西洋の強さを知って、急速に態度を変え、開国倒幕派へと変化しつつあった。薩摩も薩英戦争（一八六三年）によって開国の必要を悟った。薩長が倒幕開国派へと変身することは幕臣である諭吉の認識には入りにくい。このような歪みをもちつつ諭吉は長州の尊王攘夷論をはねつけ、体制派イデオローグとしての役を買って出るような立場をとった。

当時最初の渡米から六年も経った頃であったから諭吉は十分に欧米の近代化の威力を認識していたはずである。知と権力の相克も多少なりとも感じていたはずであるけれども、この段に至っても徹底した幕藩体制の擁護者であった。『自伝』には「私は幕府の用をしているけれども、如何なこと幕府を佐《たす》けなければならぬとかいうようなことを考えたことがない」（⑦一三三頁）と書いている。けれども、これは自身の長州再征伐の進言とは甚だしく異なる。『自伝』は佐幕派であった事実を実態よりも小さくしたかったようだ。

諭吉は最大のワシントン・ショックには触れず

目立つのは、諭吉自身が内心最も驚いたことについて渡米当時、一切書いていないことである。諭吉の『自伝』で最も印象的な記述は、第一回渡米のとき「理学上のことについては少しも胆を潰すということはなかったが、一方の社会上のことについては全く方角が付かなかった」（⑦九五頁）というところである。渡米の筆頭にあげた思い出は「ワシントンの子孫如何と問う」の箇所である。諭吉はこう書いている。

「私が不図胸に浮かんで或人に聞いて見たのは外でない、今華盛頓《ワシントン》の子孫は如何なっているかと尋ねた所が、其人の云うに、華盛頓《ワシントン》の子孫には女がある筈だ、今如何しているか知らない。」

「是れは不思議だ。勿論私もアメリカは共和国、大統領は四年交代と云うことは百も承知のことながら、華盛頓《ワシントン》の子孫といへば大変な者に違ひないと思うたのは、こっちの脳中には源頼朝、徳川家康というような考えがあって、ソレから割出して聞いた所が、今の通りの答えに驚いて、是れは不思議と思ふたことは今でも能く覚えて居る。」（⑦九五頁）

これはおそらく渡米中の最大のショックの一つだったはずである。アメリカ体験の核心にワシントン・ショックがあり、これが身分制の存立の根幹にかかわる問題であったことは明らかである。つまり封建佐幕派的側面とアメリカ的近代論の間に鋭い緊張関係を感じずにはおられなかったはずである。『西洋事情初編』(一八六六年、①)にもアメリカの選挙制度を論じた部分がある。しかしこの選挙制度記述はきわめて即物的な記述であって、諭吉の「門閥制度は親の敵」(⑦一一頁)という後に有名となる批判を表沙汰としない範囲に制限されていた。

それはなぜか。書けなかったし、書くべきでもないと思われたからである。諭吉は、長州征伐の進言をした建白書(一八六六年七月)に注記として写本『西洋事情』を幕府上役に読んで欲しいと求めている。写本『西洋事情』とは初編を指すわけだから、むろん諭吉は幕府による近代化を求めたかったのだ。しかし幕府による近代化には決定的な点でおのずから限界があった。幕臣として徳川二六〇年の身分制を壊すことだけは書けない。だから幕府による近代化を支持する諭吉は、ワシントン・ショックを心中に隠して、アメリカの政治社会制度をきわめて即物的に記述するしかなかった。幕府は本書から身分制度に抵触するもの以外の技術や軍事面の近代化をつまみ食いすればよいのだ。幕藩体制崩壊後、『自伝』(一八九九年、⑦)を書く頃になって初めて諭吉はワシントンの家族のことを書いたのである。

この意味で諭吉が徹頭徹尾一貫した近代化論者だというふうには考えられない。いろいろな顔を使い分け、機会主義的に動いている。『西洋事情初編』で任期制のアメリカ大統領制度を紹介する一方で諭吉は長州浪人を蔑み、幕府権力の正当性を訴える身分制論を展開していたのであった。

勤王開国派の登場を読めず

幕末一八六六年の諭吉が幕府側イデオローグとして使った言葉は実に激しい。体制側を「上」「公儀」「お役人様方」「官」、反体制派を「下々」「浮浪」「下人」「賊」と切り捨てていた。かなり露骨である。しかし、一八六六年末に長州征伐に失敗し幕府が返り討ちにあって敗退すると、諭吉は封建と近代の相克にいよいよ誤魔化しがきかなくなった。諭吉は下手に幕府側に立った分だけ情勢に乗り遅れてしまった。倒幕派の尊皇開国の路線が確立した頃、諭吉はなお体制内にあって、幕府内の不満分子であるとの疑念を上役に持たれ、謹慎処分を食らった。だから引きこもって『西洋旅行案内』や『西洋事情外編』を書いていたのだ。鳥羽伏見の戦い（一九六八年一月二七日）までわずか半年を切っているというのに体制内で沈黙していたわけである。本当に幕府との縁が切れたのは維新後の一八六八年八月中旬、上野の彰義隊が敗退した後になってのことであった。

この間、諭吉が時代遅れであるとみなしていた薩長勢力は勤王開国派へ思想転換しており、あっというまに幕府を倒し開国を継承した。時代は諭吉を乗り越えて進んでしまったのだ。諭吉は多少決まりが悪かったにちがいない。維新後、かつて「浪人」と罵った薩長新政府に彼のほうから近づくわけにはいかないから、沈黙のうちに政変を観察するほかはなかった。諭吉が明治政府に入らず一貫して在野にいた理由は、一八六八年八月まで諭吉は幕臣であったからだ。その後新政府からの呼び出しを受けるが、断り続けた。かつて幕府側にあって長州征伐を建議したことは心理的にひっかかっていたのではないだろうか。

鳥羽伏見の戦いで幕府軍が新政府軍に敗退し、一月三一日新政府は徳川慶喜追討令を出した。一八六八年四月、諭吉は築地鉄砲洲の中津藩中屋敷に置いていた蘭学塾を新銭座に移して慶応義塾をたちあげた。三田に一八七一年に移転した。『学問のすゝめ』『文明論之概略』など、日本を代表する近代思想がここから登場するわけである。

要するに諭吉は首尾一貫した近代派として生きてきたのではなかった。薩長が倒幕をしてくれて、幕府による近代化という立場の矛盾が解消され、純粋近代派にやっとなれたのである。諭吉の近代化論を包んでいた旧体制が壊れたので、身分制なき近代化を論じても一向にお構いなしという形になったのである。

漱石は没落名主の子

漱石のほうはどうか。夏目家は牛込見付から高田馬場一帯を管轄する大名主（町人の最高峰）であった。漱石の孫、半藤末利子によれば、「江戸時代には、当主が歩いていると『名主様のお通りだ』と言われるほどの権勢を誇っていた」(半藤末利子『漱石の長襦袢』一六一―一二頁)。つまり夏目家は、徳川幕藩体制につらなる町名主の家柄であった。町名主とは町年寄のもとで御触申し渡し、人別改め、火の用心、訴訟事件の和解、家屋敷の売買の確認などを担当する支配機構の末端である。武士であるから検閲したり帯刀することが許された。夏目家は菊十六葉の家紋をもっていたという。

維新後、父直克は区長となり、その権勢で所を喜久井町(井桁に十六葉の菊に由来)と名付けた。しかし菊の御紋は天皇家の独占となり使用不可とされた。直克は、一八六九年の名主制度廃止により中年寄世話掛となった後、区長を勤め、さらに月給二〇円の内務省勤めの警視属となった。激しい没落であった。家名を惜しんだ直克は家近くの坂を「夏目坂」と改めたが、漱石の幼児期に家は傾き、後に売却される運命であった。

乳児の時塩原家に養子に出される

漱石は八人兄弟の末っ子で、金之助と名付けられた。出生直後母ちゑの母乳不足によるとみられるが、四谷の古道具屋に里子に出された。姉が篭にいれられて泣いていた漱石を連れ戻すということがあった。ところが直克は漱石出生前に子供が生まれたら養子に欲しいと申し入れのあった名主の塩原家へ漱石を養子に出した。一八六八年満一歳のときである。塩原昌之助はこれによって自分らの老後の面倒をみてもらいたいと期待したらしい。夏目金之助は塩原金之助に改名した。ところが塩原家も夫婦離婚後に戸長を罷免され、没落した。漱石は九歳で生家に復帰した。実父直克は「厄介者」が帰ってきたと不機嫌だった。実父は帰ってきた漱石になにかと冷たく、邪魔者扱いした。小さい漱石は、家の事情に振り回され、養子から帰っても実の親に邪魔者扱いされ、塩原姓のまま不遇の少年期をすごした。

一〇代に漱石は漢学を学んだ。一八八〇年頃欧化主義への反動が起こり、一種の揺り戻しがあったからだ。一一歳のときに書いた「正成論」(㉖三頁)には楠正成を「忠且義ニシテ智勇兼備の豪俊」と讃えている。雄渾な文体で大人顔負けの文章である。内容は当時の流行に乗ったものであるけれども、孤独な少年漱石が逆境に負けずにヒーロー像を模索しているように見える。一六歳のころ荻生徂徠を読み、三浦雅士の指摘に従うと「自身の問題意識に立って中国と対等に中国の古典を論ずる」(三浦雅士『漱石』五九頁)主体的な態度を身につけたのではないかという。中国文学に尊敬を持ちながら、中国の権威ある解釈に主体的に挑むことのできるような漱石の自己本位はほんの少し萌芽したようである。

一八、九歳の頃には学資を稼ぐために江東塾でアルバイトもした。父は学資を出してくれなかったのである。塩原夫婦のほうも漱石が売れてから何かとつきまとって金をせびりに来た。養家からも実家からも宙ぶらりんなまま塩原金之助で二一歳まで生きたのだから、彼の心のなかに、親に愛されない子というトラウマをもたらした。

漱石は、小説の構想のメモにたびたび「現代人の孤独」と書く。後日なら「現代の社会は孤立した人間の集合体に過ぎなかった」（⑥一三九頁）という具合に書く。しかし「孤独」には一般論に終わらぬ彼の痛切さが込められている。

青年漱石は時代の波に乗れない

父直克は名主から区長を経て警視庁警視属で働いていたが一八八六年に七〇歳となり仕事を辞めた。一九歳の漱石はまだ塩原姓のまま、家庭教師のアルバイトをして自活していた。一八八七年夏目家に異変が起こった。三月に長兄大助、六月に次兄直則が死去し、家運がますます衰退した。漱石は塩原にも夏目にもなじめなかったのだが、急遽夏目家にとって漱石の必要度が上がって、彼を復籍させる理由になった。しかし漱石は跡取りを拒否している。

上からは大日本帝国憲法が発布（一八八九年）され、翌年「教育勅語」が出されるなど、明治近代化の土台が西洋化と日本化の折衷で編成されるようになった。農村では寄生地主が生まれて資本家とブロックを組んで民衆を激しく収奪する体制ができあがった。大日本帝国の制度上の土台ができ中身は天皇制的資本主義となっていった。

漱石「老子の哲学」（二五歳の作文）は、儒教の仁義よりも老子の「玄」をより高遠な思想家と評価する。「玄」とは空間や時間を超えた一種の絶対である。しかし漱石は、「科学の発達せる今日より見れば論ずるに足る寡《すく》なし」として、老子の哲学の「其の言ふ所は動物進化の原則に反せり」と評す。「人間は左様自由自在に外界と独立して勝手次第の変化をなし得る者にあらず」

(26二七頁)というわけだ。漱石自身は、相対世界から切り離された(抽象的)絶対を追うべきでないという立場を立てた。ここに東洋思想を進化論の立場から解読するという当時の漱石の物の見方を伺うことができる。

明治二〇年代のイデオロギーを代表するのはまさしく社会進化論であった。就職の斡旋を受けた帝国大学文科大学長外山正一《とやままさかず》、あるいは漱石入学の年の帝大第二代総長加藤弘之は、いずれもスペンサー主義者であった。スペンサー自身はイギリスの市民的自由主義者であって、晩年の帝国主義化に反対して、一切の戦費の徴税に反対した。これにたいして日本型スペンサー主義者は師匠に背いて国家主義者になった。漱石が太田達人からスペンサーの『第一原理』を借りたのは一八八五年のことである。ただし、漱石は人並みに社会進化論に影響を受けたが、日本型スペンサー主義者たちの国家主義に対してはある程度距離を取っていたようだ。

国会開設後、日清戦争と日露戦争のころ日本は産業革命期にはいる。国家権力と自由民権運動と民衆の三層のうち、自由民権運動が衰退し、国家権力と民衆の関係は、一方で近代化によって豊かさの恩恵にあずかる層が出現したが他方で寄生地主層と資本家のブロックの大儲けの裏面で貧民層も増えた。農村では秩父困民党や足尾鉱毒事件のように、最もきびしい収奪にさらされた貧農層が出てくるし、続いて繊維産業や鉱山で自然発生的なかたちで労働者が立ち上がるようになってくる。

一八八九年第一高等中学校でのエピソードは重要だ。国家主義を標榜する学生の結社が生まれた。漱石は入会を乞われたが、「四六時中国家国家と云っていられぬ」という理由で入会を拒否したという。帝国大学に入学した一八九一年一月には内村鑑三の不敬事件が起こり、同年一二月田中正造が衆議院へ足尾鉱毒事件に関する質問書を提出した。

漱石は、大学在学中一八九二年（満二五歳）に兵役を逃れようとして北海道へ本籍を移籍した。一八七三年から始まった徴兵制によれば二〇歳の男子から抽選で三年の兵役が課された。戸主であれば徴兵を免れうるからだ。ここには父直克の配慮があったらしい。諭吉は、「国役は国民平等に負擔すべし」（⑩五五七頁）で、客分意識の一掃により国家帰属意識を国民に抱かせようと、戸主、長男、次男に関係なく皆平等に兵役を受けさせるべきだと主張していた。だが国民は応じなかった。牧原憲夫によれば、一八七九年の徴兵対象者約三二万人のうち約二八万七千余人が徴兵を免れ、二万人余りが逃亡をはかり、一割の欠員を出したという（牧原憲夫『民権と憲法』二二頁）。国民は富国はともかく強兵にたいしては消極的だったのである。

漱石は徴兵の猶予を得たうえで早く就職しなければと考え、学習院への就職活動をやっている。しかしエール大学出身の強敵が現れ、活動は失敗した。慌てて文科大学学長外山正一の推薦状でなんとか東京高等師範講師に就任した。前途不安を抱えたこの年に生涯の持病となる神経衰弱にかかった。漱石は晩年まで神経衰弱に苦しんだ。してみれば、この病気の発端は、漱石が明治近代化政策の「出世」と「兵役」に挟撃されたことを根源にして発したとも言えるだろう。

松山の愛媛県尋常中学校の嘱託教員にもぐり込んだのは、日清戦争の末期のことだった。日清戦争前後の富国強兵政策の裏面で没落名主の末っ子がどう対処していたかが以上の経過でわかる。漱石が尋常中学校（松山中学）へ赴任するまで夏目家の父親は名主から公務員に転身し、二人の兄が死んでますます家運は下向きになった。漱石は高学歴を資源にしてなんとか教師の道を模索せざるをえなくなったが、最初の就活に躓き、「都落ち」して四国の教員になるのが精一杯だったわけである。前途に不安があって一八九四年最初の神経衰弱にかかり、不愉快を感じ取る視座構造が育ってくる。漱石の心にあるのは、愛のなさ、暗さ、みじめさ、失敗、厭戦、内向である。

日清戦争後一八九七年三月三日田中正造が足尾鉱毒被害者八〇〇人と上京し、請願した。このころ松山にいた漱石は一ヵ月後四月二三日正岡子規宛手紙で「教師を近頃厭になり居候……教師をやめて単に文学的の生活を送りたきなり」（㉒書簡119）と書いている。つまり、富国強兵のスローガンに表わされる明るい立身出世主義や雄々しい国家主義の裏で貧農や労働者の苦痛は増していたが、漱石自身は職の不満をかこっていた。漱石の視座構造は、没落名主の反近代化的な下降者のエートスをたっぷり吸い取って、鬱憤を蓄積しつつあった。

漱石の初期作品のなかの不愉快感

明治近代化は日露戦争によって加速した。しかし漱石は不快感をもっている。デビュー作『吾輩は猫である』（一九〇五年）にそれが表れる。「先達中から日本は露西亜《ロシア》と大戦争をしているそうだ。吾輩は日本の猫だから無論日本贔屓《びいき》である。出来得くんば混成猫旅団を組織して露西亜兵を引っ掻《か》いてやりたい」。ねずみの通り道を三方に見定めて待ち伏せする様子を描く。これは「東郷大将はバルチック艦隊が対馬海峡を通るか、津軽海峡へ出るか、或は遠く宗谷海峡を廻るかに就《つ》いて大に心配されたさうだ」とあてこする。そして猫にこう言わせる。「吾輩は東郷大将と苦心を同じうする者である」「彼ら（ロシア艦隊）が若しどぶ鼠であるならば土管を沿うて流しから、へっついの裏手へ廻るに相違ない」（①二一九―二二〇頁）。日露戦争を漱石は猫のネズミ取りの次元へひきずりおろし、初めて西洋に勝ったと興奮する日本人にたいして、冷水をあびせた。

続く『坊っちゃん』（一九〇六年）は、江戸っ子の主人公が松山中学らしき学校の教師になって大活躍する青春小説である。漱石は、大学卒業後英語の教師になって松山中学や熊本第五高校で教鞭を取った。ゆえに一面では近代化をリードする赤シャツ（英語学士）と同様の洋学派であり、他面で生い立ちからすれば明治近代化に抵抗する、元旗本と自称する坊っちゃんに近い。漱石は自己の矛盾を異なる人物に割り振って『坊っちゃん』を描いた。自己評（「文学談」）によれば「坊っちゃんという人物は或点までは愛すべく、同情を表すべき価値のある人物であるが、単純すぎて経験が乏しすぎて現今のような複雑な社会には円満に生存しにくい人だなと読者が合点しさえすれば、それで作者の人生観が読者に徹したというてよいのです」（㉕一八〇頁）と述べている。

時代遅れの坊っちゃんは、松山らしい田舎町での大活劇の末に東京に帰り、街鉄の技師になって物語は終わる。つまり、近代派の赤シャツ一派と闘ったにもかかわらず、坊っちゃんは巨大な明治維新の近代化路線には歯が立たず、そこへ取り込まれてしまうのである。

これが哀愁を誘うものであることを漱石は狙っている。漱石が坊っちゃんを愛すべき男として描けば描くほど、子どもっぽいキャラクターにのぞみをかけるわけにはいかないことが浮き彫りになった。漱石は『坊っちゃん』で、近代化批判のための抵抗資源を佐幕派的心情にもとめたのであるが、坊っちゃんに不愉快の憂さ晴らしを託すことはできても、時代を救済する人物を求めることはできなかった。坊っちゃんに代わるヒーローを漱石は探さねばならなかった。

抵抗はいろいろなかたちをとる。平岡敏夫が指摘するように、「坊っちゃん」は薩長藩閥政府に圧迫された佐幕派の負けじ魂を書いたものとして読める（平岡敏夫『佐幕派の文学史』二〇一二年）。「これでも元は旗本だ。旗本の元は清和源氏で、多田の満仲《まんちゅう》の後裔だ。こんな土百姓とは生まれからして違ふんだ。只知恵のない所が惜しい丈だ。どうしていいか分からないのが困る丈だ。困ったたって負けるものか。正直だから、どうしていゝか分からないんだ。世の中に正直が勝たないで、外に勝つものがあるか、考えてみろ。今夜中に勝てなければ、あした勝つ。あした勝てなければ、あさって勝つ。あさって勝てなければ、下宿から弁当を取り寄せて勝つ迄《まで》こゝにいる」（②二九〇頁）。

漱石は『猫』や『坊っちゃん』のようなユーモア小説においても作中の人物を造形するにあたって、主人公が社会に占めるそれぞれの立場で物事の見え方が変わってくる点に関心を寄せている。近代化渦中の人間の場合はなおさらである。時代と人物の関係は激動する。人物は、時代に遅れるか、ぴったり対応するか、先んずるかのいずれかである。坊っちゃんは遅れている部類にはいる。人間は選んで出生することはできないから、やむをえずどこかの境遇で育つ。どういう家庭で、どういう幸不幸を抱えて育つかによって当人の物の見方は大きく制約されてしまう。坊っちゃんは元旗本の家に生まれた。しかし家庭では愛されず、下女の清《きよ》だけが味方であった。世間知らずで経験が乏しすぎて生存しにくい。だから時代に抵抗する視座を旧佐幕派の感性に求めざるをえない。このため表面で逆らっても所詮は大きな時代の流れには敗北する。そして結局は取り残され、いずれ清の待つ墓へ入るほかのない人間だ。

坊っちゃんとは反対に時代よりずっと先んじている人もいる。『草枕』『二百十日』『野分』などに出てくる人物はその例である。その中間は、まあ平凡といえば平凡だが、両極端のどちらでもないたくさんの人々である。

漱石は、没落名主の出自から身についた社会への不愉快感を上手に作品へ乗せた。猫にも坊っちゃんにも自己の不遇が投影されている。一九〇六年四月四日の手紙に「僕は教育者として適任と見做さる、狸や赤シャツよりも不適任なる山嵐や坊っちゃんを愛し候」(㉒書簡555)と書いている。教育者として不適任であるとしても彼らの正義感ぶりや熱血を愛していたのである。不遇な子どもは、人一倍正義や熱血にあこがれる。それは愛の欠如を自己のヒロイズムで補わねば生きていけないからだ。家族の仕打ちに抵抗するだけでなく世間に抵抗しようとするとき、さしあたり頼るものがないので「元旗本」「清和源氏」「多田の満仲の後裔」といったガラクタにすがろうとせざるをえない。漱石は、孤独者の強がりの意気地を愛したのである。

少年期から青年期までの、家族に愛されなかった末っ子漱石の反骨は〈佐幕派的視座〉に固着しやすかった。近代に抵抗するための心情が佐幕派の姿を取って現れる理由は、さしあたりそこにある。しかし、ひとしきり憂さを晴らし、哀愁を噛みしめると、その後に〈より理性的な抵抗の視座〉を模索する仕事が待ち受けているだろう。猫の風刺と坊っちゃんの反時代的な憤懣は、もっと複雑化し、もっと知性化され、後に述べるように、次第に知識人の自己反省と下層庶民への関心へつながっていくのである。

対比的要約

対比的にまとめてみよう。諭吉は福岡の中津藩という譜代大名の下っ端侍の出であった。咸臨丸に乗ってアメリカを見たショックは大きかった。しかし薩長にたいしてはなお短くない間幕府側から物事を見ており、幕府による近代化論者であった。しかし、近代化の趨勢が幕府の枠を壊して倒幕に達した時、ようやく自分の中途半端さが吹っ切れた。一八六七年までの諭吉の視座構造は、下級武士の両義性をもっていた。ちょっぴりの疎外感とたっぷりの出世欲である。中津藩の下級武士でありながら嘆願して勝海舟と咸臨丸に同船するほどまで出世していけたのだ。幕府による近代化という思想はこの時期までの諭吉の体制内出世と不可分だった。『学問のすゝめ』

でやったことは、幕府内出世主義を捨てて、明治近代化を市民的出世主義として評価したことである。こうして彼の近代化論が一挙に出来上がったのである。

ここに佐幕派から近代派への視座構造の作り変えがあった。佐幕派から近代派へ転換したとき、幕府内出世主義から市民的出世主義へ乗り換えたということである。諭吉は明治最大の啓蒙思想家と言われるのだが、西洋の啓蒙思想が一八世紀の小経営者の徹底した「自由・平等・自立」というスローガンを表現した人々であったのにたいして、諭吉はそういう小経営者思想を微塵も持たなかった。もし啓蒙のスローガンにこだわっていたなら、革命と自由民権の方へ傾くことになったに違いない。しかし、諭吉は啓蒙に見切りをつけ自由民権論を捨てたからこそ資本主義の波に乗っていったわけだ。

諭吉が『西洋事情』『学問のすゝめ』『文明論之概略』と日本の近代化を真正面から追求していったのに対して、漱石はそこから距離をとっている。『吾輩は猫である』『坊っちゃん』『虞美人草』『草枕』から前期三部作（『三四郎』『それから』『門』）、後期三部作（『彼岸過迄』『行人』『こころ』）をへて、この間に有名な講演『現代日本の開化』『私の個人主義』を挟んで、あの不愉快な感覚は徐々に理論化され、諭吉が捨てた啓蒙精神を日清戦争、日露戦争、第一次大戦という激動に抗して樹立するような、異様な迫力をもつ。

ところで、両者は等しく佐幕派から出発したのに、諭吉の愉快と漱石の不愉快の対照がなぜ発生したのであろうか。それはまず第一に、両者の三二年の歳の差に求められる。近代化のレールを敷くのと、敷かれたレールを歩かされるのとでは大違いだ。第二に彼等の近代化に占める家族の階級的なポジションが違うというべきである。譜代下っ端侍から幕府内で出世をして、明治においても上昇過程を辿った諭吉と、没落名主の子の世代で、知識労働者への下降過程に位置した漱石が見たものは、家族史的におよそ正反対のものだった。第三に近代化の段階が違うために視界も変わる。明治の近代化の「坂の上の雲」をみて出世できた諭吉と一旦敷かれたレールで狭くなる可能性の中でもがいている漱石とでは見ている景色はまったく違うのだ。

「譜代下っ端侍」と「没落名主」という対照は、このような境遇の違いを示している。この境遇（存在状況）から二人の視座構造は芽生えてくる。人は境遇（存在状況）を選べない。生まれるときがさわやかな春か、猛暑の夏か、涼しい秋か、きびしい冬か、そこで受ける世界の印象を赤ん坊は選べない。家庭環境のようなかなり恒常的な前提（存在状況）は、季節より深刻だ。より持続的に人の思考の内容や方向性を拘束する強い影響力を持つ。だから彼らの家庭の帰属する諸階級が時代の波に揉まれるときに、それぞれ固有の物の見方（視座構造）が生まれてくるわけである。

それは二つの視座をつくりだした。ひとつは、諭吉の近代化論の視座である。もともとの佐幕派から乗り換えて、身分制を「親の敵」とみなして討つという、近代化的な視座である。またひとつは、漱石の近代批判の視座である。自分がなにをやっても不適合であることを憂い、明治の体制とその近代化路線に批判を加える視座である。

両者の視座構造はこのように対照的なものである。人の人生は複雑で重い。まして思想家になるほどの者は、思索に思索を重ね、自分を突き放し、新思潮にも敏感な視座構造の複雑化、行き詰まり、転換などを生きていくのである。思想家はこの困難をともかく生きていかねばならない。だから、日本近代化の激動の中で二人の視座構造は絶えず変化し、思考様式にも影響していくのである。以下、何を軸にしてどのように次なる新視座へ移行しうるかを見所に考えていくことにしよう。

諭吉のキーワード「活計」で思想を進化させる

諭吉の長州征伐の意見書(一八六六年)に「活計《かっけい》」という用語が出てくる。これはなかなか重要である。福沢は晩年になるまでこの言葉を使った。「活計」とは、自分の暮らしを自分の才覚で切り開くことを意味する。幕末に長州などの攘夷派を攻撃するとき諭吉は「活計なき浮浪の輩」と敵をこき下ろした。「活計」がないために衣食を求めて大義なき利害闘争にはいっているのが非正規労働者(浪人)どもだ、徳川方の侍である自分たちこそが正社員だと主張した。諭吉自身は「活計」を豊かに持つ側に陣取っている。そして持たざる側をやっつける。

だが、維新後はもはや勤王も佐幕もない。旧武士団全体が解体したのである。諭吉は用法を換えて、「活計」をブルジョア的用語に切り替えた。いわば身分制的な差別用語を転用して自由主義経済の用語に作り替えたのだ。

さて、「活計」という言葉を幕藩体制にも自由主義経済にもどちらにも使えたということは一体どういうことだろうか。それは、封建制と近代社会の上下関係をいずれも「活計」の言葉で論じることができるということだ。すなわち、幕府側に立った時には攘夷派を、明治近代化に立った時には「怠け者」をやっつけることができる。諭吉はどの場合でも「活計」を豊かに持つ側にあって、いわば持てる側のイデオローグとして活躍したということだろう。

「活計」という言葉を軸にして諭吉が佐幕派から近代派へ乗り換えたということは、啓蒙精神の「自由・平等・自立」の、とくに「平等」というものが諭吉の思想において抜け落ちていることを裏付けている。幕藩体制の中枢にいて身分的な上の目線で長州や薩摩を見下した男が、どういうふうに近代派に鞍替えするか。そして鞍替えしたときの近代にいったいいかなる特徴が付着するか。これを考えるとき「活計」はリトマス試験紙のような意味を持つ。

諭吉にとって人の上下は永遠のもの

「活計」に注意すると維新後のベストセラー『学問のすゝめ』(一八七二年刊)はスラスラと読める。諭吉がもしも本当に「日本のヴォルテール」ならば「人の上に人を造らず」は非常に重大な命題になったはずである。もし平等を原理化して新政府を批判すれば自由民権派のリーダーになりうる。しかし『学問のすゝめ』冒頭の箇所で、有名な「天は人の上に人を造らず、人の下に人を造らず」に「言えり」とつけ加えた諭吉は、一八世紀思想を一段加工して、一九世紀思想へ組み替えている。これはうまい。『西洋事情初編』（一八六六年）は「米独立宣言」の有名な箇所を「天の人を生ずるは億兆同一轍にて、之に付与するに動かすべからざるの通義を持ってす」（①三二三頁）と訳した。続いて『西洋事情外編』（一八六七年冬に執筆）では「万民同一轍の通義」があるが「同一の人類と雖《いえど》も、貴賎貧富智愚強弱の差、雲壌懸隔《うんじょうけんかく》して、其形、同じからざる」（①三九二頁）と論じている。『すゝめ』はこれを受け継いでいるのである。

『すゝめ』の冒頭の有名なセリフ「天は人の上に人を造らず、人の下に人を造らず」に「言えり」がくっついている。「そう言われている」が現実は違う、というところが諭吉のオリジナルである。人に上下はないというだけならその論点は明治政府がすでに四民平等を打ち出した（一八六九〜一八七一年）後なのだから、諭吉の主張の新規さはない。つまり上下はないというだけでは違いがない。問題はむしろ、人に上下はないと言われている、「されども」実際にはどうか、ということを探究するところにあった。諭吉は見事に一九世紀に合わせて一八世紀的啓蒙家とは一味違うところへ進んだわけだ。

「米独立宣言」は諭吉が初めて訳したのだった。しかし宣言はただ市民的平等を謳うだけで、本当はどうなるのか何も書いていない。もしも小経営者の啓蒙精神にこだわったら、フランス革命期のバブーフのように資本主義に抵抗してギロチン台に送られてしまう。一八世紀的啓蒙思想家にとって階級社会は憎むべき敵になりうるからだ。

諭吉が賢いのは、過去の自訳に固執せず、一八世紀思想を捨てて一九世紀は階級社会だと述べたところである。誤読の多い箇所であるが『すゝめ』冒頭の主張は、人間は平等だと言っているのではなく、法の下で人は平等であるが、「されども」実際には、貴賤貧富の差のある階級社会が生まれることを主張したものなのである。

このように諭吉は独立宣言訳に一九世紀的な味付けを施して、競争による「貴人」「富人」と「下人」「貧人」の両極分解のなかに学問を位置づけた。本当に人間が平等ならあえて勉強する必要などどこにあろうか。西洋では啓蒙精神を捨てて出現したのは産業社会論であった。したがって、諭吉も産業社会論へ乗り換えた。このため身分制的な「活計」概念は階級社会的なそれへ移行したのである。

念を押しておこう。諭吉の門閥批判のことである。諭吉は門閥制度を罵った人として有名である。しかしその真意は何だったか。門閥が人々の「智愚賢不肖」の邪魔をするということに限定して門閥をやっつけただけである。逆に言えば、「智愚賢不肖」次第で人材抜擢が行われるなら文句はない、というのが諭吉の論点だったのである。だから、成功した親が子供に有利な遺産を相続させることは「自然の情」であると諭吉は言う。ゆえに、市民平等を介して階級社会が生まれ、スタートの有利な次世代が生まれることはなんら問題にされなかった。諭吉の言葉で言うと「世人相励み相競ふ事」である。賢いものが努力をして馬鹿と怠け者を見下すのは当然だ。どこが悪い？　諭吉の近代観はこういうものだ。よって「天は人の上に人を造らず」の平等論が福澤思想の要約であるというのは手段であるものを目的とみなすような誤読にほかならない。

こうして諭吉の世界観は、市民社会を手段化して、ただちに階級社会へ直進することだった。以前長州浪人を「下人」と罵った時の諭吉のセンスは明治以降も死んでいない。同じ言葉を『すゝめ』も使う。「活計」なき長州浪人はダメだと維新前に主張したが、維新後は浪人を責めずに近代的な生存競争のなかの窮民を責めるようになったのだ。下人への歴史貫通的な蔑視は貫いていると言うべきである。

だから『自伝』で「門閥制度は親の敵でござる」と語った諭吉は、まるで自分が一貫して反身分派であったかのように見せかけているが、ここには過度な美化がある。実態は、藩士として身分制支持を維新ギリギリまで主張し、維新後は、直ちに近代的階級社会を作ろうとした、と言うべきだろう。

勤王の志士と諭吉の違い

幕末の下級武士の活躍はめざましかった。西郷隆盛、高杉晋作、坂本龍馬などはいずれも外様諸藩の下級武士出身者であった。諭吉は譜代大名藩出身なので、彼らに比べると決断が鈍り、政治判断を間違えた。諭吉は後から政治を追いかけるほかなくなった。だが、維新後佐幕派的視座構造を捨てると、猛烈にスマートな本性を顕にした。もともと西洋事情に誰よりも精通しているのだから、一挙に近代化のチャンピオンになりうる情報を最も豊かに持っていた。こうした変わり身の速さは、蘭学から英語へ切り替えたのと同じで、「機を見て敏」な諭吉らしい。

明治維新は、黒船ショック（一八五三年）からにわか作りで、たった一五年でやりとげられた。西洋の市民革命は違う。市民革命に先立って農工商が二〇〇年以上かけてブルジョア化し、封建的土地所有に対する小経営の拡大という根拠地に依拠したものであった。それゆえ明治維新は革命の主体が不在のまま、王との最終決戦を迎えるだけの発酵時間がなかった。革命の担い手であるブルジョアジーの不在を下級武士が埋め合わせなくてはならなかったのである。

支配者の末端にいた下級武士が上級武士をやっつけるのだから、所詮は近親憎悪というか、同じ穴のムジナ同士の戦いとなった。当然西洋出自の変革の理論も変質せざるをえなかった。西洋で「自由・平等・自立」というようなスローガンでブルジョアジーは残りの民衆を動員できた。ブルジョアジーが背後の民衆に押されて王の追放＝共和制の樹立まで行ったこともある。王制を残す場合（北欧や英国）でも、王は謝罪したり実権を放棄させられた。これにたいして日本の下級武士たちは泥縄で国づくりをしたのだから混乱を極めた。背後から支えるに足る小経営者などの市民がいかにも弱かった。このため上級武士を王とともに追放するどころか、ぎゃくに飾り物にされていた天皇を日陰からひっぱりだしてトップに据えてしまったのである。これが一君万民体制をつくった理由である。

このように、明治維新は幕末日本が西洋列強に囲まれて近代化を選ぶほかない宿命から生まれた。西洋の包囲網の中に下級武士がぽつんと置かれていた。日本の下級武士という存在拘束性に沿って諭吉の視座は変化せざるをえない。だから、あれほどキレの良い諭吉でさえ、古い革袋に新しい酒を入れるようなご都合主義を重ねてしか前へ進めなかったのである。「父の生涯、四五年その間、封建制度に束縛せられて何事も出来ず、空しく不平を呑んで世を去りたるこそ遺憾なれ」と語って諭吉は「一人泣き」した。涙のなかには恵まれぬ者への同情がたしかにある。そこは胸を打つ。しかしだ。下級武士たる自己の宿命への怒りは、たちまち窮民軽視の競争論へ転化するようになっていた。

2 〈一身にて二世を経る〉と〈私は強くなりました〉

誰でも二生を生きている

諭吉の名言に「一身にて二世を経る」（④五頁）の文句がある。幕末から明治へ、封建制から近代へ、二つの異質な時代をわが身ひとつで生きたという意味である。二一世紀を生きる私たちも、時代転換の質は異なるとはいえ、諭吉と同じような二つの時代を生きている。戦前と戦後、高度成長と低成長、バブル以前と以降、中流社会と格差社会、9・11以前と以降、3・11以前と以降等々。いずれもたんなる事件の前後というようなものではなく、価値観の転換を含む激動である。その意味で私たちは諭吉の総括に親近感を覚える。

諭吉は、少年期に儒教の勉強をし、相当のところまで行った。次に青年期の入り口で蘭学をはじめ、長崎に留学した。この成果によって適塾では頭角を現し塾長になった。二四歳の時、時代遅れとなった蘭学をきっぱり捨てて英学に転向した。この目利きの良さは諭吉の人間を理解するうえで重要である。蘭学を捨てた諭吉は『自伝』で言う。

「今までの数年の間、死物狂《しにものぐる》ひになって和蘭の書を読むことを勉強した、其勉強したものが、今は何にもならない、商売人の看板を見ても読むことができない、左りとは誠に詰まらぬことをしたわいと、実に落胆して仕舞た。けれども決して落胆して居られる場合でない。……さすればこの後は英語が必要になるに違いない。」（『福澤諭吉全集』⑦八一頁）

英学への転向がなければ咸臨丸の翻訳方に選抜されることはありえなかったのだから、このときに思想家諭吉の運命は決まった。

さて、日本初の蒸気船による太平洋横断を成功させた咸臨丸は、一八六〇年一月一二日に浦賀を出港し、サンフランシスコに三月一七日に着いた。主たる目的は黒船への応答、日米修好通商条約の批准であった。この条約は不平等条約であった。アメリカは武力による威嚇によって日本の国家主権を侵害する不平等条約を押しつけた。つまり幕府による開国は対等平等の開国ではなく、アメリカの力に屈した従属的な開国であった。不平等条約の中身は治外法権と関税自主権の欠如である。諭吉はこの点を意識して、一八七四年以降不平等条約改正運動の先鞭をつけていった。明治政府全体も条約改正を悲願とし、日露戦争後の一九一一年、ついに不平等条約改正を実現した。自分が大国に不平等に扱われることを嫌うのは正しいが、平等に扱われるためには、アジアを下に置かねばならないというわけである。明治政府は、帝国主義になることで他を屈服させることによって西洋から不平等に扱われるのを免れようとしたのである。そこに諭吉がどう介入したかは後で見ることにしよう。

ところで現代日本は、日米安保条約に付随する日米地位協定があるためにアメリカ兵の犯罪を裁くことができない。これは不平等条約下におかれた一八六〇〜一九一一年の日本の地位に酷似する。一八六〇年の渡米によって、諭吉は不平等条約の批准に同行したわけであるが、同時にこれが彼自身の死後にまで尾を引く条約改正問題という宿題を負わせる起点であった。諭吉の一国独立論が展開されるのは、自ら加担した不平等条約批准の後だったことは興味深い。

「一身にして二世」は時代に応じて変わる

「一身にして二世」の諭吉的な意味は封建制から近代へという点にある。これに対応して従属から日本独立へ、アジアの一員から西洋の一員へというのも結びついていた。どこでどう舵を切るか、勝負どころは次々に来た。彼は即座に「あれはだめ、これで行く」という機転で乗り越えた人間である。いくつもの転換を彼は次々にやりとげた。多くの人がまだ選択に思いが及ばぬ時に、諭吉はもう東西を比較し、方針を決め、近代化を推進して先端を走りつづけたわけだ。これが本人にとって楽しくないわけがない。『自伝』の痛快さはここから来ている。

これにたいして漱石の場合、人生の様相は諭吉とは対照的である。漱石の場合も「一身にして二世を経る」ということは言えなくはない。しかし漱石の二世は、「封建から近代へ」ではない。

「日本近代化から近代の矛盾の深化へ」である。あるいは「国家独立の達成から国家同士の殴り合いへ」である。「脱亜からアジアの侵略へ」である。こうした時代の変化に抗うのが漱石なので、時代への抵抗は簡単ではないし楽に実現されることもない。このため漱石の「二世」は目に見えて愉快な諭吉と比べるとずっと内向的で、憂鬱でさえある。その分だけ掘り下げが半端でなくなった。人生の二つの時期を「自己」の発見／「自己」の展開と分けてよい。漱石は約五〇年（年齢で四九歳）生き、前半の約三五年を「自己」をつかむことに使い、「自己」をつかんでからはもう一五年しか残っていなかった。

漱石の職業選択の迷いは民衆と地続き

漱石の苦闘は両方の段階にわたるものであるが、いずれにせよ諭吉の仕事と密接に関係している。なぜなら、漱石の「自己」探求は、諭吉のつくった近代を土台に置いたものだからである。近代に突入すると、社会は流動的になる。身分制が壊れ、官民の二領域が確立し、文明開化のために人は新しい課題と直面せざるをえなくなった。起業は先人が行い、多くの者はたいていは雇われる者になる。一八九〇年代からの産業革命によって産業構造が激変し、職業は細かく細分化され、人々は農業から工業へ、村から町へ激しく流動するようになる。階級間移動と空間移動が一挙に現れる。社会の側が流動するようになると人間はそれにあわせて流動することを求められる。幕末の諭吉でさえ儒教、蘭学、英学という具合に打ち込む領域を変えていかざるを得なかった。彼は目利きの良さで主体的にこれらの波を乗り越えた。

しかし、万人が諭吉ほど世渡り上手ではない。殖産興業の中心であった紡績業を見ると、岐阜の山奥の娘たちは、冬の農閑期には仕事がない。そこで岡谷の紡績工場の口入れ屋が訪ねてきた。家に閉じこもっていては貧しいばかりだが、町に出て稼げば両親を楽にさせてやれると娘らを説得した。彼女らは野麦峠を越えて行った。娘たちは社会の流動を予知して準備のうえで岡谷へ行ったわけではない。ほとんど動転したまま近代化の波に巻き込まれていったというべきだろう。貧農の家の口減らしのために彼女らはほとんど押し出されるように流されていった。同じようなことが全国的規模で発生していた。

維新後の社会の変化はスピードアップしたばかりでなく、複雑で幅広い影響を人々に与えた。そうなると、社会の流動の速さに人間は追いつけなくなってくる。自分がどういう仕事の適性を持つ人間かということを見極める前に社会のほうは職業需要の構造を変えていくからだ。

漱石が早くも苦しんだのはこの問題である。はじめ漱石は英文学を志した。国家にとって英文学は西洋文明を知るための手段であり、国策の一環である。だが国家のスピードと個人のスピードは自ずと異なるはずである。国費によって勉強するように命じられたが、漱石はなんのために英文学をやっているのか容易にわからなかった。必死に打ち込んでみればみるほど面白くない。そこで、いったん英文学をやめてしまう。科学や哲学の方面に迂回せざるをえなくなった。こうして勇んで出発したイギリス滞在であるが不愉快極まりない孤独の三年を過ごすことになった。

漱石の口癖は、自分のやっていることが当の自分の目的と関係ないほど恐ろしいことはない、という台詞だ。友達もなく、下宿に閉じこもって、不味い食事に耐え、ビスケットをかじる毎日であった。漱石はまだ自己を掴んでいない。「何をして衣食の道を講じていいか知らなかった程の迂闊者」だったと回顧した。親孝行のために歯を食いしばって頑張った繊維産業の女工たちは目的意識がずっとはっきりしていた。漱石はある意味で彼女たちよりもゆとりがあったために一層虚ろであった。

近代人の職業選択の悩み

近代社会で自分と社会をつなぐのは職業である。しかし漱石は教師をしながらそれに向いているとはちっとも思っていなかった。大学を卒業後、東京師範学校、松山中学、熊本高校の英語教師として働いた。それなりに評判が良かったようだが、漱石自身は教師がいやでたまらなかった。松山中学や熊本高校で教師をやりながら他の仕事の斡旋を頼んでいる。職業と自己の齟齬は続いた。ロンドン留学から帰国後、東京帝国大学文科大学の英語講師をいやいや勤めた挙句、朝日新聞専属の作家になったのは四〇歳の時であった。英語で活路を開いた諭吉と英語で迷路に入った漱石の間にあるのは、日本近代化の進展である。

漱石の苦しみは近代社会の盲点を突いている。一般に近代社会というものは自己が一体何かということをつかめないうちに、やるべき仕事を押し付けるものである。たいていの人々は生きるためにしかたなく職に就き、齟齬に塗炭の苦痛を味わう。およそ近代というものは、一方に社会という大車輪が存在し、他方には個人という小車輪を擁する。これをつないでいるのは「職業選択の自由」というパイプだ。ところが自由といって、二つの車輪が必ずピタリとマッチする保証はどこにもない。個人という小車輪が苦しんで泣いていても社会という大車輪は止まらない。大車輪の必要性を満たさなかったら結局は人々が困ることになってしまう。だから大小二つの車輪の齟齬などにはまったくお構いなく、営々と大車輪は動いていくものなのである。そして社会と個人という両輪の齟齬は、社会のスピードが速くなるにつれて、消えるどころかぐいぐい大きくなっていくにちがいない。

齟齬は、そもそも社会の大車輪の優先についていくことを宿命化された諸個人の適応の無保証に由来する。すぐれて社会という大車輪の優先／小車輪たる個人後続、という構造的問題なのである。ところが構造はどこかへ忘れられて、すべて一人ひとりの自己の適性のなさばかりに問題がすり替えられるのが常なのである。問題は「ミス・マッチ」などという言葉で処理されてしまうのである。つまり君が「高望み」するからいけないんだよ、というわけだ。

明治政府が強力に推進する富国強兵政策は、先進国との距離を短期で縮めるべきものであり、急激であればあるほど、それだけ一層、個人側の文明苦を強化するものとなった。西洋が三〇〇年費やしてやり遂げたことを日本はわずか数十年でなしとげたなどと支配者は言う。だが、どれほどそのことを誇ってみたところで、一身上の無理を我慢して耐えさせられた個人の側の文明苦は償われない。国富の増加はつまるところ貧民の苦痛を増やしたことの一帰結にすぎない。しかし国富の指標には人間的な苦労はまったく算入されていないのであった。

顔で笑って心で泣いているのが日本近代化の実体じゃないかと漱石は見破った。漱石は、諭吉が軌道を敷いた文明化の下に隠された、人々の言うに言われぬ文明苦をつかみとったのである。

諭吉が「一身にして二世を経る」と言う場合、封建から近代への移行を指す。この転換を泳いでいく楽しさが『自伝』の痛快さである。この痛快さは近代化がトンネルを抜けていく明るさである。だがひとたび近代化が始まれば実はトンネルを抜けてもまたトンネルの連続である。漱石は「春がきてもどうせまたすぐ冬が来るさ」と言い、明は暗となるという。明るさの底に暗さが射し込むことを発見したのである。

諭吉の賢さと漱石の強さ

諭吉の痛快さは、時代を先読みして、こうやればいける、ああやればうまくいく、というような、つまりは「機を見て敏」であることの賢さである。一八六八年（慶応四年）、福沢諭吉は彰義隊の戦いをよそに、ウェーランドの『政治経済学原理』(Francis Wayland, *The elements of political economy*, 1866) の講義を続けていた。受講者の中に、早矢仕有的《はやしゆうてき》（一八三七〜一九〇一）がいた。有的は諭吉と二歳違いであるから、同世代の同志と言って良い。一説によると、諭吉は株式会社についての考えを有的に伝授したと言われる。有的は早速一八六九年（明治二年）に丸屋商会という名で起業した。これが後の丸善となる。丸屋は友達の出資でつくられた、日本近代初の株式会社である。理論と実践のこの距離の近さ、スピード感のなかに明治の支配階級のエネルギーがある。理論で学んだことを、実際にやってみて、それを形にし、既成事実をどんどんつくってしまう。また、一八七二年土地永代売買の禁が解かれるや、諭吉は三田慶応義塾敷地を私有地に買い受けた。諭吉は情報を掴むとただちに実践化する。そこに人脈をなし、社会を動かす勢力をつくるのである。状況の中にある様々な要素の中に一つの傾向を読み取って、その一点の実現に向かって力をたたみかけていく見事さである。

これに対して漱石の「私は強くなりました」は、状況の変化を先取りするとか、見事に時流に乗るといったものではない。反対である。変化に適応すること自体の馬鹿らしさに漱石は気づいたのだ。漱石が掴んだのは、〈ぐらついている自己〉から〈強い自己〉への内面的な転換だった。

「機を見て敏」であることが果たして本当の賢さなのかという疑いが漱石にある。漱石が問うのはむしろ次のことである。状況を読み取る速さ、したがって機を見て敏な変わり身の素早さに人間としての自己喪失を読み取るのが漱石である。賢いことよりも強いことのほうが大切なのである。漱石の強さは、目利きの良さや身代わりの速さといった賢さから大胆に離れてみる力なのだ。速いということに気づくためには、速さをロングショットでみつめるだけの、何か恐ろしく遠くから物事をみつめておく必要がある。時代の速さに苦しみ、速さを対象化するためには、機を見て敏な賢さを捨てなくてはならないというのが漱石の人生観であった。

遠い所から時代の速さを見つめるために漱石は人生最初の三五年を費やした。神経衰弱や胃潰瘍はこのための身体的な代償であった。体を切り刻んで漱石はどうやったら「機を見て敏」であるような賢さから抜け出ることができるかを考えたのである。「正しき人でありさへすれば必ず神経衰弱になる事と存候」（一九〇六年、『漱石全集』㉒書簡591）と述べ、「小生は何をしても自分は自分流にするのが自分に対する義務であり且つ天と親とに対する義務だと思います」（虚子宛手紙、一九〇六年、㉒書簡599）という反時代的な自覚が登場する。

これは次のような感慨がついていた。「昔はコンナ事を考へた時期があります。正しい人が汚名をきて罪に処せられる程悲惨な事はあるまいと。今の考えは全く別であります。どうかそんな人になつて見たい。世界総体を相手にしてハリツケにでもなつてハリツケの上から下を見て此馬鹿野郎と心のうちで軽蔑して死んで見たい」。このことが自覚化されてきた後、彼のなすべきことは自分流を防衛するために、自己の喪失を強いる時代と闘うことになった。

漱石の「強い頭」が出てくるためには、「賢い頭」の持ち主である諭吉の近代がすでに猛烈に進展していることが必要である。この意味で漱石は諭吉に負うている。諭吉なくして漱石はない。漱石にとって諭吉は事柄の上の先輩である。しかしだからといって諭吉が漱石の思想上の先輩であるということにはならない。漱石が諭吉について一言も論じない理由はおそらくここからきている。漱石は、日本人全体を近代化のレールに乗せてみせると自負する諭吉を、心底許せなかったのである。漱石の諭吉に対する完全無視は諭吉を敵視したということに等しい。

II　個人とは何か

3 〈独立自尊〉と〈自己本位〉

似ているように見えるが違う

諭吉と漱石は、いずれも個人の独立を謳った思想家であったという点で、よく似ているように見える。二人とも、集団に埋没しがちな日本人にたいして早くから個の独立を提唱した。では二人の個人観は同一なのであろうか。ここは注意を要する。諭吉が「独立自尊」を主張し、漱石が「個人主義」を重視したことは承知のとおりであるが、だからと言って両者が同一の主張をした思想家だということにはならない。むしろ最大の誤読の危険はここにあると言ってもよいほどである。

日本人はもはや集団主義ではない

日本人が集団主義的であるという説は、農村でムラ社会が支配し、また都市においても会社が一種の擬似家族として運営されていた間続いてきた。しかしムラが解体し、会社がそれまでは社員を丸抱えしてきたのに、容赦なく会社に依存できないように切り捨てる時代が来た。とくに一九八〇年代以降世界中で新自由主義という考え方が流行るようになった。中曽根政権から小泉政権への時代に対応する。この時期に「自己責任」論が強調された。就職、転職、結婚、老後など一連の人生の選択が「個人化」し「個人責任」が求められた。多様なオプションを適切に選択できない者は損をすると言われた。失敗した者は、引け目を感じなくてはならないとも言われた。

新自由主義はなお全盛である。これによって日本の集団主義的な伝統は急激に解体した。日本の政治経済の基調が変わった。まず、会社への忠誠心と引き換えに個人を組織ぐるみで保護する制度は壊された。集団主義を許容する余地は減り、かつては会社から支給されていた様々な手当も減った。正社員が減って、非正規社員が働く者の三分の一を上回る。人は会社や組織にべったり忠誠を誓っていればよいというわけにはいかなくなってしまった。ますます「自由」で「多様」になったのだ。

このような時代になって諭吉と漱石の個人論を改めて考えてみなくてはならない。以前はなんとなく西洋個人主義の立場からムラ的な没個性を批判していたように見えた「独立自尊」とか「私の個人主義」とかのスローガンも、そもそも正確には何を主張していたのかに注意が向けられるようになってくる。従来、集団主義に対して個人主義を対置するだけで事足りた。しかし基調が集団主義から「個人化」するなかで、個人主義の中身が問われるようになってくる。基調の変化によって問い方も変わるのである。二人の個人主義の違いはどこにあるのかという論点がせり上がってくる。このような文脈を重視して、諭吉と漱石の個人論を比較してみよう。

諭吉の「一身独立して一国独立す」

諭吉の戒名は「大観院独立自尊居子」という。「一身独立して一国独立す」とか「インヂペンデント」ということを論じて諭吉はすこぶる明快である。諭吉の個人主義はだいたい一八七〇年代半ばまでには骨格が固まったとみてよい。

諭吉の思想はよく「一身独立して一国独立す」(『学問のすゝめ』)に要約されると言われる。この場合の「一身独立」とは、実は特殊歴史的な意味を持っている。個がしっかりすれば集団もしっかり育つというような歴史貫通的な意味ではない。諭吉は「人民の私権を堅固にするは立国の大本」(「私権論」、『福澤諭吉全集』⑪三八四頁)と説明している。だから、「一身」というのは、いつの時代でも誰にとっても共通するような、体をもつ個体という意味ではなく、鋭い歴史的な意味を込められたものである。つまり、これは特定の歴史的な地盤を持ち、男性、財産家、健常者に限定される私権の独立を指すものである。

『西洋事情』から晩年まで一貫しているのは、独立が私権的な意味で把握されている点である。私権とは、「国民の一身に属する私権」すなわち「自ら心身を労して私立の活計をなす」こと、言い換えると「私有の本」である。「私有とは、価ある物を自ら為に用い、或いは自由に之を処すべき権を云う」(①四六三頁)。したがって、「一身独立」とは、人間が一人前になること一般を指すものではない。これは、日本近代化の中で、資本主義の基盤となるべき「自己の活計」を私有の主体たる私人（民間人）として立ち上げることでなくてはならない。

諭吉の「一身独立」（一八七三年一二月）は、一八七二年に土地売買の自由が解禁となり翌年の地租改正法によって日本史上初めて事実上の私的所有権が確立した（民法施行は一八九八年）ことを受けているのである。私権を確立した人間のことを私人と呼ぶ。私人は、他人からの援助を受けて生活することを戒め、独立不羈《ふき》を追求する人でなければならない。

有名な「瘦我慢の説」（一八九一年執筆、⑥）の冒頭に「立国は私なり公にあらざるなり」という言葉がある。普通の感覚では「立国」すなわち国家建設は公的なものである。それを諭吉は「私なり」と言う。それは、すなわち、国づくりの出発点にあるのは私有を基礎とする私権にほかならず、また国家の活動目的は私権の一般的保障にあるという点を論じるものである。国家は究極的には利己心から始まり、それを保障することに終わるという意味である。このように、「一身独立」とは、私権に基づくブルジョア社会の構築が立国の基盤であるという意味であった。

「尚商立国論」で初めて使った「独立自尊」の用語

「一身独立」と並んでよく使われるのは「独立自尊」である。この言葉が登場するのは、「尚商《しょうしょう》立国論」（一八九〇年、⑫）においてであった。この論は、「文明世界の立国は其要素大き中にも、国民の富実は要中の至要なり」と説いて、「昔年鎖国の時代には武の一方を以て国を立てたれども、今日は其武を張るにも先ず金を要することにして、其金の由って来たる所は商工に在るがゆえに、古の尚武の語を借用して尚商の新文字を作り、商売を以て国を富まし、其富を以て国事を経営し、政事に、武事に、文事に、外国の交際に、都《すべ》て意の如くなるの日を期す可し」(⑫四八五頁)とする。

諭吉が憤っているのは、明治における官尊民卑の風習である。官吏社会にたいして平民社会の優位を確立すべしという。この場合、リーダーシップは官ではなく、民間社会総体を牽引する日本の実業家にこそ求められねばならない。実業家の私権によって商売繁盛を徹底してこそ近代国家建設はなる。したがって「独立自尊」という言葉は、資本家主導の平民社会のヘゲモニー論であった。諭吉の近代社会論は一貫して私権的社会論なのである。

諭吉の社会政策論

私権的社会論から諭吉の反社会政策論の立場が引き出される。社会政策とは、国家が失業者、孤児、障がい者、老齢者、シングルマザーなど、いわゆる社会的弱者を救済する諸施策を指す。社会政策は、一八九七年に社会政策学会が設立されて以降ようやく日本で本格的化する学問領域である。というのも、一定の資本主義の成熟が社会問題を生み出すからだ。ところが、諭吉は前人未到のこの領域にいち早く幕末に着手しているのである。これは驚くべきことである。

「西航記」(一八六二年、⑲)において諭吉はいち早く社会政策領域を見聞している。諭吉らは、訪問したヨーロッパで国会とか王宮の挨拶を済ますとただちに病院や救貧院、養唖院を見にいった。もともと医者志望だったこともあって彼は病人、障がい者、老人、孤児などをどう政府が処遇するかに注意深かった。しかし、それだけではない。この目配りはもっと社会政策的な領域への激しい理論的な志向を伴っている。人が老齢化し、病気にかかり、あるいは事故にあい、あるいは孤児となり、障がいを持つ場合、西洋社会はどのように対処しているか、諭吉はそこに近代社会の本質が見えてくるのではないかと考えたのである。それだけに描写も丹念である。「これらの人費は全く政府より出す。但し貧者にあらずして唖子《あし》育（盲）子ありて、院に入れ諸術を学ばしめんと欲するものは、其学費を出すなり」（⑲二二頁）という具合だ（公費支出にかんして素直に受け入れている点、後日と異なることに注意）。

『西洋事情初編』（一八六六年）は、最初の渡米を含む三度の洋行の成果をもっと詳細にまとめた大著である。しかもただの海外レポートではない。これは、アメリカ独立宣言および合衆国憲法の福沢訳をみてわかるように、欧米社会の仕組みを骨太につかんだうえで、実物見学による体験を驚異的な視野で積み上げている。いずれの渡航の場合も諭吉は病院、障がい者施設、救貧院などをせっせと回って足で書物を補い、見聞した事物の背後にある原理に立ち返って具体物を位置づけながら書いている。このため、これらの見聞事項はボリュームを増して具体性がきわめて高いものとなった。諭吉は、ただ見たままの実態記述をするのではなく、私権的社会の構造が、市民的自由主義という抽象的な原理に支えられていることを把握しながら、実地の具体物を位置づける。これが際立つような説得力を獲得した理由であった。

諭吉の個人論は反社会政策論と結びついている

こうした社会政策領域での実地見学から諭吉の個人論を考える必要がある。まず、近代の貧民対策はどうあるべきか。このことを諭吉はすでに幕末に考えている。「活計」という諭吉の思考を貫く基本タームで、「貧困にして活計なきときは之を貧院に入れ」るものとする（『西洋事情初編』、①三〇七頁）。諭吉は、救貧院という近代窮民救済制度が私権的な「活計」の有無を基準にして平民を分類したものだということを見破っている。

また救貧法が成立する理由を「窮民を恵て之を扶助するには政府にて其法を設け、国中一般の人より其費を出さしめざるべからず」と述べている。だが注意深く、これを適宜施行することは甚だ難しいとも述べ、イギリス新救貧法（一八三四年）政策の微妙な両義性に言及する。「窮民を処置するの法に付ては、古来世人の議論甚だ多し。其大趣旨は仁恵を施すに在りと雖も、妄りに施して規律なきときは却って大に人を害す。銭を欲する者へ銭を興ふるは、徒に其人を怠惰に慣れ親しむるのみ。元来人として怠惰の性あらざるものなきが故に、力を労せずして銭を得るの道あらば、誰か敢えて力役する者あらん。故に人に施して規律なき者は徒に金を費やし、名は慈愛に似たれども其実は人をそこなうなり。其施しを受ける者は多々益々足るを知らず、力役して得べき給料よりも多きに至らざれば飽くことなし。遂に天下の良民をして怠惰の風に慣れしめ、甚だしきは悪事に陥し入るゝことある可し」（①四三八頁）。見事な観察である。

つまり、近代社会では人民の「活計」を基準とし、施設に収容されるものも常にそれへ復帰させることを眼目としなくてはならない。このため「窮民を扶助するに、衣食住の安楽自在を奪い、ことさらに束縛して其の意に適せしめざるは、其法或いは刻薄に似たれども、実は然らず」。「仮令ひ老年衰朽の者と雖も家族に近づくことを許さず、数十百人の窮民を広き一屋内に雑居せしめて、飲酒を禁じ淫楽を制し、食物は良品なれども滋味を与えず、且つ院内の法則ありて眠食共に自由ならしめず。世人若しこの有様を見て愍然なりと思はゞ、退いて国中億万の小民を反顧す可し」とし、「窮民の意に適して之を養はゞ、斯る良民も自ら其節を変じて他の扶助を仰ぐの意を生ず可し。是の如きは則ち、世間一般の冗費を増すのみならず、故さらに良民をして不羈独立の廉恥を忘れしむるなり」と喝破する。「政府たるものの職分は、一国内の人をして各々独立の活計を営み勉めて他の扶助を仰ぐことなからしめんがため、自ずから其の風俗を鼓舞して之を助けなすに在り」（①四三九―四〇頁）とする。

要は政府による救貧援助は怠惰をもたらし良民を悪事へと導く恐れがあるため、できるだけ切り詰めるべきである、というのであった。

見たように、諭吉の社会政策論はさしあたり『西洋事情』のように、救貧法の必要を認めたうえで量を限定すべきこと論じるところから出発している。しかし彼の近代化論の成熟にしたがって、諭吉は一層自由放任論に近づいていった。自由放任論の基本は、国家による窮民救済は廃絶せよ、である。それは諭吉の公私分担論に鋭く現れる。

『文明論之概略』の反社会政策論についてはのちに触れることにして、「通俗民権論」（一八七八年）での議論は明快である。「英国の学士『スペンセル』氏著述の『ソシヨロジー』と云える書中に云く、貧賤の婦人が野合して子を生めば、則ち貧民救助の国法を以て、毎人に若干の扶助金を給して衣食を得べし、是に於てか怠惰無頼の男子は、活計に苦しむの余りに奇計を運し、此扶助金を目的として該貧婦を娶らんことを求むる者あり云々。是等の醜態は必ずしも下等社会に限らず、歴々の仲間にも珍しからぬことなり」（④六二七頁）。

ここにあるのは、社会政策をめぐる公私分担論である。政府／市場の区分を基礎に、福祉切り捨てを進めていこうという傾向である。この論調はスペンサーの処女作『社会静学』(H.Spencer, *Social Statics*,1851）以来のものである。スペンサーはその著作で当時のイギリス政府の新救貧法を全廃させようとしただけでなく、郵政、防疫、教育など一切の公的サービスをも民営化せよと迫るほどの、筋金入りの小さい政府論者であった。諭吉は慶応義塾の試験問題の賞品に「スペンセル氏『ソシアレ　スタチックス』」をあげるほど彼に傾倒していた（⑳一七七頁）。諭吉とスペンサーの市民的自由主義はいろいろな点で違いがあるけれども、スペンサー理論が反労働者階級の旗色を鮮明とし窮民を敵視している点では諭吉にとって参考に値する考え方であった。

つまり諭吉からすれば、社会政策領域が小さければ小さいほど、ヘゲモニーの主役は政治家や官僚から民間資本家層に移る。日本の実業家は、諭吉の「一身独立して一国独立す」の見地からすれば、一方で私権を保障する政府に対して命を投げ打ってでも報国する義務があるとともに、他方で窮民のために国家が社会政策を充実させることに対しては猛烈に反対を貫かねばならない。日本の民間資本家層を指導者に据えて平民社会をリードせしめるという構想は、私権の強化である。そして私権の強化とは、日本の階級社会の最底辺に「窮民」をあえて配置することを狙ったものだった。諭吉の用語で「活計」の努力へと万人を切磋琢磨させる仕掛けは、反社会政策論と結びついている。ちょうどそれは、スペンサーがイギリス社会を、市民（ブルジョアジー）、貧民（労働者）、窮民の三つの階級に分化させ、総競争体制を創出したのと同じ効果を狙うものであった。

公私分担論

近代化の過程で、このような公私分担論がいかなる結果を社会にもたらすか、諭吉はよく理解していた。「畢竟《ひっきょう》今の社会の組織にては、貧乏人の苦界を免かるゝ甚だ易からずして、貧はますます貧に沈み富はますます富を増し殆ど際限ある可らず」「太陽西より出て黄河より逆に流るるの不思議僥倖《ぎょうこう》あるにあらざれば、今世の貧乏人に開運の日はなかるべし」（「貧富論」、⑬七〇、七四頁）と、貧富の懸隔は近代化とともに不可避的に広がる。これが福沢の一貫した基本的な近代認識である。ゆえに「独立自尊」というのは、下層平民にとって、福祉切り捨てのなかで「不羈《ふき》独立の活計」のために体を張って勉学と勤勉とに励まねばならぬという意味にほかならない。

子ども向けに書いた「ひゞのをしへ」は諭吉の「独立自尊」をわかりやすく書いたものである（「ひゞのをしへ」、⑳六八頁）。

「子供とて、いつまでもこどもたるべきにあらず。おひ〳〵はせいちおうして、一人前の男となるものなれば、稚きときより、なるたけ人のせわにならぬよふ、自分にてうがいをし、かほをあらい、きものをひとりにてき、たびもひとりにてはくよふ、そのほかすべて、じぶんにてできることはじぶんにてするがよし。これを西洋のことばにて、インヂペンデントといふ、インヂペンデントとは独立ともうすことなり。どくりつとは、ひとりだちして、他人の世話にならぬことなり。」

以上ここには、子どもの身辺的自立《インヂペンデンス》が語られている。しかしそれにとどまらない。真の狙いは、身辺の世話を誰にも受けないことを善として子供の時から教えることである。子どもの心にこれが深く刷り込まれていくとどうなるか。身支度や衣服の着脱などを一人で行えない人は今の世の中では一人前ではないという、「不羈独立」観をもたらすにちがいない。障がい者をはじめ社会的弱者はいつの社会にも約一〇パーセント程度存在している。ところが「インヂペンデント」の名目で社会的弱者にたいする公的福祉政策の極小化を子どもに教えていくという周到ぶりである。

こうして諭吉の私権的社会論が、けっきょくは制限的または反社会政策論になり、福祉切り捨て論につらなることがわかる。諭吉の思考の歩みからすれば、独立自尊的人間像があらかじめ心中にあってその制度化として私権的社会論が結果したのではない。ぎゃくである。幕末から救貧院の機能を考えている点から推して、むしろ反社会政策的な立論によって私権的社会論が徐々に仕上がり、「独立自尊」の言葉は後からついていったのである。

漱石の個人論

漱石の個人論は諭吉のそれと対照的なものである。たしかに大学時代の漱石は、帝大在学中にも人並みにH・スペンサー流の社会進化論の教えを受けた。漱石は予備門時代に友人である太田達人からスペンサーの『第一原理』を借りて読んだと自分で書いている。第一原理というのは「すべての人間は、他のいかなる人間の平等の自由を侵害しない限り、自分が意志するすべてのことをする自由を持つ」という原理のことである。弱者救済の目的で救貧税を徴収することは、スペンサーにとって、国家による個人の自由の侵害である。善意で弱者に所得の一部を寄付するのは個人の自由であるが、天引きで税を取りたてるのは、その分だけ可処分所得を剥奪されることを意味する。だから「第一原理」というのはスペンサーが、いわば自由権一本で成り立つような市場社会を理想に掲げたことを表す。これによって猛烈な自由放任論を吹聴したのである。

すでに見たとおりこの考え方は諭吉に一定の影響を与えている。諭吉の私権に当たる「一身独立」のことをスペンサーは個別化（individuation）と呼んで、人間が個々バラバラに孤立化することを理想化し、国家の一切の社会権的介入を否定したのである。

漱石の大学時代にはスペンサーのこうした市民的自由主義論が流行していた。市民的自由主義というのは、いわば総競争体制の議論であって「適者生存」を中心命題とする社会進化論と言い換えることもできる。社会進化論は、個人だけでなく、国家にも応用されて、明治近代化のなかで富国強兵論の理論的な支えにもなった。広い意味にとれば、社会有機体の生存の必要に応じて意識や思想が変化するという方法論にも使える。進化論のこのような枠組みで書かれた思想史的研究の成果はL・スティーヴンの『一八世紀イギリス思想史』（一八七六年）である。漱石はこれを留学前に熟読したとされるから、諭吉と似通った思想的基盤から漱石も出発したと言ってよかろう。

ところが、日清戦争前から、漱石は日本型のスペンサー主義者に反発を覚えていたようだ。日本型のスペンサー主義者というのは、弱肉強食の国家を持ち上げて、個人にも忠君愛国を押しつける外山正一や加藤弘之のような帝国大学の教授たちだ。漱石は就職の世話を外山にしてもらったこともあるから、人間関係的には複雑だが、ともかくこの反感はイギリス留学中に決定的に高まった。イギリスで彼は社会的自由主義等の新思想を読みふけって大きく転換し始めたのである。すると個人論は違った様相を帯びるようになるのだ。帰国後の漱石の個人論は、社会学や心理学の考察を踏まえてがっちりした土台に立脚したものになる。そして彼の個人論が固まる『私の個人主義』(一九一四年、四八歳)の頃になると、漱石はついに諭吉の思考様式を貫く私権的個人主義と全面的に対決する論理を彫琢するまでになるのである。

漱石の『私の個人主義』とは何だったか

漱石の個人論の頂点を示すのは『私の個人主義』(『漱石全集』⑯)である。これは学習院での講演(一九一四年一一月二五日)のために準備された原稿である。この講演の構成を考えておこう。講演は大きく分けて二つの部分からなる。前半は、いわば「自己」発見史である。漱石は、大学を卒業したあと「私は此の世に生まれた以上何かしなければならん、と云って何をして好いか少しも見当がつかない」(⑯九二頁)という不安をかかえていた。卒業後学習院大学へ教師の口を探して応募したが、採用されなかった。その後、松山中学、熊本高等学校、東京帝大文科大学の英語教師を勤めて、英国留学を命ぜられるに至った。しかし英文学はよくわからないし英語教師にもあやふやな気持ちしかもてなかった。イギリス留学中もこの状態は変わらず、ついに、「何の為に書物を読むのか自分でも其の意味がわからなくなって」(⑯五九三頁)しまった。

ここで漱石は方向を転換する。「今迄は全く他人本位で、根のない浮草のやうに、其所いらをでたらめに漂っていたから、駄目であったといふ事に漸く気がついたのです」。「私が他人本位といふのは、自分の酒を人に飲んで貰って、後から其品評を聴いて、それを理が非でもさうだとして仕舞う所謂人真似を指すのです」。ここから脱却するために漱石は「文芸とは全く縁のない書物を読み始めました。一口でいふと、自己本位という四文字を漸く考へて、其自己本位を立証する為に、科学的な研究やら哲学的の思索に耽《ふけ》り出したのであります」。この結果「私は此自己本位といふ言葉を自分の手に握ってから大変強くなりました。彼等何者ぞやと気概が出ました」(⑯五九五頁)という。

「他人本位」から「自己本位」へ。これは「人真似」から「人真似でない自分」へと言い換えられる。「もし貴方《あなた》がたのうちで既に自力で切り開いた道を持っている方《かた》は例外であり、また他《ひと》の後《あと》に従って、それで満足して、在来の古《ふる》い道を進んでいく人も悪いとは決して申しませんが、(自己に安心と自信がしっかり附随してゐるならば、)然しもし左右《そう》でないとしたならば、何《ど》うしても、一つ自分の鶴嘴《くちばし》で掘り当てる所まで進んでいかなくっては行けないでせう。行けないといふのは、もし掘り中《あ》てる事《こと》ができなかったなら、其人《ひと》は生涯不愉快で、始終中腰《ちゅうごし》になってこの世の中にまご〳〵してゐなければならないからです」。「貴方がた自身の幸福のために、それが絶対に必要ぢやないかと思うから申上げるのです」(⑯五九七頁)。

以上、前半部で漱石は自分が文芸上の価値判断を下し得なくなった状態、何がなぜ良いか悪いかを相応の根拠を持って評論できない状態に陥り、それと苦闘せざるをえなかった経過を述べ、「自己本位」の四文字をつかむに至った三〇有余年の経過をきわめて圧縮して話した。

漱石は講演後半で階級社会批判を展開する

さて講演の後半である。およそ人間が「自己本位」を認めるとすれば人真似で生きることは生きることに値しない、という前半部の結論を聴衆に共有させたうえで、漱石は自己史から一転して現実社会に目を転じる。そして真っ直ぐに金力と権力に話題を移す。ここで講演が学習院で行われたことの意味が前面に出てくる。聴衆はことごとく金持ちの子弟である。「もし私の推察通り大した貧民はここに来ないで、むしろ上流社会の子弟ばかりが集まっているとすれば、向後貴方がたに付随してくるもののうちで第一番に挙げなければならないのは権力であります」と語りかけるのだ。

言い換えれば、漱石は聴衆に向かって、貴方がたは上流社会／貧民という階級社会における権力側の人々でしょう、というのである。漱石は権力者や金持ちが嫌いだ。「今の世に神経衰弱に罹《かか》らぬ奴は金持ちの魯鈍ものか、無教養の無良心の徒か左《し》らずば、二〇世紀の軽薄に満足するひやうろく玉に候」という激しい言葉を用いたこともあった（㉒書簡５９１）。講演の聴衆は、自己発見史にあてられた前半を聞いているあいだは文豪の青年期の総括だから割合気楽に聞けたかもしれない。しかし、後半の階級社会論には突如緊張が漲る。

漱石は、後半一転して、権力とは何かといえば、「権力とは先刻お話した自分の個性を他人の頭の上に無理やり押し付ける道具なのです」（⑯六〇〇頁）という。人が嫌がることを無理にでも行わす道具を権力というのである。「権力に次ぐものは金力です。これも貴方がたは貧民よりも余計に所有しておられるに相違ない。この金力を同じそうした意味から眺めると、これは個性を拡張するために、他人の上に誘惑の道具として使用し得る至極重宝なものになるのです」という。金持ちは自分だけの個性の拡張のために他人の個性を妨害してでも人を誘惑するためなら道具としての金を使うのだ。

講演前半の漱石は、「自己本位」を自分の学芸的な個性の意味で使った。だが後半、「実をいうとその応用ははなはだ広いもので、単に学芸だけにはとどまらないのです」という。読み飛ばされることが多いが、ここは決定的に重大な箇所である。「学芸だけにはとどまらない」「応用」的な意味とは何か。現実社会の中で出てくる応用的な意味を漱石はつかみだそうとしている。

漱石によると、権力や金力を持つ者は、学校や軍隊で高圧的なものであるが、それ以外のごく普通の実社会においても「自分が好《い》いと思った事、好きな事、自分と性の合う事、幸いにそこにぶつかって自分の個性を発展させて行くうちには、自他の区別を忘れて、どうかあいつもおれの仲間に引き摺《ず》り込んで遣《や》ろうという気になる」。権力があると、政治社会において自他の区分を忘れて、他人が別段好きでもないものを自分が好きなのだからという理由だけで無理やりやらせようとする。金力があれば、経済社会で「それを振り蒔いて、他を自分のようなものに仕立て上げようとする、すなわち金を誘惑の道具として、その誘惑の力で他を自分の気に入るように変化させようとする」。金力権力は「自他の区別」を打ち消すものなのである。そのことによって金力権力は他人の個性を妨害すると断定する。

漱石の「自己本位」論の反階級的本質

前半の「自己本位」論は後半の階級社会論のなかをキリのように突き通る伏線となる。前提としてすべての人々は「自己本位」を貫いて、自分の個性を掘り当てるところまでいかねばならない。「自己本位」は互いの個性の尊重を求めるものであって、誰も他人の幸福を妨害してはならないはずだと、漱石は要約する。そのうえで、しからば現実社会で個性の尊重という原理は実行されているのだろうかと詰めていく。個性は実社会で保障されているわけではない。上流社会／貧民という階級社会では、権力側の人々は権力と金力とで自己の個性を尊重できる。しかし、貧民の個性の拡張は毫も認められてはいない。すなわち、万人の「自己本位」は階級社会と相容れない。金持ちは自分のことのみを尊重し、しかも自他の区別を消そうとしがちだ。だから、「自己本位」を尊ぶならば、上流社会は貧民を配慮する義務を負うというのである。

前半の自己発見史の説得力が圧倒的であるだけに、後半の階級社会批判には凄味が出てくる。聴衆は、「自己本位」の普遍性と自分の未来図の間で挟撃される。きびしい講演である。

社会科学者の意表をつく漱石の発想

漱石の個人主義は、このように、階級社会を根底的に牽制する狙いを持つものである。社会科学者にとってこれは意表をつく論理である。通常社会科学では、個人主義は旧共同体と対立させられる。イエとかムラに対抗して登場するのが個人主義であると考えるわけである。また日本近代文学の課題も、同じく旧式の縛りから自由になる近代的自我の達成を求めるものであった。ところが、漱石の個人主義概念はこれらの枠組みにまったく納まらない。漱石の個人主義は、そうした月並みな発想と違って、近代社会の成り立ち、その階級社会としてのあり方と対決するものなのである。これは普通の社会主義者にとっても思いがけないものである。通常社会主義者は、旧共同体を壊して登場してきた近代社会を個人主義的であると解釈するだけでなく、社会主義的であるためにはこの個人主義を克服しなければならないとも考える。つまり、資本主義と対決するためにはまず労働者の心の中の個人主義を削ぎ落とすべきだと考えるのである。

ところが、漱石の考えでは、資本主義は個人主義的ではない。反対に個人主義を妨害するものなのである。それゆえ個人主義を貫徹するために資本主義と対決しなくてはならないということになる。漱石の個人主義は、後に見るとおり部分的には古典近代から引き出されているのだが、しかし反資本主義的な意味を含むものとして設定されているわけである。

諭吉『学問のすゝめ』における向上心

『学問のすゝめ』(一八七二年)には諭吉の卓抜な近代社会論があった。近代社会とは、市民社会(四民平等)+階級社会(近代の上下関係)であるという考え方だ。すなわち、権利上は人に上下はないが、権力と金力の偏在によって階級が出現する、という考え方である。市民と階級という二つの層は、いわば手段と目的の関係になっている。つまり、人々をいったん市民化すること（法の上での差別をなくすこと）によって実は階級を生み出すことに最終目標を置いているのだ。市民（天は人の上に人を造らず……と言えり）と階級（その有様において雲と泥の差有り）は、「されども」でつながれている。

だが諭吉から見れば市民と階級は別段矛盾するわけではない。階級があるということは、人々の有様に上下格差があるということである。「有様」は仕事や暮らしぶりで外形上目に見えるから、人々は既成の上下格差を見て、できるだけ上へ行こうと動き始める。競争があるから上下関係が生まれるのではなく、上下関係があるから競争が生まれるのである。下の者は上の者を見て奮起せよと諭吉は諭す。だから、市民であるということの意味は、身分という固定枠を撤廃したからこそ積極的な意味を持つにいたるのであって、一所の身分（地位）に甘んずることなく、たえず流動すべしという定言命法のようなものとなるのだ。市民であるという条件を手段に使って、人々は上へ這い上がる目標を追求する。誰かが出世すれば、他の誰かが落ちるのが当然であってもそうせずにはおれないのだ。

諭吉の市民概念は狭い

こういう考え方は、かなり広範に受け止められて自然視されているようだが、よく考えてみると、市民の論理としては狭すぎる。というのも、西洋の本来的な市民の論理の中には、階級をすんなり認めないものがたくさんあったからだ。たとえば西洋思想史上のルソー、カントおよびスミスにさえ、独立自営の小経営者のイメージが多かれ少なかれ含まれている。ルソーの「平等」には自己の意思以外に服従しない個人が強固にあるし、カントの言う「自立」とは他人の指図を受けない個人を理想化したものだ。スミスの「自由」でさえ自己の労働の成果をまるまる自己のものとする自由をいくぶんは残している。

これらのように一八世紀啓蒙思想は、自己と他者の関係で「自由・平等・自立」を尊重したがる。これを望まないものは市民とは呼べないとさえ考える。一八世紀が重視した理性的な個人像からすると階級社会は簡単には支持しがたい。つまり啓蒙思想家は本来的に生活圏での共和制と非階級社会とを尊ぶ傾向があるのだ。

ところが、『学問のすゝめ』は市民社会と階級社会を手段と目的の関係で結びつけ、貴人／下人、富人／貧人という階級を自明化する。すなわち底辺階級の上に「医者、学者、政府の役人、または大なる商売をする町人、あまたの奉公人を召使う大百姓など身分重き人」が乗っかる仕組みを堂々と肯定している。**1**で述べたように、幕臣であった頃の諭吉は門閥制度に苦しんだとはいえ、人間の上下関係一般を悪と述べたのでは全くなかった。かえって彼は勤王の長州浪人を「下人」扱いして、幕府の歓心を買おうとした頃さえあった。「米独立宣言」は独立自営農民を理想としたT・ジェファーソンの起草とされる。独立自営農民は互いに「自由・平等・自立」している。独立宣言がはっきりした階級社会論を展開しないのはジェファーソン的デモクラシーの理論的な枠があるからだ。

だが諭吉は一九世紀人である。ゆえに一八世紀啓蒙思想の最良の部分を知ってはいたが、万人の「自由・平等・自立（幸福の追求）」の普遍性に執着しない。諭吉は小経営者のイデオロギー的呪縛を捨てて、資本主義的近代化の先導者へ乗り換えたのであった。だから、ルソーやカント、あるいはジェファーソンのような啓蒙精神はすでに諭吉において定着する場所を持たなかったのである。

諭吉は啓蒙思想家ではなく産業社会論者

だからこそ、諭吉の市民概念は階級が形成されるための手段でしかないという具合になった。なぜなら市民であることは、身分が消えて、ただちに階級競争的に生きること以外ではないからだ。諭吉の思想を解読するキー概念である「私権的個人主義」は上下関係を嫌う「自立した個人」とは何の縁もなく、反対に実業家や大百姓は「難《むずか》しき仕事」を司り、下人と賤民に対して「やさしき仕事」を与える。上から下へ指図《さしず》を与えることとその指図に従って働くことを自明化したのは西洋啓蒙思想終焉後の産業社会論（たとえばA・コントやH・スペンサー）の課題である。この点で諭吉は、古典的市民社会論ではなくて、まさしく産業社会論者となって登場したのであった。

『私の個人主義』の方が啓蒙思想家に近い

これに対して漱石の市民の論理は、法律上の市民的権利の相互性を実際の生活のなかでの個性の相互尊重へと掘り下げようとしていた。この意味で戦闘的市民社会論と言える。漱石の市民の論理はルソーやカントなどの一八世紀的啓蒙思想から万人性を受け継いでいる。そして受け継ぎながら超えてしまう。それはなぜかというと、漱石が資本主義の中で物事を考えているからである。啓蒙思想家が古典近代の小経営者の限界内に生きていたのにたいして、漱石は近代化後の金力権力本位の社会に対抗している。だから、市民の力を実質化しようとすれば、それだけ小市民の枠を超えて階級社会の下のほうへ、つまりは貧民のほうへ近づいていくことにならざるをえない。諭吉が手段化した市民性を漱石は目的化し、諭吉が目的化した階級社会を漱石は敵に回すわけである。

『私の個人主義』の「自己本位」にはこのような意味で鋭い牙がある。ところが、ここに解読したような読み方は従来のスタンダードな漱石論には見事に欠けているのである。その後の漱石門下生や大正教養主義への流れの中でこの牙は完全に骨抜きにされてしまった。漱石の「自己本位」は、見たとおり、上流社会に対してきわめて戦闘的であったのだが、教科書化された「漱石の個人主義」とは「自分のことばかり言わずに相手の立場に立って考えましょう」という教訓にされてしまった。

諭吉の市民の論理は、大方の日本人に、ほぼその正確な狙い通り、階級受容的な論理として普及した。諭吉は市民の自由が私情に根ざすにもかかわらず「我が儘のことではない」と力説して、金持ちを防衛する論陣を張った。これにたいして漱石の戦闘的個人主義は支配者の利己心が傍若無人に振る舞うことを看破したものだった。漱石の苦闘を映し出す戦闘的市民社会論は、「金力権力本位の社会」(⑪七三頁)に立ち向かう戦闘性を骨抜きにされたばかりでなく、大正教養主義のなかで平板な「悟り」や「人格論」に解釈され、貧民同士が自己の個の権利性を互いに自粛する教訓譚へ変質していった。これは、明治の近代化のなかで諭吉の近代化論がいかに大勢を支配していたかを裏づけるものである。漱石は啓蒙思想の岩盤から資本主義を再検討したと言える。この論は都市の中間層に出自を持ちつつも、同時に賃労働者に開かれていた論理を潜在している。いわば都市中間層と労働者階級の統一戦線論である。

明治上流社会は、文豪漱石のちらつかせたこの牙に恐怖を感じたに違いない。ところが漱石門下の小宮豊隆(一八八四〜一九六六)や阿部次郎(一八八三〜一九五九)の解釈では、漱石の個人主義(自己本位)は、「仏陀の慈悲の道」や「人格主義」の手本とされた。こうした解釈は講演「私の個人主義」後半部にあった階級社会批判をすっぽり引き抜いたものである。こうして漱石を継承すると自称する者の内部にさえ、諭吉の影響は浸透したとみることができる。

4 〈個人〉をめぐる分岐

両者の個人論はどういうふうに分岐したか

前章に述べたのは、諭吉の個人論が著しく階級社会論的な要素をもつのに対して漱石の個人論はきわめてきびしい反階級社会的な特徴をもつということである。従来までの議論は、諭吉も漱石も集団主義ではなく個人主義である、つまりは同じような考え方であるという具合に括ってきた。しかし、実は両者の内部にこれだけ大きな違いがあるのだ。では問題は、いかにして、どのような経過を経て両者の個人論の違いが出現したのか、ということである。両者の個人論の分岐を歴史的にたどっておきたい。

諭吉の個人論

まず諭吉の個人論というのは、「独立自尊」論と呼ばれる。それは彼独特の政府／市場論に依拠していたということは書いた。だがこれ自体が最初から確立していたわけではなかった。諭吉自身、相応の過程を経ることでやっとこの理論にたどり着いたのだ。

権力に対する諭吉の態度は、幕府に対する場合には門閥制度支持であったが、明治政府にたいする場合には門閥制度反対へと変わった。しかし、いかなる権力下にあろうと彼の下層民衆に対する態度は変わらなかった。すなわち諭吉は、維新前後いずれにおいても権力が強者に味方し、弱者には冷たい点を当然と考えているようにみえる。それは社会政策の削減なり、撤廃を主張するところに鋭く現れている。さらにこの前提になっていたのは「私権」である。「私権」は国家形成の出発点に位置づくもので、私人どうしが互いに競争的に組織されていなくてはならない。私人は弱者のための税金の支払いをできるだけ回避したがるものだし、税を逃れた分を投資に回したいという野心をもつからである。私権的社会論に福祉切り捨ての政府が正確に対応するのは当然である。

諭吉の自由主義には二つの局面がある

諭吉が視察した一八六〇年代の欧米社会はどういう時代にあったか。一言で言うと自由主義全盛の時代であった。自由主義といってもおおよそ二つの段階に分けておく必要がある。一七世紀のT・ホッブズ、J・ロックからA・スミスを経て、一九世紀初頭のJ・ベンサムの功利主義へ至るくらいまでを古典的自由主義と呼ぶ。そして一八三〇年代から登場するものを自由放任主義と呼ぶ。諭吉の文明論に使われたギゾーやバックルの文明史観の元祖になっているのはA・スミスなど古典的自由主義である。諭吉は古典的自由主義の系譜からの影響を受けたが、それだけだと古いので一八三〇年代以降台頭してくる自由放任主義の系譜からも影響を受けている。とくにスペンサーはスマイルズとともに諭吉の愛読書であった。

諭吉が大いに参考にした上記のイギリス知識人たちは、ことごとく自己調整的市場のイデオローグであったと言ってよいが、社会的機能は大いに異なる。古典的自由主義は封建勢力と対決するために市民階級と労働者階級を連帯させた思想である。しかし一八三〇年代以降の自由放任主義は、封建勢力を一掃した後、本格的に労働者階級と対決するに至る。どちらも自己調整的市場を支持するが、後者は工場法や救貧法のような国家による経済への介入に反対した反福祉国家論なのである。

以上のように機能の異なる二つの自由主義、古典的自由主義と自由放任主義とを諭吉はワンセットにして日本へ持ち込んでいる。その後のヨーロッパで一八七〇年代後半に入ると自由主義は自由放任主義と社会的自由主義の二グループへ分裂してゆくことになる。諭吉がじかに見たのはこの分裂前のイギリスなのである。

『西洋事情初編』（一八六六年）の諭吉は、幕藩体制を基本的に擁護しながら西洋化を取り込むという立場であった。これは一種の折衷主義である。したがって、歯切れは必ずしもよくない。たとえば『西洋事情外編』巻之一（一八六八年）に「世の文明化」「貴賤貧富の別」という注目すべき箇所がある。『西洋事情』と『すゝめ』が同じテーマを扱った点を比較することで維新前の諭吉の思想がいかに幕藩体制に気兼ねしていたかがわかる。

まず『西洋事情初編』は「天の人を生ずるは億兆同一轍にて、之に付与するに動かすべからざるの通義を以てす」と固い訳文のまま、身分制後の近代階級には一切触れていない。近代階級社会の積極的意義について触れることはタブーであるからだ。そこで諭吉は幕藩体制擁護を主張する。それゆえ門閥制度への反対は極力控えている。諭吉は幕府権力の仕組みを十分考慮に入れて、門閥制度への敵対のセリフを一言も入れずに、「世間のために労して功を立てし者へ、爵位を興へ或いは服飾を許して其功を奏するは各国の風俗にて、其本人に於いても之を栄とし、且つ又他人を励ますの一大助となる可し。或は国々の風俗にて、有功の者と雖ども服飾を興へざる国もあれども、之を貴ぶの心は萬国普通の人情なり」「父の生命身体を承けてこれを継ぐことなれば、其外の遺物を受くるにおいてはもとより理の当然」「方今世界中の諸国、多くは国王又は貴族にて其まつり事を行うも、自然の人情に出でしことにて、偶然にはあらざるなり」(『西洋事情外編』巻之一、『福澤諭吉全集』①三九八―九頁)と述べる。

諭吉は、つまり、維新以前は幕藩体制擁護、以後は維新賛美に様変わりしているのである。諭吉の思想の様変わりは、彼の立場が佐幕派から近代派へ移ったことを示している。

諭吉の私権的個人主義

維新後の『文明論之概略』(一八七五年)では、『すゝめ』以上に市民的自由主義が強まった。

諭吉が現地視察した一八六〇年代の西洋自由主義は自由放任主義的なそれであって、中下層市民や労働者に依拠して社会を進歩させようとするものではなかった。反対に、チャーチスト運動や初期社会主義と敵対して、自己調整的市場を立ち上げようとするものだった。ゆえに底辺の民衆を怠け者として救貧院に収容することさえ、金の無駄使いであると評される。それでも諭吉が渡航時に注目した社会政策領域の記述は実証的な記述で、医学的なヒューマニズムさえ感じさせる箇所がある。だがあとになるにつれて、彼は自由放任主義の影響をより強く受けて、一八九〇年代にはチャリティーにさえ反対するようになるのである。

一八七〇年代の諭吉の思想は、このような意味で、先進国思想との同時代的な広がりを共有している。啓蒙思想→古典的自由主義→自由放任主義の最先端まで届いている。「日本のヴォルテール」などという水準をとっくに卒業していたというべきだろう。たとえばシングルマザーに生活保護が与えられていたところ、女の金を目当てに偽装結婚する男が出てきた。愛もないくせに女と偽装結婚する男は、政府の出す生活保護をだまし取っているわけでよろしくない。新救貧法はこういう男をつくるのだというH・スペンサーの論を好んで引用するのは、このような文脈においてであった。

最晩年の『修身要領』(一九〇〇年、㉑)の第三条は「自ら労して自ら食ふは人生独立の本源なり。独立自尊の人は自労自活の人なり」とある。自立が第一で、公助は廃止せよという、私権的個人主義は最晩年まで健在であった。

かつて丸山眞男が「福澤は『私権』の不可侵性を信ずる自由主義者ではあっても、『公民』と主権者の同一性を前提とするような民主主義者とはついになりませんでした」（丸山眞男『「文明論之概略」を読む』中、二五五頁）という特徴づけをしたことがある。これは正しい指摘だ。個人の独立自尊という場合、個人のあり方は私権論によって基礎づけられている。私権論は権利論として通用するが、それ自体が男性中心、金持ち中心、競争原理万能、反福祉国家を意味する。同時に私権論は秩序論にもなりうるから、私有財産の神聖不可侵となって体制維持の論拠にもなりうる。諭吉の個人主義はこの意味における私権的個人主義であると特徴づけてよい。

漱石の自己本位的個人主義

漱石の自己本位的個人主義は、諭吉の私権的個人主義とまったく違う理路で登場したものである。漱石は、三〇代中頃に自己の思想的立場を要約するものとして「自己本位」とか「個人主義」の概念を持つに至った。

しかしそれは紆余曲折を経たものであった。漱石は留学中の変化によって「自己本位」を獲得したと書いている。だから一九〇〇～一九〇三年頃が漱石の思想の画期になったと見るべきである。しかし、「自己本位」という立場は絶えず進化するものであった。ここではとくに帰国後の入試委員嘱託拒否事件（一九〇六年）に注目しておきたい。「自己本位」という思想はここで劇的に深まっているからだ。

入試委員嘱託拒否事件の意味するもの

帰国後の東京帝国大学文科大学講師（一九〇三～一九〇六年）の漱石の授業は留学帰りの成果を誇示したいという力みがあり、授業の評判はすこぶる悪かった。このため四月から始まった授業が六月には壁にぶつかり、漱石の神経衰弱は悪化した。逃げるように『猫』を書いたところ思いがけなく人気が出て、漱石はますます専業作家に憧れるようになった。大学の教員は嫌だ、作家がいいと思いはじめたところへ、一九〇六年二月教授会から英語学試験委員を嘱託するという依頼が舞い込んだ。漱石は作家生活と講義の二重生活に忙殺されるのを嫌って、入試問題（当然採点もやらねばならない）などで働かされるのは嫌だと感じた。そこで正直に多忙のためという理由で断った。ところが、教授会は姉崎正治教授（ショーペンハウエル『意志と現識としての世界』の訳者）を派遣して説得を試みた。このため漱石は反撃に出ざるをえなくなる。

「僕は講師である。講師といふのがどんなものか知らないが僕はまあ御客分と認定する。……大学の方ではそうは思わんかも知れんが僕の方ではそう解釈して居る。従つて担任させた仕事以外には可成《なるべく》面倒をかけぬのが礼である」（『漱石全集』㉒書簡538）とつっぱねた。

最初はただ忙しいという理由で断っていたが、教授会の方は決定を踏まえて事実上の業務命令のように構えている。そこで漱石はそもそも論を唱えるに至る。大学の教授／講師という職階において自分は「御客分」だと防衛したわけである。教授会の権力に関して漱石は「だからあんなもの（入試）から生ずる面倒は之をきめた先生方と当局の講師が処理して行くのが至当である。

自分たちが面倒な事を勝手に製造して置いて其労力丈は関係のない御客分の講師にやれという理屈はない」（一九〇六年二月一五日姉崎宛手紙、㉒書簡538）と教授会の権力の妥当性という問題に踏み込んだ。

この入試委員嘱託依頼には手当の規定も欠いていたため漱石は一層怒った。数回のやり取りの中で終いには、「講師でもそんなに意の如くにはならないという事を承知させるのがいゝのだよ」「大学が御屋敷風御大名風御役人風になってる」（㉒書簡539）と大学論にエスカレートさせるほどであった。

こうして、拒絶の理由は、多忙→講師御客分→教授会権力批判→大学批判などへ深まり、舌鋒はいよいよ鋭さを増した。これにたいして教授会は、入試委員委嘱の態度を曲げなかった。講師なんぞは出世の餌で釣れば黙るという魂胆だったかもしれない。並みの講師なら「光栄の至りで、慎んでお受けします」とゴマをするところだ。姉崎は、君が断れば一身上の不利益になるかもしれないなどと脅したようでもある。内心やりたいことがあった漱石は、組織の下っ端にある者の立場を考えざるを得なかったに違いない。

半藤一利はこの事件こそが『坊っちゃん』の構想をもたらす背景になったと説明した（半藤一利『続・漱石先生ぞな、もし』一九四一二〇一頁）。帝大での権力的なやり口を松山中学らしき舞台の学校に置き換えて揶揄したというのが半藤説である。荒正人の年表にも姉崎との書簡のやりとりの直後「一九〇六年三月一四日　坊っちゃんの構想を得る」とある。つまり内容から見ても時間的経過から見ても、この事件が密接に絡んで『坊っちゃん』が生まれたことはほぼ間違いあるまい。『坊っちゃん』は近代派の赤シャツと佐幕派の坊っちゃんという漱石の自我の二側面を描いたものだと言えなくはないが、半藤説を踏まえるともっと根源的な問題がここから開けてくる。

漱石は『坊っちゃん』で、教授会（姉崎）と漱石の関係を、赤シャツと坊っちゃんの関係に置き換えて、次のように展開している。田舎の学校で教頭の赤シャツ（姉崎の役回りである）が坊っちゃんの待遇をよくしてやるとほのめかす。「追っては君にもっと働いていただかなくってはならんようになるかもしれない」「時間は今より減るかもしれないが」と出世と時間の交換を要求する。しかし坊っちゃんは赤シャツの卑怯を察知した。マドンナの婚約者である古賀（うらなり）を他所へ転任させ、その後釜に「おれ」を据えて、マドンナを横取りする策略だ。そこで「おれ」は、「転任したくないものを無理に転任させてその男の月給の上前を跳ねるなんて不人情なことができるものか」と出世（増給）を断った。このとき赤シャツは、姉崎と同様に、「将来君の信用にかかわる」と「親切な女みたような」ことを言う。「それが親切でもなんでもなさそうなので「かかわってもかまわないです」と坊っちゃんは答えた。「金や権威や理屈で人間の心が買えるものなら、高利貸でも巡査でも大学教授でも一番人に好かれなくてはならない」「人間は好き嫌いで働くものだ。論法で働くものじゃない」。赤シャツと坊っちゃんのやり取りは、まさに帝大の事件そのままである。

事件は、佐幕派の正義漢坊っちゃんが赤シャツの企んだ出世主義の餌を拒絶するというストーリーに結晶した。しかし現実の漱石にとって、事件は別のもっと大きな問題を投げかけるものだったのではないか。というのも、事件は専業作家漱石が誕生する決定的な契機であったからだ。漱石は、事件の憂さを晴らすために『坊っちゃん』を書いたと言えなくはない。だが憂さを晴らして終わらない問題がある。漱石はこの事件を契機に翌年専業作家になった。

いったい漱石は何を防衛して作家になったのであろうか。簡単に言えば、教授会の上下関係に押しつぶされかけた自分を救ったのである。漱石は論争では辛勝したが、教授会は事実上この不逞の講師を大学から追い出したのである。この小さい経験から、漱石は下っ端の者は仕事を選べないこと、もし従わなければ首にされることを理解した。この漱石の体験は、理論的に拡張していくとずばり賃労働論につらなっているのである。しかも、それは金の大小ではなく、賃労働者の管理問題に関わっているのだ。

事件での漱石の闘いぶりは痛快なものであるが、勝ち負けはこの際小さい問題とみてよい。賃労働者の管理問題とは、「労働の処分権」の喪失の問題である。賃労働者は市民的自由を持つので「労働力の処分」を行うことはできる。しかし、自己の「労働の処分」を行いえない。つまり「就職先は自分で決められる」が「仕事の中身は決められない」のだ（鈴木信雄『内田義彦論』一〇九頁）。独立自営業者は「労働の処分」権をもつ。何を誰のためにいつまでにやるかはすべて自分で決めることができる。これが市民の独立性をもたらす。ところが賃労働者は労働力を売ったあと自己の労働行為を自己の意思で決めることはできない。これが賃労働者の独立性を壊す。漱石は人間の独立性の問題に切りこんでいく鉱脈を事件で見つけた。近代組織の権力は賃労働者に大小のノルマを与える。ノルマをもし受け入れないならクビを覚悟しなくてはならない。漱石は入試委員の委嘱を拒絶したが、それができた理由は専業作家への転職口が丁度あったからにすぎない。

もしこの口がなかったら、漱石はどうしたか。入試委員を引き受けるしかなかっただろう。漱石は専業作家になった後もこのことを反芻したに違いない。漱石は「強い頭」で考える人だ。およそ人の下で働く賃労働者は、相手の「意の如く」になることを抜きに生きていけない。論争に勝ったことは嬉しくはあったが、作家になれた喜びに浸るほど漱石は愚かではない。むしろ漱石は、賃労働者の「労働の処分権」の喪失が自我にどれほど大きな影響をもたらすか深く覗き込んだと考えられる。『坊っちゃん』の背景にあった事件での体験を踏まえて漱石は『それから』の代助にこう言わせている。「自己の活動以外に一種の目的を立てて、活動するのは活動の堕落になる」。外から与えられた目的を受けたら「労力の内容も方向も乃至順序も悉く他から掣肘《せいちゅう》される」「そうなる以上は、その労力は堕落の努力だ」「物好奇にやる働きでなくっちゃ、真面目な仕事は出来るものじゃないんだよ」。諭吉の「私権」が確立することで働く者の「労働の処分権」は否定される。それゆえここから漱石の個人主義が新たな展開をしていくのである。

漱石の個人主義概念の変遷

事件は佐幕派の反骨が近代批判へ開かれていく場所でもあった。漱石の個人主義は『坊っちゃん』を介して急激に深まっていくのである。とは言え、漱石でさえ最初はごく月並みな個人主義の把握からスタートした。月並みな個人主義の定義とは、それがよい意味で自己を大切にすることで、悪い意味で利己主義だ、というものである。

いくつか例示してみよう。最初の文芸的な使用は『猫』である。「いくら個人主義が流行る世の中だって、我儘を尽くされては持ち主の迷惑は……思いやられる」（①三七〇頁）とある。つまり個人主義を我儘（利己主義）と同じ意味で使っている。しかし『猫』には「こんな所を見ると人間は利己主義から割り出された公平という念は猫より優れているかもしれぬが、智慧は却って猫より劣っている様だ」ともある。利己主義から公平という観念が出たという点は、ホッブズ的近代の解釈として鋭いがここでは脇に置いて、『猫』が行う明治文明人への批評が利己主義の問題であることは、後の漱石の思想的テーマがすでに出発点からはっきり示している。

しかし風刺ではなく、より心理―倫理的にエゴイズムの問題を追う『虞美人草』になると「お前の為を思って言っているんだ、利己主義で云っているんじゃないよ」という使い方がある。利己主義は断然悪者になっている。漱石はイギリスの小説 *The egoist* を読んでいたが、利己主義が単純に悪でないことをノートに記してもいて、ホッブズやアダム・スミスを学んで自己保存の概念を得ていた。しばしば個人主義の行き過ぎが利己主義だとか、「甚だ我が儘な自己本位」とかの表現も散見される。つまり自己＝利己という把握がある。あるいは両者の区別がかなり曖昧である。こうした混合状態がかなり長く続いている。

画期は『三四郎』（一九〇八年）である。ここで他（人）本位、利他本位、自己本位、利己本位という言葉が登場する。漱石は、明治維新の前後を人間精神のありかたの変化から見て『三四郎』で次のように説明していた。

「近頃の青年は我々時代の青年と違って自我の意識が強すぎていけない。我々の書生をしているころには、することなすこと一《いっ》として他《ひと》を離れたことはなかった。すべてが、君とか、親とか、国とか、社会とか、みんな他《ひと》本位であった。それを一口《ひとくち》にいうと教育を受ける者がことごとく偽善家であった。その偽善が社会の変化で、とう〳〵張り通せなくなった結果、漸々《ぜんぜん》自己本位を思想行為の上に輸入すると、今度は我意識が非常に発展しすぎてしまった。昔の偽善家に対して、今は露悪家ばかりの状態にある。――君、露悪家という言葉を聞いたことがありますか。」

「昔は殿様と親父《おやぢ》だけが露悪家ですんでゐたが、今日《こんにち》では各自《めいめい》同等の権利で露悪家になりたがる。もっとも悪《わる》い事でもなんでもない。臭《くさ》いものの蓋《ふた》をとれば肥桶《こえたご》で、見事な形式をはぐとたいていは露悪になるのは知れ切っている。形式だけ見事だって面倒なばかりだから、みんな節約して木地《きぢ》だけで用を足している。はなはだ痛快である。天醜爛漫《らんまん》としている。

ところがこの爛漫《らんまん》が度を越すと、露悪家同志がお互いに不便を感じてくる。その不便がだんだん高じて極端に達した時利他主義がまた復活する。それがまた形式に流れて腐敗するとまた利己主義に帰参する。」

「うん、まだある。この二〇世紀になってから妙なのが流行《はや》る。利他本位の内容を利己本位でみたすという難しいやり口なんだが、君そんな人に出会ったですか。」（『三四郎』、⑤四六三―七頁）

このように、人間精神は、昔の偽善家／今の露悪家、他（人）本位／利己本位という対立項において前者から後者へ変わったのだという。それはよい。だがこれでは、自己本位が占めるべき位置がまだ定まっていない。『私の個人主義』における「自己本位」のような強固な意味がまだ定まっていないのである。だから問題を質的にではなくて量的にしか把握できない。「度を越さぬ利己」が自己本位だというような理解が漱石にある。したがって、『三四郎』はいくつもの概念をいくつか出してみた感があるだけで、けっきょく「利己」と「自己」の境界を分析できないまま終わっている。一九〇九年に自然主義者を批判した断片五〇Bで、自然主義者が好む「偽りなき真実」は社会的結合 solidarity of society を破壊すると述べた時、「自然主義は利己主義的 egoistic で個人主義的 individualistic であり、この点において『自由』を絶叫することに似ている」（⑳八三、五八七頁）と指摘したのもまだ分析的クリアーさを欠いている。

『三四郎』に出てくる「無意識な偽善家 unconscious hypocrit」というのは、「他人本位の内容を利己本位でみたす」ことを無意識のうちやっている人のことを指している。言い換えると当人は利他的に、人のためにやっているつもりなのだが、決して献身的ではなく、ちゃっかり利己的にやっているのである。利他と利己が無意識のうちに混同されているような状態にある者は、決して自己を追求することができない。

漱石は、この時期に書いたと思われるノートで、「自己」が「利己」と一体化しているのはどうしてかという問題を探るために、近代西洋社会思想史における主観の誕生を追いかけている。近代的主観をスミスやさらにホッブズまで遡れば、そこに自己保存を追求する利己があったことになる。この時期の「利己」は「自己」と分かち難く結合したものであった。というのも自己保存 self-preservation と利己主義 egoism は結合していたからだ。すなわち、ホッブズ的な市民社会の段階では利己 egoism は自己保存 self-preservation と同格なので、利己を捨てることはできないのである。漱石が一九〇一年以降のロンドン留学時から始めた社会学と心理学の勉強は、世紀転換期のイギリス社会思想史の総括と綿密に絡み合っていたのである。

西洋における三つ巴の対立状況

一九世紀末から二〇世紀初めの西洋社会思想を囲む状況はどういうものであったのだろうか。まず一九世紀のイギリスは「世界の工場」と呼ばれ、世界の政治経済文化の中心であったということを想起しておかねばならない。その輝きは一九六〇年代のアメリカ以上であった。南アフリカ、インド、オーストラリア、ニュージーランド、カナダ、香港は大英帝国の一部であり、世界の富はイギリス本国に集中した。イギリス産業資本主義は自ら生産し、販売し、蓄積を続け、一八七三年の大不況から独占資本主義の段階へ移行し始める。まさしくこの時期に自己調整的市場が機能しなくなったわけである。これによって思想に大きな変化が現れた。

一八七〇年代までイギリスを世界の先頭に押し上げた思想は功利主義という思想であった。ベンサムの「最大多数の最大幸福」、ミルの「自由主義」あるいはスペンサーの「生存競争」など、いずれも孤立した競争的個人が自己の利益の最大化を求めてあくなき追求をするものだという共通の観念を前提にしている。競争的個人という人間モデルは、大衆的なイメージとしてはスマイルズの『自助論』(*Self-Help*)にとてもよく現れていた。自助という言葉で、誰の世話にもならずに独立独歩の人になることが一生の目的とされたわけである。この人間像はまさしくぴたりと自己調整的市場に対応していたのである。しかし思想の前提であった自己調整的市場が、資本の独占化によって競争から独占へ転化し、外に向かっては帝国主義戦争、内に向かっては福祉国家という国家介入主義を招くものへ変化してしまうと、功利主義は思想のリーダーとしては邪魔になり、この時期から激しい動揺と分裂を迎えるに至るわけである。

あらかじめ結論を先取りしておくと、一九世紀末から二〇世紀初頭のイギリス功利主義の危機の問題は、後になると「経済人の終焉」の時期として総括された。けっきょくイギリスが世界で最も進んだ福祉国家へ移行することによって乗り越えられていくわけである。

一八七〇年代に功利主義の思想は新旧二派に分裂した。一つは守旧派である。この派は利己心の大枠を擁護し、市場の媒介的な働きがなお有効であると主張する側である。晩年のスペンサーや慈善組織協会（一八六九〜一九一三年）がこれに属する。もう一つは、利己心を根本的に考え直す新グループである。このグループは、さらに社会的自由主義と社会主義の二つに分かれる。社会的自由主義は、利己心をなんらかの形で再編して福祉国家的な社会構成に沿うものに改革できるはずだと考える、いわば修正派の自由主義者である。L・T・ホブハウス（一八六四〜一九二九）は社会的自由主義の理論的リーダーであるとともにロンドン大学で最初の社会学教授になった人である。漱石はホブハウスを日本で最も早く読んだ人物と言える。社会主義は社会的自由主義よりも急進的である。功利主義を抑制する程度は最高潮となる。利己心自体を資本の産物と捉えて、資本主義を乗り越えようとするグループである。両方のグループから影響を受けながら穏健な社会主義をめざしたのがウェッブ夫妻がつくったフェビアン協会や後に福祉国家を推進した労働党である。

漱石は思想の渦中へ入る

漱石は、ロンドン留学を開始した一九〇〇年、この三つ巴の渦中に入ってゆく。ロンドン到着は一九〇〇年一〇月二八日であった。翌日、漱石が街にでると、さっそく道に迷った。このとき南ア戦争に参戦した義勇兵が帰還して街がごったがえしていた。義勇兵のことをヴォランティアと呼ぶ。市場主義と国家介入主義の補完性が兵隊のあり方に象徴的に出ているとも言える。正規軍はアフリカを侵略中だが、不足分を民間の自発的な参加に頼むというのがヴォランティアだ。

また、一九〇二年一月に日英同盟が締結される。これは、イギリスが中国の一部を取り、日本が日清戦争を経て朝鮮を実効支配していることを既得権益として認め合い、ロシアの南下に備えようというたくらみである。奇しくもこの頃、ロシアの動きを鋭く見つめていたレーニンは、一九〇二年四月中旬クループスカヤとともにロンドンに入り、亡命ロシア人とともにロシア社会民主労働党綱領研究のための講演を行い、ヨーロッパ規模で社会主義運動を広げようとしていた。ロンドンの町のどこかで漱石とレーニンが互いを知らぬまますれ違ったかも知れない。

漱石は、こうした三つ巴の状況の中で読書にふけっている。功利主義の系列の本、社会的自由主義の系列の本、さらに社会主義の系列の本を漱石は買い込んで、一九〇一年秋から丹念なノートをとる作業を開始した。

エゴイズム批判の模索

漱石のエゴイズム批判の狙いと並行して西洋思想史の解読は進行していた。「利己」と「自己」とが分かち難いあいだは、利己主義批判は不徹底に終わる。「偽善を行うに露悪をもってする」とか「利他を行うに利己をもってする」などというカラクリは、漱石の才気煥発ぶりを伺わせて実に面白い。しかし、この観察には限界がある。それではエゴイズム問題を記述できても、それを突破することができない。「利己」と「自己」が重複している限り、エゴイズム批判の回答は出し得ぬ問題であるからだ。

『三四郎』（一九〇八年）を書いた頃、漱石は、いろいろな分析的な用語を持ち出し、手探りで何かを切り分け始めたのであった。イギリス論壇への注視を続けながら、漱石には独自に追究すべき自身の存在をめぐる根源の問題があった。ロンドン留学以来の、東洋人である漱石を一個の人間としてイギリス人に尊重してもらいたいという切実な欲望である。西洋人の世界支配が不動であれば、東洋人の隷属もまた不動である。論壇の動きから見ると、当の西洋人の支配は世紀転換期に激しく再編されつつある。大陸諸国の追い上げ、アメリカの台頭、日本の急激な開化などである。このとき、もし東洋人である自分が西洋流の利己（功利主義の伝統的理論）を追う限り、西洋人の物真似しかできない。

しかし、西洋人の「利己」を再編させる方向性はすでに出ている。それが、社会的自由主義の「理性的な利己」（ホブハウス）とか「社会主義」の台頭となって西洋内部から出現している。漱石の期待は、当然、こちらへ向かわざるを得ない。

ルトゥルノーに関するノート

漱石の「開化・文明」（㉑五一―七六頁）という重要なノートがある。漱石は、ここで基礎的な用語を洗い出す思想史的な考察を残している。なかでも漱石が好んで読んだ現代科学シリーズの一冊に、パリ文化人類学協会の書記長、パリ文化人類学学校教授の社会学者C・ルトゥルノー（一八三一〜一九〇二）の手沢本がある。ルトゥルノー『所有論』（Letourneau, *Property*, 1892）から漱石がノートに残したのは以下のようなことであった。

第一に、古代の貴族制の下で所有の観念は未発達だが、子どもと女性を「交換価値」とする風習が生まれ、「個人的利己性」が発生した。第二に、中世君主のもとで「交換価値」が土地、産物、家畜、奴隷へと広がり、共同所有と私的所有の対抗が起こる。第三に、個人主義の明白な表現として、ホッブズの論じた「万人の万人に対する闘争」という状況が出現する。さらに第四に、現代では、貨幣ないし資本による新しい淘汰が展開する。

漱石は「万人の万人に対する闘争」（ホッブズ）を別のノートで「極端な個人主義」と呼んでいる（㉑五四頁）。「極端な個人主義」という言い方は実はルトゥルノーにもあったものだ。たとえばルトゥルノーは、「第一六章　野蛮時代のヨーロッパの私有制」において「社会的連帯は必然的に利他主義を発生させる。しかし他方で、極端な個人主義、万人の万人に対する生存競争が利己性の感情を刺激せざるをえない」と述べている。この文章に漱石は下線を引き、別途ノートにも同文を引用して（㉑五五頁）いる。

ルトゥルノーによれば、私的所有権なき共同所有は集団の連帯を維持するために「利他主義」を強制するものであって、「社会的道徳的な観点から言えば利己主義の利他主義にたいする勝利によって、共有制は所有権の組織化の帰結により死滅すべきものとなった」という。漱石手沢本のこの個所には下線が引かれている。つまり、ルトゥルノーの見解を受け止めて、利他主義と利己主義の社会的な発生根拠を掴むことができると解したと見てよいだろう。

このようにルトゥルノーによれば、利己主義は利他主義との闘争を通じて確立するまったく新しい思想なのである。そしてこれらの思想の変化は、所有制度と密接に関係している。すなわち、歴史的に先行する共同所有から徐々に私的所有が析出し、ついに共同所有制が崩壊に至ることに対応した、思想の変化なのである。ルトゥルノーの目的は、私的所有権が歴史的にいかにして成立し、現代に至るかを文化人類学のデータを駆使して論証することであった。これを読んだ漱石はノートに「common ownership ト inclination for private property ガ confront シテ居ル」とメモを取り、「individual selfishness ガ増長ス」と書き込んでいる（㉑五四頁）。

「第二〇章　所有の過去と未来」は現代の展望をルトゥルノーが語る部分である。ここで漱石は「自己保存の本能、すなわち領有の傾向は、こうして、その本質において、直接的に利他主義と敵対するに至った」「私的所有の権利は確立した」という文章に下線を引いている。そのうえでルトゥルノーは、私的所有制が現代では貨幣と資本に移ることを論じ、資本が強くなれば階級の利己心が純化すると論じた。

ルトゥルノーの著作は、一種の私的所有権成立史論であるが、興味深いのは彼がこれを文化人類学の知識で具体化し、動物社会の所有（縄張り）から人類史に移り、ギリシア、ローマ、およよび日本（ただし日本の箇所には漱石は二回「×ウソ」と書き込みをしている）と中国の動向を回って、最後にイギリスの大規模な資本集中による貧困問題の発生までを追いかけていった点である。

漱石はルトゥルノーによって私的所有の権利がいかにして歴史的に成立したかを掴んだだけではなかった。ルトゥルノーは末尾でマルクスの『資本論』を引用しつつ、「あらゆる極端な富の集中」を廃止せよという結論で締めくくっていたのである。

社会学者ルトゥルノーについてやや長く論じたが、漱石は、ほぼ同様の論調の社会学者およびJ哲学者、すなわちL・T・ホブハウス（一八六四〜一九二九）、B・キッド（一八五八〜一九一六）、J・B・クロージア（一八四九〜一九二一）らの本を精力的に読破し、西洋史を再構成し、一九世紀に主流にあった功利主義が一個の論争的争点になっている様子をつぶさに読み取ったのである。おそらくこれによって、漱石は個性 individuality の発展と利己主義の関係を社会史的に理解できる準備を行ったであろう。

このような探求を通じて、漱石は社会史の深みから個人主義（自己）を利己主義（利己）から切り離すことができるようになりつつあった。人間がホッブズ的状況に生きる間、そこに出現する個人主義は同時に利己主義なのであって、人々は互いにいわば水平的な存在であるし、「利己」と「自己」は自己保存を媒介に結合されている。したがって、両者を頭の中で切り離すことはできても現実的に分離することは難しい。

ところが交換と貨幣の発達で資本が垂直的な関係として人々の上にせり上がってくると事情は変わる。資本の跋扈は他を屈服させる関係をつくる。このようにして封建制から資本主義へと時代が移り、資本主義が支配を固めていくと、「利己」が「自己」であるようなホッブズ的な市民社会の段階、水平的であるとともに対抗的な人間関係は衰退していく。これに代わって、利己主義は資本側に集中し、普通の人々が「自己」を尊重しようとするのを妨害するものとなってくるのだという把握ができるようになるのである。

漱石は「剰余価値」や「独占」の概念を知っていた

漱石は、同じ頃にキッドの『社会的進化』(Kidd, *Social evolution*, 1898)、『西洋文明の諸原理』(Kidd, *Principles of western civilisation*, 1902) を読んでいる。キッドはイギリスの修正派の社会進化論の社会学者である。社会進化論というのは、元来は弱肉強食を肯定する考え方である。これにたいしてキッドは、当時のベストセラーとなった『社会的進化』において功利主義が社会的有機体の利害と矛盾するに至る点を追究した。社会進化論の元祖というべきスペンサーの有機体論の中身は自由放任論そのものである。これに対してキッドの有機体論は、いわば福祉国家論を基礎づけるものへ変化している。漱石の手沢本を見ると『社会進化』の「マルクス」「資本主義」「剰余価値論」に下線を引き欄外に「Marx ノ説」「Marx の功」などの欄外書き込みをしている。社会主義を論じた最後の箇所でキッドは「これ(社会主義)は生存競争の最終的中断である」と書いており、ここにも下線を引いている。漱石は、社会進化論に含まれる「適者生存」や「生存競争」を理論的に相対化できることをここで学んだのではなかろうか。

またキッドは『西洋文明の諸原理』では功利主義を宗教や思想などから多面的に論じた。漱石は手沢本に「通編放語多クシテ切実ナラズ論旨膨大ニシテ要領ヲ欠ク」と不満をもらしている。とはいえ個々の論点では興味を持った点も少なからずあったようだ。たとえば前と同様「マルクス」の名前が出てくるたびに下線を引いている。「ドイツ社会民主主義」「マルクス派社会主義」などに下線がある。経済の発展に関する箇所では「遅かれ早かれ、究極の状態は力と力の自由な対決ではなく、近似的な独占状態になるのだということがはっきり目に見えるようになる時に、ひとつの段階が達成されるのである」(Kidd, *Principles of western civilisation*, p.417) というところにも下線を引いている。

さらに「政府の干渉」を論じた部分で「Non-intervention 不干渉」の態度は「Non-responsibility 無責任」の態度である、という文にも注目している。

以上、キッドは、自由競争から独占へ、国家の不干渉から国家干渉主義へ原理の転換が進行することをかなり幅広い文献の紹介を通じて論じていた。これは漱石が学生時代に多少なりとも感化された社会進化論の枠から離脱するうえで、大いに参考になったはずである。

また、J・B・クロージアの『文明と進歩』(Crozier, *Civilization and progress*, 1898) 手沢本にも漱石の興味深い解読の跡が残っている。この本は「いったい文明と進歩というものが、利己的で反社会的な本性が強いこの世界でどのようにして可能なのか」という問題意識で書かれている。

漱石はノート〔開化・文明〕で同書の「第六章　民主主義——集中の進行」の箇所に注目している。クロージアはこの章で、およそ状態の平等性は、民主主義の原理にとって本質的なものであるにもかかわらず、社会の究極目的になっていないと慨嘆し、現実には平等が不平等に道をゆずらざるをえないと論じる。なぜならば、「商品はより安く、より効率的、より迅速に生産され分配されるためには、小規模よりも大規模のほうが有利である。したがってそこには資本と産業の原料とがますます少数者の手に集中される傾向が自然と不可避的に現れる」(Crozier, p.340) からである。クロージアはこれを独占 monopoly 形成と書いている。

漱石は手沢本のこの箇所に「西洋人ノ眼前ニ此殷鑑《いんかん》〔戒めるべき前例のこと〕アリ故ニ可成《なるべく》慈善事業ヲナス」と書き込みを入れている。クロージアは資本の集中がとどまることを知らずに進むならば「労働者階級の巨大な身体にとって危険なそのような満腹〔独占側の利益集中のこと〕を取り除く」必要が生まれるとも述べている。漱石がここを読んだことは確実である。

最後に社会的自由主義の理論的リーダー、L・T・ホブハウスに関しても触れておこう。彼は『労働運動』という本で市民的自由主義を修正する必要を論じることで論壇にデビューし、一九〇一年に『精神の進化』(Hobhouse, *Mind in evolution*, 1901) を上梓した。漱石の手沢本『精神の進化』に下線と書き込みがある。ホブハウスの思想の中で漱石が注目したのは、「進化は必ずしも進歩ではない」という社会進化論批判の視点であった。ホブハウスに関する漱石のノートには「〔II―11〕Evolution」の項目がある。そこに「evolution（〔Hobhouse〕*Mind in Evolution* の初）ハ必ズ進歩ナラズ」(21) 二二三頁）と書きとめている。『精神の進化』の結論は、理性的な精神の進歩が可能であって「生存競争」から「生存競争の抑制」へ転換できるはずだという洞察である。漱石はこの本を読破しているから結論部分まで読んだと思われる。

以上のように、漱石蔵書中の社会学関連の本は、一七世紀以来のイギリス自由主義の理論に対して、いまや大きな疑問符がたたきつけられている様子を共通に論じている。留学前まで漱石が教わってきた社会進化論は根底から批判されていたのである。自由競争から独占へ、国家不干渉から国家介入主義へという原理的な構造転換を積極的に肯定する社会的自由主義、もしくは貧富の対立から労働者階級の権力奪取の不可避性を突きつけるマルクス派社会主義の理論の要約もそこに紹介されていた。そしてこれは、回り道をした漱石に大きな理論的な視座を提供したであろう。漱石はこれを踏まえて「自己」と「利己」の区別を行う準備ができつつあった。

漱石作品中の「自己」と「利己」

作品を参照してみよう。『それから』（一九〇九年）の主人公代助は、親父の見せかけの利他は実のところ利己でしかないという暴露的解剖を行って、「国家社会の為に尽くして、金が御父さん位儲かるなら、僕も尽くしてもよい」という有名な発言をしている。『門』（一九一〇年）は

「その時の彼は他の事を考える余裕を失って、悉く自己本位になっていた」ともいう。「自己」と「利己」の境界はまだ明晰ではない。講演「道楽と職業」（一九一一年）は一つの転換である。「科学者哲学者もしくは芸術家の類が職業として優に存在し得るかは疑問として、是れは自己本位でなければ到底成功しない事丈は明らかな様であります」という。「人の為にすると己れというものは無くなって仕舞う」というのである。ここで「他人本位」から区別された「自己」の防衛が自覚されてきた。しかも概念的に「自己」が掴まれるとそれは「利己本位」からも区別されていくことになった。

こうなっていくと、利己主義は「行き過ぎた個人主義」であるというような量的な程度問題ではなくなる。「自己本位」はネガティブな意味での「利己主義」から区別されうる積極的なモメントとして純化し、文明論の最も根源の力になってきた感がある。

こうした作業があったからこそ『私の個人主義』（一九一四年）の漱石は、「金力権力本位の社会」を牛耳る上流社会の利己主義を貧民の側の「自己本位」から批判することができたのである。ここに至るまでの筋道は、概略以下のようにまとめられる。

第一に、自己本位ないし個人主義は、各人の個性を拡張することに価値を見出す近代的な考え方である。第二に、近代化過程で人々は利己=自己であるから、個性の拡張はさしあたり「利己」としての自己保存闘争の姿をとる。互いに五分五分の資格で対峙するあいだは利己=自己の闘争には際限がない。第三に、ところが、利己=自己の循環から資本による富の独占が抜け出してくると、「互いに妨げない限り」（諭吉）という一線を超えて、上流社会には「利己」が、下等社会には「自己」が堆積する。第四に、ゆえに万人の「自己本位」（個人主義）を貫くためには階級的利己主義（資本の集中）との闘いが避けられない。

こうした社会認識の深まりは、漱石文学の使命を決めてゆく。漱石は言う。「細民はナマ芋を薄く切って、夫れに敷割〔挽き割り麦のこと〕抔《など》を食って居る由。芋の薄切りは猿と選ぶ所なし。残忍なる世の中なり。而して彼らは朝から晩まで真面目に働いている。岩崎の徒を見よ!!! 終日人の事業を妨害して（否企てて）さうして三食に米を食つている奴らもある。漱石子の事業は此等の背徳漢を筆誅するにあり」（一九〇七年（明治四〇年）、㉓書簡917）。

富豪／細民の対立は一九〇七年にはこういうふうに漱石の胸中でエートス化している。坊っちゃんの佐幕派的反骨精神は、細民へのほとんど階級的な同情心へと転化しつつある。そして、こうしたエートスと密接に関わりながら西洋思想史上の概念分析の研究が並行していたわけである。漱石の持ち味は、こうした思想史上の概念をより深く心理─倫理的な地盤に引き下ろして文学化することであった。ここに利己本位／自己本位、利己／自己の対立といった漱石独自の概念群が浮上し、小説の中に人物化されて具象するようになったのである。『猫』から『明暗』にいたる筋道で漱石はエゴイズムの問題に一貫して取り組んだ。難問は自己／利己の区別をいかにしてやりとげるかであったのだ。この区別は一九一〇年から一一年にかけてようやく確立する。

諭吉と漱石の個人論が以上の考察でかなり明確になってきただろう。諭吉の理想とする個人は、私権的個人主義である。資本主義の私法論的な構造を体現した利己的市民をモデルにして考えられている。これにたいして漱石の理想とする個人は、私権的個人主義の対極にあって、資本主義的階級社会において「自己」の発展を妨害される普通の人々、いわば民衆の個をモデルにして考えられている。

5 〈人間交際〉と〈彼も人なり我も人なり〉

諭吉は人間交際の達人

諭吉の「門閥制度は親の敵でござる」は、反封建の心情を実にわかりやすく表現するものであった。諭吉はしばしば父の不遇を思い、悔し泣きをしたらしい。諭吉の母親は厳格な武士の妻という面を持つが、同時に「女乞食」の虱《しらみ》を気易く取ってやったりもするような風通しの良さをもっていた。虱取りを手伝わされた少年諭吉は「今思い出しても胸が悪い」と後述している。母のほうがずっと情に厚かったのだ。

それでも諭吉には多少母の面影が伝わった。彼は誰に向かってでも物事を分かりやすく書く能力があった。それは、母譲りの開けた感じをうけついでいる。どの社会階層とも付き合う砕けた知識人になった所以であろう。

どの階層のどういう人とでも気易く話せるのには、彼一流の「昆虫学」的観察の妙味を楽しむような風情もある。彼が「乞食」と語るのは、社会観察として面白いからやるのであって、親身になって窮民総体を助けてやるというのとは違う。目の前の人間に関心を持つが、社会構造を固定しているので、金を与えてその場を去るだけである。屈託がない。

一八六〇年咸臨丸に乗ったときに、出帆前に派手に遊んでおこうと誘われ、ある店で茶碗を盗んだ話を諭吉は告白している。茶碗は便利に使った。あとになって店が女郎屋だったと聞いて、「女郎の漱《すすぎ》茶碗であったろう」と思い返して「思えばきたないようだが」と述べている。諭吉の方で勝手に盗人を働いておいて、持ち主の下賤に文句をつけているのである。

もっと決定的なのは、欧米視察の途上、アジアでみたシーンを屈辱と感じたあとの諭吉のセリフである。「英国人やインド人を奴隷のようにつかってやりたい」と堂々と述べている。他人から自分や身内が軽蔑されたり、いじめられたりするのは許せないというのは誰にもよくわかる話である。ところが、諭吉の場合、過去の不遇を見かえしてやるぞと決意すると、差別された者らが差別されぬような仕組みを作るべきだとは言わず、自分が差別社会の頂点に這い上がって己以外の者らをひざ元に屈服させて見せたいと豪語するのである。この意味で、諭吉の言うところの「人間交際」というのは、多段階的な序列構造を斜めに突っ切る自在さのようなものであった。

漱石は差別的？

漱石にもかなり差別的なところがあるという意見がある。『坊っちゃん』は、批評家が言うように、田舎者差別小説である。「バッタじゃないぞな、いなごぞなもし」をコケにしたり、松山と思われる土地の「土百姓」を元旗本の立場から思い切りののしったりする。差別的になることで自分を際立たせる痛快さを多用している。しかしこれらは、漱石が『猫』で人を罵るために使った「オタンチン　パレオロガス」のような実に他愛のないもので、差別された側が、思わず吹き出してしまうような類のものだ。実際松山市の人々はあれほど馬鹿にされても、銭湯や団子に「坊っちゃん」の名をつけて喜んでいる。これは何も商売のためばかりではない。先の佐幕派小説という『坊っちゃん』の特徴づけにも、旧体制への復帰を狙う政治的反動派とは異なる、民衆性がある。つまり、ただたんに青春小説であるだけではなく、その背後にある明治近代化が舞台となって、「これでも元は旗本だ」という時代遅れの坊っちゃんと近代派の赤シャツや野だいことの葛藤が描かれているわけである。

小説のなかに、時代の進化と精神の葛藤がなければならないというのは『文学論』『文学評論』以来の漱石の小説観である。

二種類の自尊心

漱石はあるとき「悟りとは何ですか」と尋ねられ、「彼も人なり我も人なりと云う事さ」と応じたという。これは要所を掴んだ名言である。差別に怒るのは近代人の本領のようなものである。ところが、自分が差別されるのが嫌な人の中には、差別を固定したまま、人より先んじて人の上に立つことで差別を切り抜ける人がいる。諭吉はその典型であった。ところが同じく差別を嫌う人の中に、相互の無差別を追求する人もいる。漱石はかなりの程度こちらである。自尊心にはどうやら二種類あるらしい。人はどうして差別されると堪らなくなるか、というと、自分一個というものを尊敬して生きてゆきたいからである。幸福追求などと言い換えることもできるだろう。自尊ということを突き詰めるなら、他もまた尊重するに値する他者であるという考えが浮かんでこなくてはならない。そして尊重しあう者が互いに自尊を維持して相互尊重できるようにするためにどうするかが、問題の要点になるだろう。

諭吉は、この問題についてどういうふうに考えたのであろうか。彼は、中津藩でいじめられた経験の持ち主で、ここのところを彼なりに突き詰めている。優秀な才能が埋もれてしまうことに彼は憤る。正当な怒りである。だが憤るのは優秀な者が不遇のままであることに対してであって、凡才のだれかれが不遇のままであってもてんで問題にしない。もって満足すべきであるだけのことである。封建制の枠の中で下にいる者、不遇の者に対して諭吉は「丁寧に」扱ったと証言している。これは本当だろうと思う。維新前を回想して、上の者から食らわされた軽蔑を下の者へ食らわすようなことを諭吉はしなかったと書いている。長州批判を除けば、かなりの程度そうだろうと思う。

だが維新後、努力次第で上にいける蓋が開けたにもかかわらず上がっていこうとしない者、上がろうとしない者、上がれない者に対して、彼はまことに厳しかった。彼の考え方は、要するに適材適所ということであった。維新前の才気ある下士の不満は共感に値するが、維新後の窮民の不満は不遜なだけである。諭吉にとって凡才の分際で上を羨む者は「虚無党」だの「ソシアリズム」などにいきつくにきまっている。それは、「貧にして智ある者」のなすことで、危険である。適材適所の考えは、こういう危険分子を容赦なく弾圧する類のものだった。

諭吉が立身出世のルートを敷くことに全力をあげた人であったとすれば、漱石は、一世代後だから、このルートがすでにできあがったうえで、むしろこのルートが近代人の文明苦になっているところに気づいた人であった。諭吉は、適材適所の原理で、自分は優秀であるがゆえに上に這い上がった者だという自覚を持っている。上に立っている自分が上にいるのは馬鹿じゃない証拠であるとも考えている。事実、漢学塾、適塾でも圧倒的に出来る人間であった。

しかし、漱石は、病気のためであるとはいえ落第をしたことがある。加えて、就職活動で二度も挫折している。なにかにつけ打ち込んでみてもなにをやったらいいのか皆目わからなかった。言われるがまま教師をやってもみたが自分は教師向きではないと本気で思っていた。勉強ができる環境に置かれても何を勉強したらよいのかわからない。本を読んでも何のために読むのかがわからない。教師になってもちっとも楽しくない。そもそも教授がさほど偉いとも思えない。博士号をやると言われても、専門馬鹿の烙印を押されたようにしか受け取れない。このような漱石の悩みは、人物を適材適所で抜擢するという近代的システムで救えるものではない。かえってそういうシステムがつくる悩みなのだ。

漱石によれば、およそ職業というものは「混乱錯雑」である。いったん就けばついたで職業は人を窮屈に細分化する。人を「片輪にする」元凶こそが職業であると彼はみていた。職業選択の自由が保障されていずれかの職業を選ぶにせよ、なかなかぴったりくるような仕事はないものだし、就いてみてもどの仕事にも不満はつきもので、自分には適していないという思いばかりが募るものなのである。漱石は、近代化の結果生まれた分業化された社会に人が耐えられないからこそ文学が生まれると考えていた。つまり職業生活で、上司と部下ができれば、部下は上司の下に置かれ、他人の命令のもとで働かねばならない。

「他人本位」という言葉は、高尚な芸術上の問題ばかりではなく、ごくふつうの職業生活をさしていた。上の人が指図《さしず》することを受け容れて働くのは「他人本位」であり、すなわち人真似である。職業生活の「他人本位」的構造によって人は自己を失うのである。こうした人々は欠けたものを取り戻したくなる。つまり「一般の人間を広く了解しまたこれに同情し得る程度に互いの温かみを醸す法」が文学である、というのである。この意味で文学者というものは、職業外の職業で、唯一「自己本位」が有効な例外的職業であるというのであった。

諭吉は、封建社会に比べて近代社会はずっといいという言説を繰り返した。近代社会は諭吉の夢の実現であるから、人生の後味は痛快である。これにたいして漱石は、近代社会を「間違ったる世の中」と呼んではばからない。近代がなんだ、それが避けがたいとしたって決して褒められたもんじゃないぞ、いつかは抜け出してやる。そこから雨あられのような〈皮肉〉が生まれる。漱石の人生の後味は複雑なビタースウィートである。

Ⅲ　ものの見方

6 〈社長〉と〈社員〉

新聞社を作る人と新聞社に雇われる人

諭吉は、幕臣から明六社へ進み、慶応義塾を経営しつつ、四七歳の時『時事新報』を創刊後、新聞社社長として在野で活躍した。漱石は、英語教師で松山、熊本、東京を転々としたうえで、四〇歳の時に朝日新聞社の専属作家となった。一方は社長、他方は社員である。諭吉は福沢山脈と呼ばれる日本のエリート集団をつくった。その力は、大学と新聞社を核として政財官界におよび、いまなお諭吉は現役の支配勢力の源泉である。時事新報社は現在も産経新聞に姿を変えて日々動く現実的勢力でもある。

漱石は、国民的作家であり、文壇に大きな影響を与えた。いまもファンは多い。生前には木曜会を自宅で開いて、一種のサロン活動を楽しんだ。多くの心酔者や弟子を輩出したが、その多くは作家や学者であり、幾人かの例外を除いて政財界などとは無縁である。けっきょく漱石の影響は作品のみによるものであって、人脈は文化人を輩出したとはいえ所詮は清貧集団である。その意味で漱石から何を受け継いで何をつくるかは後続世代の各人にゆだねられている。

諭吉家族の経済的地位

諭吉には九人の子どもがいた。長男一太郎《いちたろう》、次男捨次郎《すてじろう》、長女里《さと》、次女房《ふさ》、三女俊《とし》、四女滝《たき》、三男三八《さんぱち》、五女光《みつ》、四男大四郎《だいしろう》である。諭吉の三田の邸宅は御殿と呼ばれた。義塾は、元島原藩邸を買い取ったものであった。一万一八五六坪のうち建坪は七六九坪であった。諭吉の私邸はこの一角をあてたもので、建坪は四〇〇坪にあまる大邸宅であった(『慶應義塾豆百科』一九九六年、四二頁)。現在は慶応大学三田キャンパスの一部である。四人の息子はすべて英米に留学させ、慶応義塾の社頭、学者、『時事新報』の経営者、実業家に育てた。柴田徳衛の研究「江戸から東京へ」(『東京経大学会誌』第二五一号)によると、長男一太郎は七〇一六坪、次男捨次郎は二三二五坪、三男三八は九八六四坪の邸宅に住んでいたと記録されている。諭吉は五人の娘には実業家や学者に嫁がせた。長女里を化学者で工学院大学初代校長の中村貞吉に、二女房《ふさ》には後の中部電力の創始者となる桃介を婿にとった。

諭吉はもともと三井財閥とのつながりが強いといわれるが、加えて姻戚関係をつうじて三菱にも関係し、政財官学マスコミの独占的企業体のなかに家族を絡めて行った。福沢家自体が、財閥型資本主義のなかの家族であった。

人間平等が諭吉の精神の圧縮的表現であるという解説は少なくない。しかし、それは正しくない。格差は学歴により生まれる。我が子のうち息子だけには欧米の大学に留学させた。娘はことごとく実業家や学者と結婚させた。こういう特権を行使したからと言って、それは福沢の近代精神に反するどころか、かえってその発露であった。いかなる二枚舌もない。貴賤上下の格差が生まれるのは近代社会の鉄則である。諭吉はただそれを実地において貫いたまでのことである。

諭吉は、たしかに武士の情を論じた『瘦我慢の説』(⑥)の指摘にみるように、勝海舟とか榎本武揚のように旧権力と新権力の両方に仕えるという矛盾を犯さなかった。それは彼が在野にいればこそなしえたことである。第二次長州征伐の際、譜代中津藩藩士として諭吉は長州の撃滅を幕府に訴えたほどであった。したがって、薩長政府に親近感をもたない。だが、そのことは諭吉が明治政府の富国強兵路線に反対だったということを意味しない。諭吉は、在野にあって自由民権運動を攻撃し、その限りで政府を助けることがあるし、また別の場合には、政府以上に国権論的スタンスにたってより右翼的立場から政府攻撃を行いうるのである。

時事新報社は、一八八二年、創刊に当たって「我日本国の独立を重んじて、畢生の目的、唯国権の一点に在る」と宣言した。創刊の辞には『文明論之概略』にあった「文明の本旨」の文字はない。つまり、文明を手段化して「唯国権の一点に在る」ということになれば、排外的な国家党に突っ走る恐れさえあった。実際、市民社会の「多事争論」を尊重するどころか、ライバルの『朝野新聞』(成島柳北編集長)社屋を放火する寸前で警察に止められる事件を会社ぐるみで起こした。こういうこともあって諭吉の死後、『時事新報』は一九三六年事実上の廃刊となった。その理由は、直接的には経営難によるものとされるが、背景には一九三一年満州事変以降日本の新聞が大方御用新聞となり、『時事新報』の思想的スタンスが皮肉にも他紙の超国家主義化の中に埋没させられたという事情がある。

金に困っている漱石

これにたいして、漱石はいつも金に困っていた。「私が巨万の富を蓄えたとか、立派な家を建てたとか、土地家屋を売買して金を儲けて居るとか、種々《いろく》な噂が世間にあるやうだが、皆嘘だ」（「文士の生活」、㉕四二五頁）と抗議している。小説の主人公は高等遊民とか余裕派と言われる中の上流の者が多い。ただし中流であってもいつも親戚から金を借りることを考えて、夫婦であれやこれやと苦労している。これは漱石の実感とさほどかけ離れていない。

鏡子（戸籍名は清《きよ》）とのあいだに子どもは七人いた。上から筆子《ふでこ》、恒子《つねこ》、栄子《えいこ》、愛子《あいこ》、純一《じゅんいち》、伸六《しんろく》、雛子《ひなこ》の二男五女である。うち雛子は二歳で夭逝している（『彼岸過迄』、⑦）。子どもたちの行く末に関して記録されているのは、筆子が小説家松岡譲と結婚し、純一がバイオリニスト、伸六が随筆家になったことである。さすがに芸術家的な血脈を受け継いでいるようだ。しかし漱石生前には『猫』『坊っちゃん』以外はあまり売れることもなく、夏目家の暮らしは贅沢を許さなかったようだ。漱石の死後、残された家族は印税がはいってきた頃を別とすれば、やはりそれぞれごく質素な暮らしを送ったという（松岡陽子マックレイン『漱石夫妻　愛のかたち』朝日新書、二〇〇七年、一九〇頁)。福沢家が政財官界に婚姻関係を広げたのとはきわめて対照的である。

文士としての漱石の暮らしは、下女が二人いた時期もありけっして貧乏とは言えないが、諭吉と比べれば恵まれたものではない。家は転々としたが、いずれも借家(千駄木宅は建坪三九坪ほど)であった。漱石の木曜会に集まる文化人もみな知識労働者の類や売れない作家たちばかりである。寺田寅彦、小宮豊隆、内田百閒、野上弥生子など、みな慎ましい。例外は、一高同窓の満鉄総裁中村是公ぐらいだろうか。

誰と付き合うかで何を考えるかは決まる

常日頃どういう人々とつきあっているか、ということがその人の思考のおおよその枠組みを形成する。諭吉のように始終財界、官界、言論界の重鎮たちとばかりつきあっていると世界を上から見る癖がつくだろう。諭吉がその人々の影響で世の中を上から見たとは思えないが、新聞社社長で、慶応義塾経営者で、三田の御殿に住んで、おまけに書いたものがことごとくベストセラーなら、誰でも上から目線になるだろう。

漱石は、余裕派といわれたりする。つまり一種の超越的な理念から物事を見る立場である。これは諭吉の上から目線と一見似ている。だが、両者は根本的に違う。前にも述べたように、漱石の余裕派の本領は、権力と金力を突き放すところから生まれる。もちろん、彼自身が文壇の重鎮になっていくし、それにつれて、権力側が漱石をことあるごとに利用しようとした。しかし、漱石はささやかな存在でありたいと言い続けた。博士号辞退や西園寺公望首相の招待を断ったりした。「菫《すみれ》程な小さき人に生まれたし」（⑰二〇四頁）である。

人生の経験が積み重なって老練になることを歓迎するが、人を上から見るようになることを警戒する。恐るべき自己客観化によって、自らを突き放し、その力によってこそ万人を感服させることができるのだと漱石は思っていたようにみえる。

7　上からと下から

諭吉の治者の目

『学問のすゝめ』冒頭の言葉「天は人の上に人を造らず、人の下に人を造らずと言えり」は、諭吉の思想を要約するものと、しばしば言われる。大阪堂島の諭吉生誕の地の碑文はここから「言えり」を削って石碑にしている。しかし、「天は人の上に人を造らず」だけの思想は、『西洋事情』で諭吉が翻訳した、「米独立宣言」中の文章そのものであって、諭吉の思想とは異なるのだ。「独立宣言」は、一八世紀の自然権を代表するもののひとつで、自然が人間を平等に作ったことを論じたうえで個人の「生命、自由、幸福追求の権利」を謳う。これは主としてT・ジェファーソンの思想である。諭吉とジェファーソンは時代も思想も違うのだ。

一八世紀思想は、本来的に、小経営者をモデルにして、社会の健全なありようを展望する。ジェファーソン的民主主義と言われる所以である。このとき、自然権を基盤とし、かつ目標ともする社会がゆくゆくは階級社会になることはたいして深刻な問題とは意識されていない。なぜなら、多少の土地所有の規模の違いがあっても、小経営者の社会では、人々は家族経営をもとにして働き、暮らすのが普通の姿だと了解されており、巨大な北米大陸が土地を無制限に提供すると皆思っていた。いわゆる天賦人権から上下格差は生まれることはありえないし、たとえ規模の大小があるにせよ、誰にも指図《さしず》されることのない自由をアメリカ人は謳歌できるはずだと考えられていたからである。人々の自尊心を支えているのは自己所有の小経営である。

日本人になじみ深いローラ・インガルス・ワイルダーの『大草原の小さな家』（一九三二〜四三年）を考えれば、ジェファーソン的理想を抱いたアメリカ人の気持ちはわかりやすい。インガルスの物語に注目すべき回がある。「家族はひとつ」（As long as We're Together）という話である。それは小経営から成り立っているウォールナットグローブの町が鉄道会社の圧力で経済的に衰退し、一番の金持だった雑貨屋夫婦を含めて住民すべてが大都市へ引っ越していく話である。インガルス一家は故郷を離れ、ダコタ州のウィノカという大都会に移り、夫妻はホテルの雇われ人になる。元小経営者が雇われ人になる苦痛を描く。いつかは「もうあんたの使用人じゃない」と言えるようになりたいと再起を誓うのが物語の主張である。

このように「独立宣言」は自由な人々からなる階級なき市民社会を実在的な土台としてそのリアリティを確保していた。それゆえに、人々が、生命と自由と幸福追求を勝手に行使していけば、けっきょくは皆が豊かに暮らしていけるだろうという楽観にたっていたということである。

しかし、現実は、そうはいかなかった。「独立宣言」の「幸福追求の権利」は、アメリカ憲法

（一七八七年）では「財産」に変えられてしまう。これは幸福の中身が多様性を失って一元的な財産の量的な大小へ割り切られるようになったことを意味する。資本主義なのだから幸福とはつまりはお金である、ということを憲法が公言するようになったのである。

諭吉がたんなる思想紹介業者と一味違うのはまさにここである。「独立宣言」を一八世紀思想と見定めて、一九世紀の明治維新にふさわしく、新社会の仕組みを考えている。『学問のすゝめ』の主張は、冒頭の「天は人の上に人を造らず、人の下に人を造らずと言えり」のすぐ後に続く「されども」以降の箇所にある。諭吉は「独立宣言」に謳われる天賦人権、すなわち生まれたときには権利上貴賤上下のない同等の人間という仮想的な自然状態を「言えり」で受けておいて、「されども」この天賦人権をもつ人々が「有様」においては貴人、富人と下人、貧人という雲泥の差をもつのはなぜなのかと問いかける。この格差が生まれるゆえんを辿って、学問の有無からこの雲泥の差は生まれるのだと説明したのだ。

つまり、誰にでも自然権があり、多様な幸福を追求可能である、ということをそのまま持ち込んで人を煙に巻いたのではない。そうではなく、市民間の法的な平等を導入したうえで、市民たちの中に階級的な格差が生まれることを堂々と示し、そのうえで上が良いか下が良いか、君次第だと論じた。近代社会が市民的階級社会であることを論じておいて下の階級に転落したくなければ、がんばって学問にはげめと叱咤したわけである。

重要なのは、諭吉が、単純な市民社会（上下のない小経営の社会）を想定せず、それが早晩壊れて階級社会となって現れることを見通していたところだ。封建制のもとで人々は士農工商の四民に分断されていた。こうした人々に近代的な上昇意欲を持たせるためにはどうしたらよいか。まず法制度を改革して、四民を平等にすることである。つまり人々を法的な差別のない、一元的な市民に変えることだ。これは、明治政府が武士に頼ることなく、徴兵令にもとづいて軍事国家をつくるうえでの布石となるばかりか、職業生活を彼らの「自発性」にもとづいて選ばせるための仕掛けとなった。

一方ではもはや身分制度は解体したぞと教え、他方ではたとえ身分が消えても近代の上下関係はあるのだから、下に落ちないようにどうするかを明示する必要があったのだ。こうして、市民が下からの選択を通じて階級社会をつくり、それとともに競争的に生きてゆく術を身につけていくことを、はじめて日本人に説得的に提示したのだ。

諭吉は翻訳者を超えたオリジナルな思想家である。だから明治維新以降の新時代、欧米の近代化に比べて一〇〇年も一五〇年も遅れて世界近代史に参入する日本社会の実情を考えて、これに合わせて自分の翻訳を換骨奪胎するという工夫をこらしたわけだ。時期がずれているから「独立宣言」がそれだけで素晴らしいと言うわけにはいかない。もっと切羽詰まった理由づけが必要なのだ。明治維新の世界史的状況は単純な市民社会で待っていてくれるようなものではなく、市民的階級社会に達しなくてはならない。そこへ一気に進まないことには日本を欧米社会に並べることはできないのだ。市民的階級社会の現実にフィットさせて生きろという諭吉の進軍ラッパが当たって、諭吉の思想は空前のベストセラーとなった。「人間平等」が諭吉精神ではないし、そこに日本人が感動したとも思えない。諭吉のリアリズムが一九世紀の思想の圏域にあることを確認しておかねばならない。しかも、上昇志向で生きろというのは、事柄をポジティブにつかむ諭吉らしさの集約点である。

考えて見れば上昇志向でうまく行く人がいる反面、必ず下へ落ちる人もいるはずなのである。ゆえに、どうせやっても駄目だろうと思う人がいても不思議ではない。だが、そこはあえて見ず、市民社会＋階級社会の明るい面のみに言及する。落ちるかもしれないというリスクは伏せて、やったら上昇できるよという明るい面だけを抽象して、愉快痛快な進軍ラッパを鳴り響かせるというのが諭吉の戦略であった。だがこの抽象が通るのは「自分自身は安全だ」という考えがあるからにほかならない。A天賦人権↓B「されども」↓C上下はあるが頑張ろう、である。「A↓B↓C」が「理念↓その部分的否定↓枠内での積極性」というつながりになっている。啓蒙的理念の否定の肯定である。一つの仕組みを治者の目、上からの目で見るのが諭吉である。

漱石の下からの目

漱石の目は、あわれみの目である。「まことにあわれなり」を頻発する。「日本人は気の毒と言わんか憐れと言わんか」「朝鮮は気の毒だ」などなど。『三四郎』に Pity's akin to love の翻訳が出てくる。漱石は「憐憫は愛に似たり」という硬い訳を改め、作中の与次郎に「可哀想だた惚れたって事よ」(『漱石全集』⑤三八八頁)と訳させた。

誰か困っている人が目の前にいる。どうして泣いているんだろう、というのは赤の他人のごく普通の態度である。それ以外なら二つある。一方は「ざまあ見やがれ」、もうひとつは「かわいそうに」である。前者は冷酷、後者はあわれみである。あわれみ(pity)とは、他人の災難に対する悲しみ(ホッブズ)である。他人が被った被害に落胆し、自分にも同様の被害が起こるかもしれぬと想像し、できればこうでない別の在り方を期待して困っている人に寄り添う気持ちのことだ。被害を小さくしていこうとする動きである。共感、シンパシーと言ってもよい。

男女にかかわらず人間関係では、あわれみは愛に近い。漱石の異性への接近、友人への接近、民衆への接近、国家への接近には「あわれみ」がある。治者の視点、上からの目でも文学は書けるかもしれないが、少なくとも漱石のそれは「あわれみの文学」である。主人公は最初ある事態の遠くにいる。そのうちにだんだん近づいて事態をみつめ、他者に感情移入し、ついに助太刀いたす、というところまで行く。そこに愛が生まれる。それを書くのが文学である。

漱石という人はもともと判官びいきが強い。正岡子規宛手紙「君の議論は工商の子たるが故に気節なしとて四民の階級を以て人間の尊卑を分たんかの如くに聞ゆ。君何が故かゝる貴族的の言語を吐くや。君若しかくいわば、吾之に抗して工商の肩を持たんと欲す」(一八九一年一一月七日、㉒書簡22)。強きをくじき、弱きを助く。対象は様々であるが、下に置かれた側の肩を持つ。同じように、世界的に見て下に置かれているのが日本であるという歴史認識が漱石にはある。

これは諭吉の近代化論に対抗する意味をもつ。次のような認識は諭吉にはない見方である。

「日本は三〇年前に覚めたりという　然れども半鐘の声で急に飛び起きたるなり　その覚めたるは本当の覚めたるにあらず　狼狽しつ、あるなり　只西洋から吸収するに急にして消化するに暇なきなり、文学も政治も商業も皆然らん　日本は真に目が醒ねばだめだ」（一九〇一年三月一六日、⑲日記、六六頁）

これは留学中の歴史認識として最も早い時期のものである。「されども」と言いつつ急いで坂道を上がっていく諭吉の目とは違う。漱石から見れば、坂道を上がっていく人は寝ぼけ眼《まなこ》で歩いているにすぎない。短評であるが面白い。この日記はちょうど諭吉が死んだ年の漱石の発言だ。諭吉の近代化論が啓蒙的理念（天は人の上に人を造らず）の部分否定（「されども」）の肯定（富人／貧人序列内の出世）であるのに対して、漱石は理念（フランス革命）の否定（貧富の懸隔）の否定を追求する。それが「真の目醒め」（否定の否定）である。漱石は、この日記の思想を後により精緻にしていくであろう。

一九〇二年の手紙は決定的である。

「欧州今日文明の失敗は明かに貧富の懸隔《けんかく》甚しきに基因致候《きいんいたし》　この不平均は幾多有為の人

材を年々餓死せしめ凍死せしめ若《もし》くは無教育に終らしめ、却つて平凡なる金持ちをして愚なる主張を実行せしめる傾なくやと存候　幸いにして平凡なるものも今日の教育を受くればー応の分別を生じ　かつ耶蘇《ヤソ》教の随性と仏国革命の殷鑑《いんかん》遠からざるよりこれら庸凡なる金持ちどもも利己一遍に流れず他のため人のために尽力致候形跡有之候は、今日失敗の社会の寿命を幾分か長くする事と存候。日本にてこれと同様の境遇に向かい候はば（現に向ひつつあると存候）かの土方人足の智識文字の発達する未来においては由々しき大事と存候。カールマークスの所論の如きは単に純粋の理屈としても欠点有之べくとは存じ候へども今日の世界にこの説の出づるは当然の事と存じ候。」（一九〇二年三月一五日、中根重一宛、㉒書簡２４４）

漱石は貧富の懸隔を「今日文明の失敗」とみなし、「利己一遍」に対する後ろめたさが「今日失敗の社会の寿命を幾分か長くする」にせよ、いずれ「土方人足の智識文字の発達する未来においては由々しき大事」となることを直観している。早くも社会学の研究の成果が出てきているわけで、これが漱石の近代社会認識の根幹にすわったのである。そのうえでカール・マルクスへの一定の評価が出ていることに注意しておきたい。そして、近代社会認識が定まってくるやいなや、続けて「大著の構想のために」を書いているのは見落とせない。

「私も当地到着後（去年八、九月頃より）一著述を思ひ立ち目下日夜読書とノートをとると自己の考えを少しづつかくのとを商買に致候。同じ書を著《あら》はすなら西洋人の糟粕《そうこう》では詰らない、人に見せても一通はづかしからぬ者をと存じ励精致をり候。」

「先ず小生の考にては『世界を如何に観るべきやといふ論より始め、それより人生を如何に解釈すべきやの問題に移り、それより人生の意義目的及びその活力の変化を論じ、次に開化の如何なる者なるやを論じ、開化を構造する諸原素を解剖しその聯合《れんごう》して発展する方向よりして文芸の開化に及《およぼ》す影響及《および》その何物なるかを論ず』るつもりに候。」

「かやうな大きな事故《ゆえ》哲学にも歴史にも政治にも心理にも生物学にも進化論にも関係致候故、自分ながらその大胆なるにあきれ候事も有之候へども思ひ立候事故行く処まで行くつもりに候。」（㉒書簡２４４）

これは、世界をいかに観るか（世界観）、人生をいかに解釈すべきか（人間論）、現代の開化とは何か（近代化論）、開化がおよぼす影響とその何者かを説明すること（近代化の帰結論）を企図する、まことに壮大なプロジェクトである。だから「よし首尾よく出来上がり候とも二年や三年ではとても成就仕《つかまつ》るまじくかと存候」と自ら長期性を覚悟したものである。

漱石が帰国後発表した一連の文芸論、『文学論』『文学評論』から、小説、ならびに晩年まで断続的に行われた「現代日本の開化」や「私の個人主義」などの講演を考えるとき、この壮大なプロジェクトは一つひとつの作品を位置づける上で、相当の意味を持つと考えてよい。

この手紙で漱石が条件付きながらカール・マルクスの学説にたいする肯定的な評価を与えたことに一言添えておく。漱石の近代社会へのスタンスはマルクスに近いものである。しかし漱石はこの評価に「単に純粋の理屈としても欠点有之べくとは存じ候へども」という限定をつけている。これはマルクスのどういう理論上の欠点を指しているのであろうか。何を根拠に漱石がマルクスを論じているか、考えておこう。

漱石はマルクスの理論の特徴を論評しているのであるが、さほど文献に精通しているようには思えない。確かに『資本論』（英語版、一九〇二年）を所持してはいるが、読んだ形跡はほとんど読み取れない。そこで、漱石は社会学文献から間接的にマルクス評を得たのではないかと考えてみよう。漱石の読んだ社会学関連の本のなかでルトゥルノー、クロージア、キッドはそれぞれマルクスを論じている。なかでもB・キッドの『西洋文明の諸原理』（一九〇二年）におけるマルクス評は最も詳細である。キッドの同書が一九〇二年の何月何日に出版されたかは特定できない。しかし、キッドはマクミラン社との間で一九〇一年一一月に本の定価と印税の取り決めを終えており、W・T・ステッドという友人から同書の書評を『レビュー・オブ・レビュー』誌に書くという申し出を記す手紙（一九〇二年二月一九日付）を受けとっている（D. P. Crook, *Benjamin Kidd*, Cambridge University Press, 1984, p.145, 162）。この事実からみて、同書が出版されたのは一月か遅くとも二月と思われる。

さてキッドがマルクス理論について論じている箇所は多いのであるが、最も内容があるのは、キッドがバートランド・ラッセルの『ドイツ社会主義』（一八九六年）から引用している箇所である。キッドはラッセルの言葉を使って、マルクス理論の特徴について「ラッセル氏の言葉を使うなら」として以下のように続けている。「正義や美徳は論外のことである。人間的な共感や道徳性にたいする遺憾の言葉も一言もなかった。力だけが正義であり、共産主義の正統性は、それが必然的に勝利するという点にあった。彼の学説は、ユートピア主義者（彼は自分より以前の社会主義者をそう呼んだ）が力説する『正義』にもとづくものではなく、感傷的な人間愛――人間愛について語る時には、彼はいつも底知れぬ軽蔑をこめた――にもとづくものでもない。彼の学説は、歴史的必然性、生産力の盲目的発展にだけもとづいている」。傍線部は漱石が手沢本に下線を引いたところである。そして下線部分の欄外に漱石は「Marx　力ハ正ナリ」（Kidd, 1902, p.125、B・ラッセル、河合秀和訳『ドイツ社会主義』みすず書房、一九九〇年、二一頁を参照）と書き込みをしている。また同様のマルクス評をノート〔Ⅱ―1〕歴史・文明に〈Marx, Might is alone right No morals, justice Kidd 125〉と再録している（㉑七五頁）。

私の推測はこうだ。漱石は、キッドの同書を一九〇二年の三月初めまでに購入し、ラッセルのマルクス評が引用された箇所を注意深く読んだ。そして、歴史の究極の原動力が「生産力の盲目的発展」にもとめられているという、ラッセルのマルクス解釈に関心を持ち、線を引き、書き込みを入れ、別途ノートにも書いた。つまりこれは、漱石の脳裏にかなり強く焼き付いたようだ。

そして、漱石は中根重一宛の手紙（一九〇二年三月一五日付、㉒書簡244）に「純粋の理屈としても欠点有之べくとは存じ候へども」と書き入れたのではないか。

ラッセルのマルクス解釈の当否はここで保留するが、問題はこれが漱石の「大著述の構想」に何をもたらしているかである。漱石は、マルクス理論に関して「今日の世界にこの説の出づるは当然」と一方で肯定している。しかし他方、漱石の不満はつのった。マルクス派社会主義をも含むヨーロッパ思想が西洋自由主義批判を進めている功績を認めながら、そのマルクスさえ心理―倫理的な次元における利己心の転換をまだ十分に究明していないと思えたからだ。「力ハ正ナリ」では人間の心理―倫理的次元にまだ十分なメスが入っていない。このように考えた漱石は、マルクスに肯定的評価を与えつつ、同時にその「理論的欠点」を乗り越えることができるのはまさに自分だと野心をたぎらせたと見える。「大著述の構想」が漱石の激しい読書行為の中から立ち上がってゆく姿をおおよそ以上のように考えてみることができるであろう。

ギリシア・ローマ以降の西洋文明の発展のなかで二〇世紀初頭は大きな曲がり角に来ているという歴史認識にたって漱石は物事を見ている。そして一八世紀啓蒙思想の所産たるフランス革命から二〇世紀思想の登場を見ると、西洋自由主義の崩壊という巨大な思想転換がある。その一端のなかにマルクスの学説を文脈化して理解しているのだ。しかもマルクスを含めて西洋の思想家は近代精神（利己心）の転換を――心理―倫理的次元で――究明できていないと漱石は見ていた。そのことは、漱石の文学に大きな野心とスケールを与えた。こういう位置づけで近代化を総体的に論じるという「大著述の構想」を漱石は語った。そうである以上、この構想をどこまで達成したのかを基軸にして漱石は自分の仕事を評価するはずであろう。むろん、現実に後の後半生はすべて構想の実現のために捧げられたといってよい。

諭吉の上からの目と漱石の下からの目は、近代化をめぐる対照的な構えとなって、出揃った。

8 漱石の文学の定式〔F＋f〕

社会の動きから文学の動きを説明する

「大著述の構想」が出てくるためには、漱石が狭義の英文学研究をやめて社会学や心理学にいったん迂回する作業が必要であった。それは英文学をやめることを意味するものではなく、文芸批評の基準となるような普遍的な価値判断基準を自分の心の中につくったうえで、ふたたび文学論へ立ち返ろうとするものであったろう。この結果生まれたのが『文学論』（一九〇六年）であり、また『文学評論』（一九〇九年）であった。『文学評論』に「大著述の構想」と共通する一定の小括がある。

「文学を社会から切り離して全く独立した現象として論ずるか、または、社会全体の有様を叙してその全体が動いている中に自然に文学が織り込まれているようにするか。」

「余は文学以外の有様、殊に社会の風俗を叙述して……しかる後……文学を述べようと思

う。」（『漱石全集』⑮五七―六〇頁）

これは漱石の社会史的文学論の方法である。ここには、①「社会全体の有様を叙してその全体が動いている」ことを解明する、いわば社会史的な領域と、②社会史を踏まえて、「その全体が動いている中に自然に文学が織り込まれているようにする」固有の文学的領域の位置づけが鮮明に出ている。

『文学評論』はこのように①社会史と②文学の区別と連関を重視する。『文学論』は、漱石の社会史的文学論を土台にして、文学の内容的な構成に踏み込む、一種の文学原論である。それゆえ社会史＋文学という二段構えの立場は、原論レベルでは、〔F＋f〕という定式となって現れてくる。Fが社会史、fが心の焦点である。

〔F＋f〕の登場

定式〔F＋f〕の構想が、はじめて登場するのは、ノートの「〔II―1〕開化・文明」においてである（㉑五一―七六頁）。このノートは一二枚に及ぶ長めのものである。執筆時期は日付がないために特定できないが、一九〇二年三月一五日の中根重一宛手紙と内容が重なっていることから、この前後であろう。

ノートは、全集に解読、再現されている。〔F＋f〕が出てくるまでの箇所は三八ページにも及ぶ長いものである。ここでクロージア、ルトゥルノー、キッド、ギディングスなどの著作を漱石は縦横に引用し、かなり批判的に読み込んで漱石なりの歴史認識の見取り図を出している。なかでもクロージアの『文明と進歩』(Crozier, *Civilization and progress*, 1898) にことよせて漱石は西洋文明史に重ねて明治維新論を出し、そこに〔F＋f〕の問題がでてくる。

西洋文明史と明治維新の比較を行ったうえで漱石は、「余云う」式の総括に入る。この箇所に〔F＋f〕の最初の記述が出てくるのだが、このことは漱石の頭の中で文学論の定式が社会史と不可分なかたちで発生したことを示している。

「余は今之を説明せんとす（出来得る限り明瞭に）人間の意識の a moment を捉えて之を解剖すれば a wave of consciousness となり而して此 wave に focal idea あるを認む他は marginal なり　猶《なお》下つては infraconscious なり。他人の行為、思想が我に appeal するは（言語文章を通じて）、此 focal idea が等しき場合は喚起され易き marginal part にある場合とす。こは一個人の一 moment に就て云ふも一代即ち此一個人の集合体にも亦 a moment の consciousness あり　其 consciousness の中には矢張 focal idea と marginal とあり。此 focal idea を F にて示せば F＝n・f なり。f は一個人の focal idea を云ふ。」(㉑五八―九頁、便宜上カタカナを平仮名に書き換えた)

すなわち大文字のＦは、ある時代の焦点 Focal（後に focus とも言い換える）のＦを指し、小文字のｆは、一個人の（心の）焦点 focal を指す。要するに、社会史的なＦは時代の進化に連れてどんどん移っていくものとみなされる。時代はひとつの時代精神をもっているものと考えられて、多様な思想もすべて一個の中心にある時代精神との関わりにおいて配置されるものとみなされる。これがＦである。「仮令へば日清戦争のときの日本人全体の意識の focus は此戦争にあり故に当時尤も日本人に adapt せる者は此戦争に関する出版物なり　之に次ぐは此 idea の近所に居る idea の物なり」（㉑五九頁）という具合である。

日本の動きを例にとると、幕末→維新→開化といったように時代の大きな焦点は絶えず進化するわけである。だがこれだけ押さえても文学にはならない。文学は社会史から人間を抽出しなければならない。しかも集合的な人間ではなく、個人を描かねばならない。だが、個人とは何か。これが漱石の最終の関心事である。漱石としては最終目標である個人まで到達したい。だが個人は社会史と無関係でない。社会史の次元でのＦの進化は、必ずなんらかのかたちでそこに生きる人間諸個人の焦点ｆと連携しているはずである、と漱石は考える。このように、『文学論』の〔Ｆ＋ｆ〕は『文学評論』の①社会史＋②文学と対応し合っているのである。

ところで、社会史と個人史とを連繋させる場合、一筋縄ではいかないことに気づかされる。社会史のＦ次元でＦ→F'→F''というふうに進化したとしても、それにぴったりと符合するように構成員たる諸個人がｆのレベルで変化するわけでは必ずしもない。漱石がよく引き合いに出す徒歩→

籠→人力車→自転車→自動車→列車→飛行機などをあげてもよい。技術史的な進化だけをとりあげてみてもわかるように諸個人のなかにはこの進化を好む者も嫌う者もいる。また歴史の先を読む賢人が先駆け的意識をもっていても俗人はこれをまったく寄せ付けないであろうとも漱石は言う。すると、時代の大焦点がF'に当たっている場合でも、それに適度にマッチしたf'を持つ者や、旧時代のfを抱えたままの者、先取りしてf'となりつつある者などが同時並列しているわけである。人が生きていくというのは、こうした時代精神全体の進化の中で、実に多様なグラデーションを抱えた他人に出会うことを意味する。時代と同調しあるいは前後する生きた人々の間のズレと邂逅とに人々は生きることの醍醐味もまた疎外感をも抱くわけである。

このことを漱石は「F、F[1]、F[2]が開化なり」「F、F[1]、F[2]……の realization が objective side of civilisation なり」「或る one generation を取って subjective side を見て其一つ前の generation と一つ継の generation を比較すれば次の formula を得べし」（㉑六三―四頁）と述べて図1のような定式を書き留めている（理解を簡略化するために若干修正した）。

漱石は、文明と人の心理の変化を描く方法を、たった一枚の表にまとめた（図1）。

図 1　preceding generation F－f

generation under con.

(F' － f') ＋ (F'' － f') ＋ (F'' － f'') ＋ (F' － f) ＋ (F － f)

1　2　3　4　5

此《この》五の factor あるを見出すを得《う》べし。

1．(F' － f') はこれは当世男にして思想も感情も前期より evolve せる者

2．(F'' － f') 思想は現代よりも進歩す　しかし感情は現在と同じ
現時の弊を論じ若《もし》くは改革をたつれども之を実行せず
又実行するに頗る苦痛を感ずるなり
故に多少実行するも自然時に従う姿となる

3．(F'' － f'') 真の学者真の賢者真正の眼孔あって躬践《きゅうせん》実行す
時に容れられざることあり　必ず後世に容れらる

4．(F' － f) は idea だけ新しく感情はもとの如く f なる者なり
此人は言行背馳すべし

5．(F － f) は前世紀の遺物にして毫も evolve せざる者なり

出所)『漱石全集』㉑、63 － 65 頁。これをわかりやすく整理。

人間の絡み合いの妙味

文学は、まず時代Fの推移を探求して、これとともに出現する個人f内部の心（思想と感情を含むと考えるべきである）をタイプ化し、相前後する諸タイプのあいだの相互関係を描くことによって、実人生の深いリアリティに迫ることができる。そしてそこに感動を構成することができる。私たちの人生は、日々大文字のFとF'のズレが可視化され、顕現する現場としての、生きた小文字の人間たちがfとf'のズレにおいて衝突する喜びと苦しさ、である。大文字のF次元の変化、小文字のf次元の変化、そのうえで大文字Fと小文字fの二次元間の緊張と邂逅を繰り返す渦中にある。私たちは、この現場に一切の喜怒哀楽の源を読み取り、いろいろな人間が絡み合う世の中の実相を見る。我々になしうることは、革命や戦争のような大激動であろうと停滞であろうと、せいぜい人間の相互作用総体を面白がったり悲しんだりすること以外ではない。そして、この世の一喜一憂から距離をとって遠目から真実をつかもうとすれば、小文字の喧騒を含みこんだ大文字Fの進化を、小文字の側から意味づけなくてはならない。

ノートは、再び〔F＋f〕問題を踏まえて西洋文明史と明治維新論とを交錯させる記述へ立ち返っている。

すなわち、「現時のF'は欧州に尤も発現す　日本に発現するは其後塵に過ぎず　既に現代F'を知るには我日本だけのFにては事足らずとすれば我等は西洋のFにaccompanyする速度を以て追付く必要あり　是現代のphenomenaに齷齪《あくせく》としてsuggestionを作る余地なき所以《ゆえん》なり」（21）

六六頁)。

日本近代化の見取り図

そして「若し西洋日本の文明を以て degree の差にして quality の差にあらずとせば日本欧州の差は図にあらはすが如し」として以下の図2を差し出す。この「図2　近代化と第二フランス革命」は、欧州の発展から逸脱していた封建日本が本線へ戻り、質の差を量の差に縮めて近代化していくならば、欧州に追いつくだけでなく結局のところ「第二フランス革命」へ導かれるという歴史認識を示している。これはおそらく一九〇二年前後に漱石の歴史認識図となったであろう。

当時としてはかなり極限的な歴史認識まで進んだうえで、漱石の文学論的定式〈F＋f〉もまた一九〇二年頃成立した。『文学論』(一九〇三年)の〈F＋f〉論はその成果である。ここで『文学論』の解明に立ち入ることはできないが、押さえておきたいのは、漱石は時代の焦点Fと個人意識の焦点fとを一枚にまとめ、さらにその線上で近代の終点まで把握した点である。すなわち『文学論』の〈F＋f〉の構想においては、社会学から学び取ったFの歴史的進化の問題と、心理学(C・L・モーガンなど)から得た個人の意識fを、関連づけて把握できると漱石は考えついた。歴史の集合的意識Fを漱石は「時代を同じくする民衆の集合意識」(⑭三四頁)と名づけた。そして民衆の集合意識の一部分である個人の意識fの内容を「同一の境遇、歴史、職業に従事するものには同種のFが主宰すること最も普通の現象なりとす」と位置づけている。ここに

図2　近代化と第二フランス革命――1902年前後の漱石の社会認識

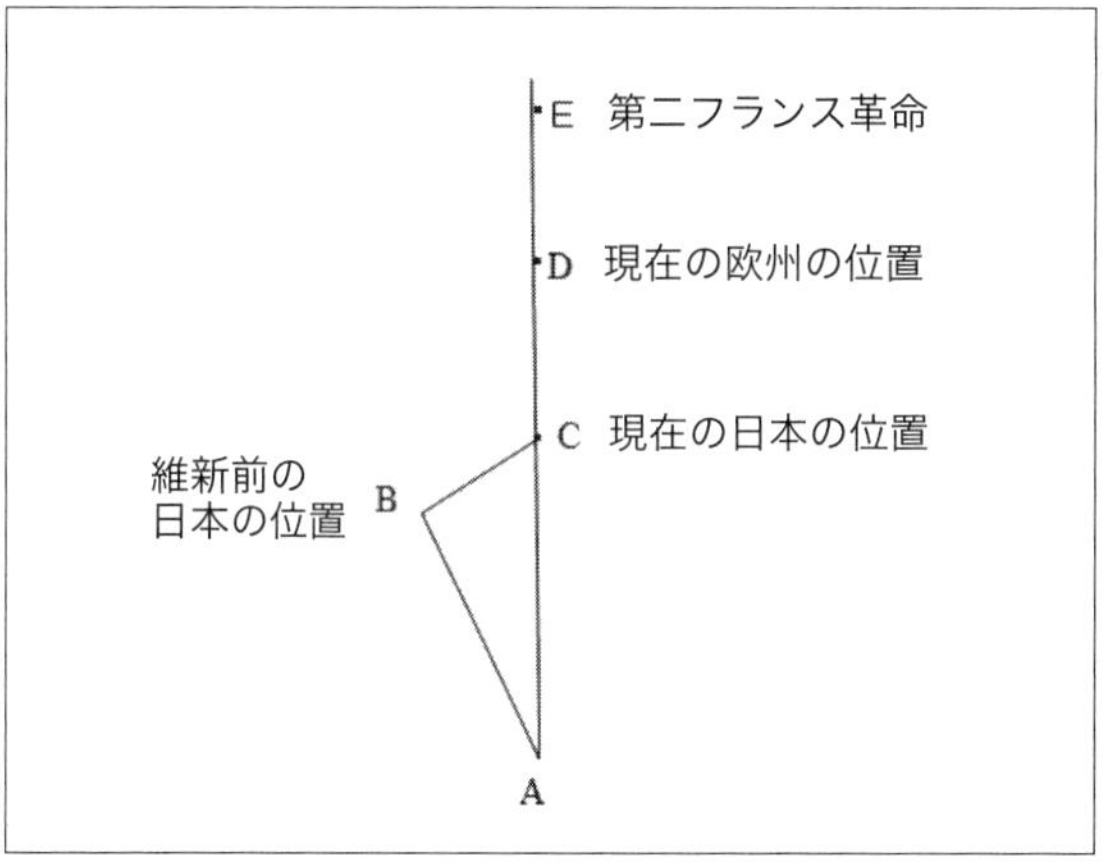

出所）『漱石全集』㉑、66頁。ただし文意を汲んで「第二フランス革命」を入れておいた。

は「この階級と他の階級とを比較」するという一種の階級意識論の萌芽さえあるというべきだ。「歴史上同一の開化潮流の配下にありし国民に於いてすら如此《かくのごと》き多様の変化あるを知らば、東西文化全く其趣を異にする日本、西洋との間に一方ならざる解釈の差違あるべきは無論のことなり」（⑭二二三頁）と、その内包するものの多様性にもきちんと射程が届いている。

漱石の作家としての仕事のすべてをこの核となるアイデア一本で理解しようというのは無謀かもしれない。だが『猫』から『明暗』にいたるまでの漱石文学は社会史的な進化の段階と移行、その文脈内での個人の思想と感情の前後への揺れを骨格に据えているとみることは順当な解読方法である。時代は常に何らかの意味で転換期である。様々な登場人物は時代に揉まれて様々なグラデーションに分化し、描き分けられる。漱石は大小二つの次元の相互作用を巧みなセリフによる対話劇として構成することに無上の喜びを感じていたはずである。

見取り図と作品

『坊っちゃん』は、坊っちゃんの感性fを近代化Fの中で時代錯誤をもたらすものと位置づけ、一時的な鬱憤を晴らしはしても、時代の趨勢に押されていく哀しさを描いたものと言いうる。

『それから』では世代論が駆使される。

父親が明治維新Fにマッチしたfの持ち主であることに対して、より進化した主人公代助が父を揶揄する場面がある。維新前の道義本位の教育を受けたが、実業に従事して腐食し、昔の自分と今の自分の相違を自覚しない父は、偽君子《ぎくんし》か愚物に見える（⑥一四三頁）。それを皮肉ると「然し御父《おとう》さんの国家社会の為《ため》に尽《つく》すには驚いた。何でも十八の年《とし》から今日迄《こんにちまで》のべつに尽《つく》してるんだつてね」「国家社会の為に尽《つく》して、金《かね》が御父《おとう》さん位儲かるなら、僕も尽《つく》しても好《い》い」（『それから』、⑥四五頁）。

代助の診断によれば、父親は、「利他本位でやってるかと思うと、何時の間にか利己本位に変わっている」という「独り勝手」の「中途半端」な考え方の持ち主である。この父が「自分の青年時代と、代助の現今とを混同して、両方大した変わりはないと信じている」ために代助は説教され、辟易している。しかし、時代に先んじていると自負する代助の進歩思想はひ弱いものでしかない。父の持ってきた縁談を断ったために親子の縁を切られ、「他人本位」の仕事を探さざるをえない結末へ追い込まれる。

漱石作品の「太平の逸民」「高等遊民」「退行した官吏」などの男性と『虞美人草』の藤尾、『三四郎』の美禰子、『それから』の三千代などは、多少なりとも日本近代化の所産か、あるいは時代に対して一歩進んだ人々である。彼らは明治維新を背負った先行世代にたいする不満を内心抱いている。彼らの時代診断は正確である。にもかかわらず、その不満を徹底的に展開するほどの力量（行動力）がどこか欠けている。

『それから』の代助は言う。「何故《なぜ》働《はたら》かないって、そりや僕が悪《わる》いんぢやない。つまり世《よ》の中《なか》が悪《わる》いのだ。もっと、大袈裟に云ふと、日本対西洋の関係が駄目だから働《はたら》かないのだ。……日本は西洋から借金でもしなければ、到底立ち行かない国だ。それでゐて、一等国を以て任じてゐる。さうして、無理にも一等国の仲間入りをしやうとする。だから、あらゆる方面に向かって、奥行《おくゆき》を削《けづ》つて、一等国丈の間口《まぐち》を張《は》つちまつた。なまじい張れるから、なお悲惨《ひさん》なものだ」（⑥一〇一―二頁）。

代助の理論だけはりっぱである。しかし口で偉そうな文明論を吐く割に、彼らがやっていることはただぼやいたり、働くのを嫌がったりすることでしかなく、経済的には父に頼っている。だから父に歯向かうとたちまち金を止められて、現実によって叩きのめされる。代助の友人平岡も若いころは理想をもっていたであろうが、徐々に職業生活の中ですり減らされて縮んでいく人、後退者である。

逆説的に言えば、こうした後退者を描くことができるのは、漱石が賢者として考えることができるからなのである。数は多くはないがF”—f”とみなしうるのは『二百十日』の圭さんと碌さん、『三四郎』の広田先生、『明暗』の小林などである。圭さんと碌さんはほとんど勧善懲悪とも言うべき理想主義をもっている。広田先生の賢者ぶりも飛びぬけている。「三四郎は日露戦争以降にこんな人間に出逢ふとは思ひも寄らなかった。どうも日本人ぢやないような気がする」。「然し是からは日本も段々発展するでせう」と弁護した。「すると、かの男は、すましたもので『滅《ほろ》びるね』と言った」（⑤二九二頁）。『明暗』の小林は、相当屈折した人物であって、津田とお延を異界から脅かすような存在である。後に述べるが、小林が下等社会を代弁する重要な役割を演じることは漱石の「大著述」に近づいていく上でほとんど避けられないものであった。

以上のように、近代小説の骨格を際立たせるとき〔F＋f〕の見取り図は漱石の作中に生きて、舞台を動かす仕掛けになっている。

IV　社会認識

9　諭吉『文明論之概略』と漱石『現代日本の開化』

なぜ諭吉は『文明論之概略』を書いたのか

諭吉と漱石の文明論をまとまったかたちで示したものは『文明論之概略』（諭吉四〇歳、一八七五年、『福澤諭吉全集』④）と『現代日本の開化』（漱石四四歳、一九一一年、『漱石全集』⑯）である。

『文明論之概略』は諭吉の原理論（時論とは区別された意味）であると言われる。なぜこれを書くか、緒言は語っている。すなわち日本は、二五〇〇年を経て、ローマ以来のおよそ一千有余年の西洋文明のあるのを黒船来航によって本格的に知った。文明を比較すれば、日本の文明は西洋のそれと元素を異にしている。今、我が文明に満足せずして西洋の文明を取らねばならない。西洋自体も改新中なのだから、これに合わせて「並立するか、あるいはその右に出る」までは息つく暇もない。そこで、元素の異なる文明である以上、西洋文明を取るためには、天下衆人の精神発達にまでたちかえってつくりかえることを考えねばならない。重要なことは、「文明の外形を取る可らず、必ず先ず文明の精神を備えて其の外形に適す可きもの」だという点である。しかも「欧羅巴《ヨーロッパ》の文明を求むるには難を先にして易を後にし、先ず人心を改革して次いで政令に及ぼし、終に有形の物に至る可し」（④三一頁）と覚悟せねばならないと言う。精神とは、「人民の気風すなわちこれなり」。こうして人民の精神革命の先行を諭吉は構想する。

精神革命の元は何か

ではいかなる精神革命が求められるか。諭吉は、基本的にA・スミスの系譜に立つギゾーとバックルの文明論に依拠しながら、アジア情勢にこの枠組みを適用している。ギゾーとバックルの「野蛮→半開→文明」の三段階史論をふまえて諭吉は文明の起源を「人生の天然に従い、害を除き故障を去り、自ら人民一般の知徳を発生せしめ、自らその意見を高尚の域に進ましむるにあるのみ」と定める。つまり生活の便利さ utility をもたらす人民の知徳に文明の深部の力を見出すわけである。そして、精神力とは知力にほかならないとの見地から「腕力と智力」のバランスを省みると、野蛮ほど「腕力に頼り、衣食住の物を求めるが如きは僅かに戦闘に余力を用いるのみ」で、せいぜい「腕力と互いに依頼して未だ智力独立の地位なるものなし」（④二一―二三頁）であったとみる。腕力から智力へ、という人間力のシフトにこそ文明の根源はある。

だが智力の根源にあるのは「市民の目」である。というのも「市民の目を持ってこれ（封建の貴族武人）を見れば、物を売るときは客の如く、物を奪わるるときは強盗の如くなるが故に、商売を以て之に交わると雖ども、兼ねて又其乱暴を防ぐの備を為さざるべからず」（④一三八頁）、「商売工業を勉めて家産を積み、或いは貴族の土地を買いて地主たるもの」（④一四二頁）が登場する。これが王室と人民との激動を生んで西洋文明の今日ある姿をつくったからだと把握している。

ギゾーやバックルと共通して、諭吉は、掠奪経済（武力）から離陸して形成される産業社会（知力）を実現しようとしているわけである。ここに一種の産業社会史観が見られる。

この文脈では、文明の根源たる智力を活発にするためには人間交際を自由にし、独裁政治を打ち倒さねばならない。「自由の気風は唯多事争論《たじそうろん》の間に在て存するものと知る可し」（④二四頁）という有名なセリフがここに登場する。

このように、諭吉の文明論は、圧政や独裁の装置である国家を縮小し、反対に人間交際の領域である市民社会を拡大していくという、いわば市民的自由主義のオーソドックスな理解を論じる。ところが、諭吉が西洋文明論をふまえていざ日本の文明を論じる段になると市民的自由主義の要素はただちに限定されてくる。まず腕力から智力へ、という展開を踏まえて、再び腕力が重要になることをこそ諭吉はこの本で言おうとしているからである。このダイナミズムには驚くべき慧眼があるのだ。西洋思想史において、智力の賞賛は一九世紀になってもある程度残っていた。啓蒙思想家と対立するコントやスペンサーの産業社会史観の場合は、掠奪を旨とする軍事（型）社会よりマシなのは内在的に生産力を発展させる産業（型）社会である。

だが、諭吉が直面しているのは一九世紀の最後の四半期から二〇世紀初めの時期である。ここで西洋諸国は自由貿易帝国主義から列強帝国主義へ移行する。コントでもスペンサーでもそうであるが、産業社会がもっともよい文明であるという考えを抜けきれない。とくにスペンサーのように産業社会が発展して列強帝国主義化するという状況に直面すると、これらがあってはいけない逸脱的反動のようにしか考えることができない。略奪経済をやめて産業社会へ移ったのだから、また略奪を開始するのは悪いことだと考えてしまうのだ。

ところが、諭吉はずっと柔軟で鋭い。産業社会が帝国主義になっていくことを内在的に認める。だから、諭吉にとって市民社会（市民的自由主義の理念的側面）は手段に過ぎなくなってしまう。つまり古典的啓蒙思想家と異なって、市民社会はもはや目的ではなく手段に過ぎない。目的は産業社会であり、しかも帝国主義段階を欲する腕力で再武装した産業社会的階級社会なのだ。

文明を野蛮や半開と対比するにあたって、諭吉は中国（支那）を具体例に挙げ、中国は純然たる野蛮であり、政治は独裁政府、精神は儒教一辺倒であるのに対して、日本には武家社会の形成によって「至尊《しそん》（天皇制）」「至強《しきょう》（武士）」が二元的に並列し、「自《おのず》から自由の気風を生ぜざるべからず」と高く評し「我が日本人民の幸福というべきなり」と両国の違いを際立たせる。すなわち「支那人は無事にして日本人は多事なり」「支那の元素は一なり、日本の元素は二なり……支那は一度変ぜざれば日本に至るべからず、西洋の文明を取るに日本は支那よりも易しというべし」（④二五―六頁）と言う。

この論は、天皇制と武家社会、菊と刀という二元論的な条件を見つけて文明への移行にとってアジアの諸国よりも日本のほうが有利であるという着眼で、とりわけ中国の後進性を識別させるための議論である。諭吉の主張のポイントは、国権と天皇制という明治の二要素を西洋とも中国とも異なる形で維持する点である。

しかし、「至尊」「至強」の二元論は、諭吉が主張するほどには、日本の市民社会の発生にプラスになったわけではない。諭吉自身が先に見たように西洋流の「自主自由」の市民が登場した理由は、商売の発展をもとにした土地所有の転換にあった。古代天皇制国家を脱した後の、貴族や寺社勢力や武家が跋扈した中世の権門体制、あるいは武士の支配と天皇制が並立する近世の「至尊」と「至強」が並存したということは確かだが、だからといって権力が二元的であっても市民社会は出て来なかった。「開闢の初より今日に至るまで、全日本国中に於て独立市民等の事は夢中の幻に妄想したることもある可らず」「日本の武人に独一個人の気象(インヂヴィヂユアリチ)なし」(④一五六―一六六頁)。

つまり、諭吉の議論に即してみても、日本の至尊至強二元論は西洋的市民社会を発生させるほど強い条件ではなかった。民衆を操縦する権力が複数存在するからといって民衆にとって救いとはならない。それだけでなく、至尊と至強の二元論が存在するという点だけから言えば維新後の帝国主義化においても天皇と首相、天皇と軍部には二元的といってもよい暗闘がしばしばあったことも確かである。しかしこの場合も自由な市民社会が出現したわけではなかった。

諭吉にはたしかに市民社会の複数元素を称揚する市民的自由主義の一面があることは確かである。しかし諭吉の関心は、産業社会から帝国主義へ移っている。「独立市民」が国権と対決する必要はもはやない。菊と刀の二元論をあえて持ち出す理由は、菊と刀の協調で日本独自の体制をこれから作ろうと諭吉が考えているからである。

『概略』が「多事争論」を真正面から主張したのは、野蛮から文明が出現する特殊な局面においてのみであり、しかも中国には日本的な二元論がないという指摘においてである。その後「脱亜論」（一八八五年）、明治憲法発布（一八八九年）、教育勅語（一八九〇年）と時代が下るにつれ、諭吉は天皇を利用した腕力中心の社会になっていくことに「感泣」し、帝国主義路線をどんどん強化していった（「軍艦勅諭」一八九三年）。諭吉は、日本が至尊と至強の二元論を持つという特徴を考慮して市民的自由主義からその次のステップへの変化を考えていたのである。

重要なことは最高傑作と言われる『概略』がまさしく市民的自由主義の帝国主義への転化過程を告白している点である。諭吉は、腕力から知力へというギゾーやバックルの文明論を踏まえながら、実は知力と腕力を合成する社会への兆候を引き出してくるのだ。その点を傍証する。

日本近代帝国主義の創始者諭吉

国際関係を帝国主義的に把握することが『概略』で行われた。これを見る前に、幕末以来の彼の外国視察から諭吉が得たものをまとめておく。

一八六二年、三年とヨーロッパ諸国を回ったとき、諭吉はアジアを見ている。『西航記』(一八六二年)によれば、六二年一月六日「香港の土人は、風俗極めて卑陋、全く英人に使役せられるゝのみ」(⑲九頁)と書いている。またカイロ、マルタでも現地人を「土人」と呼ぶ。しかしリヨンやパリ近郊の仏人農民をも「土人」と呼んでいる。どうやら「土人」というのは、先進国/後進国、欧米/アジア、などとは関係がない。端的に土臭く、泥臭い仕事をしている者らを土人と呼んだのである。武士は、兵農分離以降、土とは縁が切れた。この武士の非肉体労働的、非力役的立場から「土人」を見ているわけである。

後になって香港で見た一八六二年の状況を回顧して諭吉は言う。「先年、記者が英船に乗りて香港停泊中、支那の商人が靴を売らんとて本船に来たり」として乗船中の英人が靴を取って二ドル渡し、杖で追い払った。諭吉はこれをみて支那人を憐れむことなく、また、英人を憎むわけでもなく、英国人の圧制を羨ましいと思ったという。この羨ましいという感覚は、大いに国威を輝かせて、「支那人などを御することかの英人の挙動に等しきのみならず、現に英人をも奴隷のごとくに圧制して、その手足を束縛せんものをと、血気の獣心、おのずから禁ずることあたわざりき、されば圧制を悪むは人の性なりと云うと雖も、人の己を圧制するを悪むのみ。己れ自ら圧制を行ふは人間最上の愉快と云いて可なり」(「圧制も亦愉快なる哉」⑧六六―七頁)。

つまり、シナ人を圧制する英人ともどもいつかは奴隷のごとく圧制してみたいという帝国主義的野望を諭吉は抱いた。一八六二年での香港の体験とこれを回顧しつつ一八八二年の野望を公言した時の、中間時点で『概略』が書かれている。『概略』には、その理論的な土台が準備されていたはずである。果たして、それは次のように告白されている。

「今世界中の有様を見れば、処《ところ》として建国ならざるはなし、建国として政府あらざるはなし。政府よく人民を保護し、人民よく商売を勤め、政府よく戦い、人民よく人を得れば、これを富国強兵と称し、その国民の自《みずか》ら誇《ほこ》るは勿論、他国の人もこれを羨《うらや》みその富国強兵に倣《なら》わんとして勉強するは何ぞや。宗教の旨に背くといえども、世界の勢《いきお》いに於いて止《や》むを得ざるものなり。故に今日の文明にて、世界各国の関係を問えば、その人民、私《わたくし》の交わりには、あるいは万里外の人を友として、一見旧相識《そうしき》の如きものあるべしといえども、国と国との交際に至《いた》りてはただ二か条あるのみ。いわく、平時は物を売買して互いに利を争い、事あれば武器を以て相殺すなり。言葉を替えていえば、今の世界は、商売と戦争の世の中と名《なづ》くるも可《か》なり。」(④一九〇頁)

国際社会は主権国家の対等・平等の関係ではない。「近来は世上に人民同権の説を唱《となう》る者多く、或いは華士族の名称をも廃して全国に同権の趣旨を明《あきらか》にし、以て人民の品行を興起して其卑屈の旧習を一掃せざる可らずと云う者あり。其議論雄爽《ゆうそう》、人をして快然たらしむと雖も、独り外国の交際に就《つい》ては此同権の説を唱《となう》る者の少なきは何ぞや……咄〻怪事《とつとつかいじ》と云ふ可し」(④二四六頁)。論吉の見取り図は鮮明である。今の世の中は、平時は商売、戦時は国家と国家との間の殺し合いなのである。

諭吉は、カントの『永遠平和のために』（一七九五年）のような意味での啓蒙思想をまったく認めない。一八世紀末に発表されたカントの「永遠平和論」はいまでこそ人類史的遺産であるが、一九世紀に入ると無視された。現実にも自由貿易帝国主義と言われる事態が発生し、一九世紀末には列強帝国主義の登場で西洋国家同士が植民地の分割と再分割をめぐる力づくの侵略主義へと向かった。諭吉の帝国主義は自由貿易帝国主義と列強帝国主義をつなぐ性格をもっている。自由民権家の諸国家の平等という建前は現実の前で深みなく、その恐ろしさがまだわかっていないからだと言うのだ。

諭吉はいまや市民的自由主義（自由民権もそのひとつの形態である）の平等論を嘲笑する（吉田傑俊『福沢諭吉と中江兆民』一二一頁）。それは、産業資本の軌道を確立し、列強帝国主義を先取りする性格の理論を樹立することによってである。「一視同仁、四海兄弟《けいてい》の大義と、報国尽忠、建国独立の大義とは、互いに相戻《あいもとり》て相容れざるを覚《おぼゆ》るなり」（④一九一頁）。こうして一九世紀の帝国臣民諭吉にとってカント的理念を回想するほど愚かなことはないように見えたのだ。

『概略』は、腕力による力の秩序を自明と観察し、列強間の平和維持をも飛び越えて日本の世界での一人勝ちをめざすことを当然と考えるようになった。「今の文明の有様に於いては、止むを得ざるの勢いにて、戦争は独立国の権義を伸ばすの術にして、貿易は国の光を放つの徴候と言わざるを得ず」。「自国の権義を伸ばし、自国の民を富まし、自国の智徳を修め、自国の名誉を耀かさんとして勉強する者を、報国の民と称し、その心を名づけて報国心という」。戦争が独立国の権義を伸ばすものであるならば、帝国主義的な戦争にたいする唯一の立場は、是か非かではなく、いつ侵略をするかである。

超国家主義の作者は諭吉

諭吉の帝国主義論は、市民的自由主義を一度くぐっているので、文字通り近代帝国主義と呼ぶべきである。ゆえに、西洋の帝国主義を手本にしている。しかし、諭吉はここに超国家主義という日本固有の上モノを乗せるのである。

「国体」について諭吉は、いつものように議論の間口を広くとって、『概略』で政治体制一般を指すものと解して論を開始する。ところが、間口を広くとって様々な可能性があると論じておいたにもかかわらず、結論を出す場面では論じてきた様々な可能性は抽象論にすぎず、現在の条件のもとでは天皇制を擁護することがベストであるという結果を導いている。

すなわち日本は「開闢の初より一国体を改めたることなし。国君の血統も亦連綿として絶えたることなし」という。これは、日本で有史以来外人に統治権を奪われたことはないという意味である。国君の中でとりわけ天皇家については、政治権力を奪われて「唯虚位《きょい》を擁するのみ」（④二三〇頁）「天子は天下の事に関《かかわ》る主人に非ずして、武家の威力に束縛せらる、奴隷《どれい》のみ」（④六四頁）であったと諭吉は言う。だから天皇の血統の連綿は実は疑わしいともいう。大切なことは国家が独立を守ったことにあるのだから国権の維持にとって天皇だろうが武士だろうが役立つものはなんでも良かったのだという。

だが、ここからは手が込んでいる。諭吉は、見たように、わざわざ国体論を国家（ネーション）一般論として規定しておいたのだが、天皇であれ武家であれ、日本で「国体を保つとは自国の政権を失わざることなり」と賞賛し、問題はこの国家の独立を達成するうえでどういう政治体制（レジーム）が一番よいのかということだと問題を投げかける。ナショナルな独立をレジームに強引に結びつけるのである。そして決定的な結論は次のように要約される。

「西洋の文明は我が国体を固くして兼ねて我が皇統に光を増すべき無二の一物なれば、之を取るに於いて何ぞ躊躇《ちゅうちょ》することをせんや。断じて西洋の文明を取る可きなり。」（④三三頁）

国体とは対外的一国の独立を意味する政治体制のことであるとしておき、あえて天皇制を外した議論をすすめた。読者は、では天皇制は問題外なのかと思う。ところが、国権の独立を最高の目的にする限りで西洋文明を取るべきだとする常套の「国家独立論」を展開したうえで、最後の箇所で天皇制を強化するためにこそ西洋文明を取るべし、ということを結論に持ってくるのである。

かつて天皇制が「唯虚位《きょい》を擁するのみ」であった時期があった。しかしいまは明治天皇制を西洋文明の摂取によって固めるべしというわけである。これは西洋化すれば天皇制が危険に晒されはしないか、との不安をぬぐいとるばかりでなく、西洋化によってこそ天皇制の光輝を増すのだという論である。

諭吉の機能論的な発想は近代的なものだと言われる。「物の貴きにあらず、その働きの貴きなり」(④三七頁)という機能論である。この機能論は、一般にそれ自体として尊いかのようにみなされる物神崇拝を除去するための議論である。たとえば天皇制はそれじたいが尊いというわけではない、役立たないなら否定しても良いというふうな議論である。しかし『概略』の諭吉は機能論的発想にもとづいてむしろ天皇制を維持しようとしている。機能論から引き出されるのは天皇制の不要ではなく、反対にそれを活用して国権の強化に使えるならば天皇制は貴いという理屈なのである。


「我が国の皇統は国体とともに連綿として外国に比類なし。これを我国一種の国体というて可なり。然りといえども、たといこの並立《へいりつ》を一種の国体というもこれを墨守して退くはこれを活用して進むに若《し》かず。これを活用すれば場所によりて大なる功能あるべし。故にこの君国並立の貴き由縁《ゆえん》は、古来我が国に固有なるがゆえに貴きにあらず、これを維持して我が政権を保ち我が文明を進むべきがゆえに貴きなり。」

「故に君国並立の国体若し文明に適せざることあらば、其の敵せざる由縁は必ず習慣の久しき間に生じたる虚飾惑溺《わくでき》の致すところなれば、唯虚飾惑溺のみを除《のぞき》て実の効用を残し、次第に政治の趣を改革して進むことあらば、国体と政統と血統と三者相互戻《あいたがいもど》らずして、今の文明と共に並立す可きなり。」（④三七頁）

つまり天皇制の虚飾を取り去って機能化すれば、使いよう次第で西洋化と矛盾なく使えるというのである。では連綿たる皇統を近代日本が必要とする理由は何か。それは国権の維持につきる。諭吉の構想は、市民社会＋階級社会の成立を踏まえて国権を維持することにあった。古習をただ古習として維持するならば、それは惑溺《わくでき》である。諭吉は異なる。いたずらに伝統に埋没するのではない。近代国家の必要性の見地から天皇制を機能化して再編するのであれば上策だと言う。こうして、諭吉の天皇制論は近代化の裏打ちを介した近代天皇制論となり、結果的には国学者の天皇制論と連携できるようになった。諭吉の『概略』は文明原論としての最高傑作だとの評価が高い。だがまさに最高傑作において諭吉は、日本の将来のあるべき政治体制を西洋文明を取り込んだうえでの天皇制の強化、すなわち超国家主義へと向けたのである。

　近代化の代表的論客であったはずの諭吉は、驚くべきことに、国学者と結合する。中江兆民の『三酔人経綸問答』の議論で言えば、洋学紳士くんは豪傑くんとどこまでいっても平行線であった（諭吉と兆民の対照については吉田傑俊『福沢諭吉と中江兆民』を参照）。ところが諭吉の場合はそうではない。近代化と天皇制は機能論において結合されている。近代化と天皇制が結合する理由はどこにあるのか。それは、階級社会の危機と対外侵略とを国権＝天皇制で統合する必要があるからだ。

諭吉は、『概略』で作った土台のうえに、明治憲法を予想して一八八〇年代には、天皇制が「政治社外の存在」であるというふうに国会から超越化させ、超国家主義を制度的に承認してしまう。これは共和政的な意味での市民的自由主義との決別である。市民的自由主義は、一方に国家、他方に社会を置き、両者を分離させることを原理とするものであるからだ。

これは諭吉が市民社会を手段化したこととつながっている。後述する通り、一九世紀の国際関係を諭吉は戦争ととらえるのであるが、戦争の危機が迫るたびに国家に命を捧げる覚悟はただちに天皇への忠義に転化しなくてはならない。「教育勅語」（一八九〇年）はこれを保証する教育上の支柱であった。安川寿之輔は諭吉が「『教育勅語』の制定とその内容に反対しなかったばかりでなく、それを主体的にうけいれる論理を提起していた」（『日本近代教育の思想構造』二〇頁）と看破したが、この論理が登場したのは『概略』のこの箇所においてである。一八八〇年代に入ると全国民を意識操作の対象にして、天皇に忠誠心を抱かせる一君万民体制に諭吉は「感泣」し、天皇制が学問の奨励者になることを求めている。これは、天皇制が許容する範囲の学問しか奨励されないということでもある。諭吉は、表現の自由、学問の自由に対する天皇制の介入の土台を早くも『概略』で据えていたというべきであろう。

このように、諭吉は超国家主義の種を一八七五年にすでに蒔いているわけで、諭吉に反ファシズムの手本を求めることは本末転倒と言わざるをえない。だが、諭吉が超国家主義を打ち出したという事実が驚愕を引き起こすのではない。むしろ、諭吉は市民的自由主義からいかにして超国家主義を内在的に引き出しうるかを論理的に示しているのである。先の箇所で論じられていることは、近代化は天皇制を弱めるものではなく、近代化によって天皇制を強化できるという論理である。これこそが市民的自由主義が内在的に超国家主義を派生させる論理である。従来は超国家主義を批判する視座が市民的自由主義であるかのようにとられてきた。だが、こういう読み方では『概略』が超国家主義の起源になっている点をつかむことができない。

市民的自由主義にたいして超国家主義を対置するのは「近代の超克」(一九四二年)の議論であり、これを逆にして、超国家主義を市民的自由主義で批判するのが戦後思想の主流の議論であった。諭吉は実はどちらでもない。諭吉は市民的自由主義をつきつめたうえで帝国主義論および超国家主義論を内在的に打ち出しているのである。だからこそ強力な超国家主義が構築できる、と言うべきである。

『概略』における反社会政策再論

内政に関して社会政策論を見ておく。諭吉が『西航記』で救貧法を観察し、『西洋事情』で社会政策の両義性を指摘し、スペンサー流の公的救貧法廃止論へ傾いていくことは先に紹介しておいた。『概略』は、はっきりと反社会政策論が貫徹している。近代社会は救貧の仕組みを備えるべきか否か。とりわけ国家による救貧制度をつくるかどうか。この点について諭吉は『概略』で徳義の問題として考察をしている。徳義とは道徳のことである。結果は全否定である。「救窮《きゅうきゅう》の仕組《しく》みを盛大にするは、普《あまね》く人間交際に行わるべき事柄にあらず。唯仁者が余財を散じて徳義の心を私《わたくし》になぐさめるのみのことなり。施主の本意は人のためにするに非ず、自《みず》らためにすることなれば、固《もと》より称すべき美事《びじ》なれども、救窮の仕組み愈々《いよいよ》盛大にしてその施行愈々《いよいよ》久しければ、窮民は必ずこれに慣れてその施《ほどこ》しを徳とせざるのみならず、之を定式《じょうしき》の所得と思い、得る所のもの、以前よりも減ずれば、却って施主《せしゅ》を怨《うら》むことあり。かくの如きは則《すなわ》ち銭を費《ついや》して怨《うらみ》を買うに異《こと》ならず」(④一二七頁)。

論吉はここで、救貧は私人のチャリティでなくてはならぬと、『西洋事情』の疑念を強めて、救貧を国家的に制度化することに異議を唱え、もっぱら私人の徳義（道徳心）に求めるべきことを論じた。そのうえで、たとえ私人であろうとその徳義の範囲は限定されるべきで、もし施行が空間的に広がり且つ時間的に長引けば、かえって徳義ある私人が窮民の怨みを買う恐れが出てくる点をよく認識しておかねばならないと言う。すなわち論吉は救貧を規模と期間において限定し、しかも私人間の道徳の問題に絞って論じた。逆に言えば、貧困福祉問題を国家の行政課題にひきあげてはならない、という立論である。

そして諭吉は最大限の想像を働かして、いつの日にか世界が一家になることもあるいはあるかもしれないと異説を論じておいて、しかしそういうことは数千万年先のことであり、現在はまだそこまで行っていないのであるから「徳義の力の十分に行われて毫も妨げなき場所は唯家族のみ」なのだという。公的社会政策は不要で、救貧活動は家族内にて行わせるべしというのが『概略』で固まり、福沢の終生のスタンスになった。

しかし、これは当時の明治政府よりもずっと後退した反動的な見解であった。弱者を家族で救貧させるというのはどういうことであるか。年寄り、孤児、シングルマザー、病人、失業者、こういった人々は近代社会の軌道が確立するにつれてどうしても出てきてしまう。誰がその世話をするのか。

諭吉のスタンスは、公的な救貧政策を廃止する立場である。そしてチャリティを基本にせよと論じた上で、チャリティさえごく限定化し、最後は家族に一切のケアを背負わせるものだ。諭吉は恤救《じっきゅう》規則（一八七四年）の範囲が広がらないように『概略』で論陣を張ったものとみられる。このことは男女平等論に跳ね返る。諭吉は通常男女平等論者と誤解されている。一方では「男女の違いは性器のみ」と言い切るし、女性にも仕事をもつことを勧めて職業選択論を展開する。そこで諭吉は近代的男女平等論者だというような誤読が発生する（詳しくは安川寿之輔『福沢諭吉の教育論と女性論』参照）。

しかし、この評価は諭吉の近代社会論と十分噛み合っていない。諭吉が反社会政策論の立場にたっていたこと、市民、貧民の下に窮民を置くべき階級社会論を構想したこと、このうえに家族による社会政策の代行を支持していたことを考慮すると、女性の扱いは表面的な言説とは正反対となる。家族とはすなわち母、妻、娘である。大方の弱者への公的救済が存在せずかつまたチャリティも狭められるならば、家族が、けっきょくは大方の女性が介護やケアを引き受けざるを得なくなる。そうなることを十分計算した上で諭吉は口先で平等論を展開できるわけである。

女性だって男性と同様分け隔てなく自由を行使できると言いながら、それを行使できないようにしておくところに、諭吉の二枚舌の男女平等論が成立していたと言うべきであろう。

社会政策論への着目は異常に早かった。この場合、諭吉の市民的自由主義は、一九世紀中盤の社会進化論や夜警国家論の制約下にある。そしてイギリス新救貧法をつくった功利主義者よりも、一切の救貧法の廃止を展開したスペンサーに近い。

『概略』の反社会政策論の論敵は明治政府である。一八七四年政府は太政官達で恤救《じっきゅう》規則を定めた。近代国家の成立を踏まえて政府は市場メカニズムから排除された病人、老人、失業者、孤児、障がい者などにたいしてなんらかの公的な救済策をうたざるをえなくなった。恤救規則は、「済貧恤救《じっきゅう》ハ人民相互ノ情誼《じょうぎ》ニ因《よ》」るものとして、家族主義的な救済をその前提として強く打ち出し、それでも救済できぬ極貧者のみにたいして米代を支給した。権利性のまったくない父権的恩恵的なものであった。質量ともにまことに粗末なものであった。

それでも恤救規則は公的に貧者を救済するものであったという点では画期的である。一八七五年二月一三日、政府は平民も必ず姓を名乗って、不詳の者は新たに姓をつけるように布告を発した。これは一八七三年の徴兵令を補強する意味を持つばかりでなく、家族主義的社会政策とも関わっている。このようにして、明治政府は、対外的な戦争遂行の兵隊補給のプールとしてのみならず、内政上の社会政策の代行者としても家族を位置づけたのである。弱者をかかえた明治の家族の苦しさは目に余るものがある。

諭吉のチャリティ限定論は儒教的な「修身斉家治国平天下」への批判であるとみる解釈がある（丸山眞男『「文明論之概略」を読む 中』、二六四頁)。しかし、諭吉がここで反封建闘争をしているわけではなく、近代の矛盾への対応を考えていることは明白だろう。スペンサーがちょうどイギリス政府の救貧政策を右から攻撃したのと同じように、諭吉も窮民を含む反労働者的立場から明治政府をより右寄りのウィングから牽制したのである。そして、このことは、『概略』が近代帝国主義原論になっていることと密接な関係にあるのだ。

国民社会と国際社会はコインの裏表

国民社会論と国際社会論はコインの表裏である。国民社会論が階級的に立論されると、必ず国際社会論は帝国主義的になる。諭吉の考え方は、『学問のすゝめ』以来、一応市民社会を踏まえているが、市民社会は手段であって、強調点は目的としての階級社会のほうにあった。「天は人の上に人を造らず……と言えり」というのは枕言葉であって、真の目的は、市民社会を手段として使ってどうやって貴賤貧富のある階級社会を作るかであった。『概略』は『すゝめ』の階級社会論を国際社会へ拡張する。

「人民同権の説は殆《ほとん》ど天下にあまねくして、これに異論を入るる者はなきが如し。けだし人民同権とは、ただ一国内の人々、互に権を同《おなじ》ふするという義のみにあらず。此国《このくに》の人と彼国《かのくに》の人と相対《あいたい》してもこれを同うし、此国と彼国とに対してもこれを同うし、その有様の貧富強弱にかかわらず、権義は正《まさ》しく同一なるべしとの趣意なり。然るに外国人の我国に来て通商を始めしより以来、その条約書の面には、彼我《ひが》同等の明文あるも、交際の実地に就いて之を見れば、決して然からず。」

「たとい表向《おもてむき》は各国対立、彼我同権の体裁《ていさい》あるも、その実《じつ》は同等同権の旨を尽《つく》したりというべからず。外国に対して既に同権の旨を失い、これに注意する者あらざれば、我が国民の品行は、日《ひび》に卑屈に赴かざるを得ざるなり。」（④一九六―七頁）

こうして、国民社会において階級の力の行使が正当であるのと同様に国際社会においても国家間の平等などは当てにならず、力が事を決するのが当然のこととなる。ひとたび近代的上下関係が目標とされるならば、上下の懸隔を広げることは際限なく、この結果、貧富の格差が強まることは当然とされる。しかも、内政上の貧富の懸隔を処理するための社会政策的な方途を諭吉は断然拒否した。そうなると、内在的に、内部矛盾を外部へ転嫁するような植民地化論が要請されざるをえない。「我国《わがくに》に溢《あふ》るる無数の貧民を其地《そのち》〔朝鮮〕に移して耕作に従事せしむるは彼我の便利」（「一大英断を要す」⑬四一七頁）と植民地化を自ら進言したのは、この論理的帰結であった。もともと諭吉は一八六二年にアジアの土人たちの処遇を見た時から、世界で一人勝ちできる日本を作ろうとしたわけであったから、こうした帝国主義的な国際社会論は、階級社会論と互いに促進し合うものになっていかざるをえない。

諭吉は市民的自由主義で終始一貫しているわけではない。むしろ市民的自由主義は変化せざるをえない。その理由は、諭吉の近代社会論を構成している、市民社会を手段として階級社会を作る、という二重の構成が変化をもたらすからだ。つまり市民平等の部分（天は人の上に人を造らず）は階級社会（貴賎貧富の懸隔）をつくるモメントに繰り下げられるのだ。総体として読めば、市民社会（手段）―階級社会（目的）という二重の構成だ。表層の市民社会は深層の階級的抑圧の論理で絶えず形骸化する。

『概略』にも当然この論理は貫徹してくる。そもそも諭吉の文明論とは、野蛮、半開、文明と順を追って国体をつくるということにつきる。そして腕力から知力にシフトしたあと知力は再び腕力を強化せねばならない。すると、日本が文明に到達したということは知力を持った上に腕力を携えたものとして登場する。智力＋腕力が目標だ。そのうえで文明化した日本が、半開国や野蛮にとどまっている諸国とどういう関係を取り結ぶのか、という問題が発生する。

「そもそもまた西洋諸国の人民に於いて、貧富強弱一様なるにあらず。その富強なる者は貧者を御《ぎょ》するに、刻薄《こくはく》残忍なることあらん、傲慢無礼なることもあらん。貧弱もまた名利のために、人に諂諛《てんゆ》することもあらん、人を欺くこともあらん。その交際の醜悪なるは、決して我が日本人に異なることなし、あるいは日本人より甚しきこともあるべしといえども、その醜悪の際、自《おのず》から人々《にんにん》の内に独一個人の気象を存して、精神の流暢を妨げず。その刻薄傲慢はただ富強なるが故なり、別に恃《たの》むところあるにあらず。その諂諛欺詐《てんゆさぎ》はただ貧弱なるが故なり、他に恐るる所あるにあらず。」（④一七一―二頁）

貧富の差は、国民社会においてばかりか、国際関係を律する論理でもある。くり返すが「国と国との交際に至《いた》りてはただ二ヵ条あるのみ。いわく、平時は物を売買して互いに利を争い、事あれば武器を以て相殺すなり。言葉を替えていえば、今の世界は商売と戦争の世の中と名《なづ》くるも可《か》なり」（④一九〇頁）。商売と戦争はただ激しい闘争が平時的か、戦時的かの違いでしかなく、商売が戦争をつくり、戦争が商売をつくるのである。「富国の基《もとい》はただこの蓄積と費散とを盛大にするにあるのみ」（④一七三頁）とも言う。

後に「今の文明の有様に於いては、止むを得ざるの勢いにて、戦争は独立国の権義を伸ばすの術にして、貿易は国の光を放つの兆候といわざるをえず」とすることは実に容易である。「今の禽獣世界に於いて立国の基は腕力にあり」（「条約改正」一八八二年、⑧二一頁）とさえ言うからには智力は腕力の背後に退くのも当然であった。

台湾征伐当時の日本は侵略されるタイミングにはない

考えておかねばならないことは、『概略』の書かれた一八七五年当時、日本の独立を危機に瀕する国際的情勢にはないことである。事態は逆である。一八七二年の琉球処分、一八七四年の台湾征伐から、一八七五年に江華島事件を起こしたのは日本であり、とりわけ江華島事件で使った航海ルートは、中塚明の研究によると米仏艦隊がかつて採った侵略ルートと同一であったという。しかも江華島条約（一八七五年）は、日本が西洋から押しつけられた不平等条約を朝鮮に押しつける内容であった。

諭吉は、江華島事件に関して「明治八年我使節黒田井上の両君が軍艦に塔じて直に其首府漢城に至り、一朝の談判に和親貿易の道を開きたる……我日本国の栄誉」（⑧二八頁）と述べ、不平等条約の押しつけに関しても、国勢の劣るものが不平等に苦しむことは当然と見ていた。まさしく西洋諸国と同一のロジックで、日本が東アジア冊封体制を解体する列強に加わるべきことを当然と考えていたわけである。

カント啓蒙思想のごとく侵略主義を咎め、永久平和を主張するのではなく、まさに西洋帝国主義がなしとげえなかった課題を日本は次々に達成していったのである。しかし、諭吉のほうでは、

「その交際の醜悪なるは、決して我が日本人に異なることとなし、あるいは日本人より甚だしきこともあるべしといえども、その醜悪の際、自《おのず》から人々《にんにん》の内に独一個人の気象を存して、精神の流暢を妨げず」というものであった。西洋が攻撃的であるのに、どうして文明化をへつつある我が国だけがこの醜悪を避け、上品にやっていられるだろうか、醜悪にこそ独一個人の気象ありというわけである。

諭吉が『概略』において一国独立を文明よりも優先すると語った意味は、侵略される危機にある日本をまず防衛せよという意味ではない。「我日本は欧米諸国に対して並立の権を取り、欧米諸国を制するの勢を得るに非ざれば、真の独立と云うべからず」（⑳一四八頁）である。欧米諸国と並立するとは、欧米帝国主義と同等という意味以外にない。日本に侵略戦争を焚きつけているのは、西洋と同等になろうとしている諭吉である。

こうして、国内階級対立は戦争を引き起こす内在的原因になる。国民社会の階級的構成が国際社会に対する戦争の火種であり、また戦争は国民社会へと跳ね返る。『概略』は近代化を開くにあたって「多事争論」が重要だと述べた。具体的には古代から近世にかけて天皇家と武士の至尊と至強の二元論があったという意味である。しかし、ある程度近代化を達成して『概略』が帝国主義論を展開する箇所では「多事争論」のような多元的自由論は影を潜めてしまう。なぜかというと、多元的言論空間（多事争論）を支持する市民社会論の論調は、国内の階級社会の圧力がたえず戦争の危機を引き起こす帝国主義論の基調と抵触するからだ。後になると諭吉は、「貧にして智ある者」（「貧富智愚の説」⑫）の議論空間を抑圧することも考えていくから、ますます市民社会の多事争論性などはかすんでしまった。

『学問のすゝめ』は諭吉の市民的自由主義の傑作である。ここで近代社会とは市民社会と階級社会の合成であるという論が鮮明に打ち出された。『概略』は市民的自由主義から一歩すすめる。それは、一方で近代社会がもっと進むと帝国主義へ進化すること、商売と戦争は相互に入れ替わることを論じ、他方では近代化を取りこむことで天皇制を強化することが国権の強化につながるという、超国家主義論の萌芽を生み落す。

国内勢力の管理のためなら、階級対立が激化しても社会政策的に対処することはせず、窮民がいよいよ食い詰めたら、一気に戦争を仕掛けて外国を植民地化し、窮民を植民地へ送る。こうした帝国主義の基調のうえで、日本独自の天皇制を利用して国権を強化しようというのである。このように、諭吉の市民的自由主義は帝国主義論と超国家主義論を内在的に派生する基盤となった。

諭吉の近代天皇制論

『概略』という土台を踏まえて、諭吉の天皇制論がその後いかに展開したか、付け足しておこう。諭吉の天皇制論の際立った特徴は、それが近代化論をふまえたうえで国学を包摂しようとするものだという点である。これは「帝室論」（一八八二年）「尊皇論」（一八八八年）に結実した。「帝室論」は、天皇制を「政治社会外のもの」（⑤二六一頁）として国会から超越させたものである。

「政治社会外のもの」とは、明治憲法の絶対主義的天皇制を準備するものであった。

諭吉は、一八八一年一〇月「国会開設の詔書」によって一八九〇年の国会開設の予定が明確になったことを受けて、そうなったとき国民諸階層の利害得失を反映する世論（国会）の圧力が天皇制に何らかの形で影響を及ぼすことを恐れた。そこで、天皇制をあらかじめ世論の外側に超越させておくという「政治社外」論を構想した。「この一点は皇学者と同説なるを信ず。是即ち我輩が今日の国会のまさに開けんとするに當て、特に帝室の独立を祈り、遥に政治の上に立て下界に降臨《こうりん》し、偏《かたよ》りなく党なく、以て其尊厳神聖《そんげんしんせい》を無窮《むきゅう》に伝えんことを願う由縁なり」（⑤二六三頁）。

いまや「一国の独立」と同等に重要なのは世論からの天皇制の独立である。それどころか「帝室は無偏無党億兆に降臨《こうりん》して我輩人民は其一視同仁の大徳を仰《あお》ぎ奉《たてまつ》るべきものなり」。内閣は「帝室の大権の中の一部と言ってもさしつかえない」というのだから、天皇制は、内閣、国会、臣民など俗世を超越するとともに、「我帝室は万世無欠の全壁にして人心収攬《じんしんしゅうらん》の一大中心なり」と論じた（⑤二七五—九頁）。

つまり諭吉は自由民権派の国会開設論の先を見越して、数の政治から起こりうる危険を回避できるようにあらかじめ予防線を張ったのである。市民社会と階級社会の合成力が生み出す利害対立は、様々な利害得失を政治へ集約させる。国会が開会されるならば、この利害は様々な集団、政党、会派を通じて数を競う政治になるに違いない。数の多寡に応じて政治が揺れ動くことは好ましくない。そこで、と諭吉は考えたのだ。そうならぬためにこそ天皇制は超越的な装置であらねばならない。「古代」起源の天皇制という装置を近代化の脈絡に埋め込み、近代の矛盾を「古代」によって「人心収攬」することこそが数の政治の暴発を未然に防ぐ、近代固有の天皇制の機能ではないかと論じたのである。

「尊皇論」（一八八八年）はいよいよ明治憲法の公布が翌年に迫ったとき、「帝室論」を踏まえて天皇制の情感操作機能を踏み込んで論じたものである。「尊皇論」は、近代固有の「天皇制の効用」（経世上の尊皇の要用）を再度問う。まず一般に、近代化が進行すれば、政治社会の俗熱が上昇してくる。つまり、近代社会の世俗化は、「人生の勝つことを好み多きを求るの性情に原因する」（⑥六頁）から、社会の調和を破り、不和争論、党派の軋轢、そして極端な場合には戦争にまで至るというリスクを高める。そこで日本を診断してみると、西洋流の多数主義がすこしづつ勃興してきてはいるが、十分に多数主義に習熟したとも言えない。しかし、「多数法の施行」そのものはとどめ難い。

続いて、「西洋諸国民は多数少数の数を以て人事の方向を決するの風にして、我日本人は一個大人の指示に従いて進退するの習慣なり」（⑥一〇頁）と診断すると、議会開設に伴い「幾千百年来大人《たいじん》の指示に従うの習慣を成したる者が、能く多数の命ずる所に服す可きや否や」という心配が発生する。果たして日本人が多数主義に習熟し「人民自治」に到達すべきかといえば、疑問がある。そこで近代化を有形（国会）の部分において認めつつ、しかし、無形の感覚の問題にたいして「法律道理の其外《そのそと》」に「帝室の尊厳神聖」を配置することこそ日本の民情に即したアイデアであると言うのだ。

すると最後に、「天皇制の効用」は、「政治社外の高所」（⑥一八頁）から日本人の感覚に浸透して「政治社会の俗熱を緩解《かんかい》調和する」ことにあるという、まったく新しい、近代天皇制の機能が描き出される。近代化にともなって国会の多数主義が激烈になればなるほど（動静不定）、それだけ一層天皇制の「一種不思議の妙力」「理外療法」（⑥一二、二九頁）は強化されていくべきである。「経世の要は社会の人をして不平怨望《ふへいえんぼう》の極に至らしめず又満足得意の極にも至らしめずして正に其中間の地位を授け苦楽杞憂《くらくきゆう》相半ばして極端に超逸せしめざるにある」（⑥七頁）。

以上、「尊皇論」で諭吉は全面的な西洋化ではなく、日本独特の近代化の路線を立てることによって近代天皇制論の構想を明らかにしたのである。このとき、諭吉は『概略』ではまだ指摘していた天皇制の「虚位」といった実証主義的な観点をばっさりと捨てている。旧天皇制が事実のうえで不連続であったことはもはや論じるに値しない。近代階級社会の防衛（私有の秩序）を第一義に考えたとき、近代天皇制は「永遠無窮」「万世一系」「日本国の萬物を統御し給う」絶対的全能性として刷新され、「其政治社外に在るは、虚器を擁するに非ず、天下を家にして其大器の柄を握る者と云ふ可し」（⑥二八頁）とされた。要するに諭吉は、西洋文明に逆らって天皇制を採ったのではなく、むしろ内外の近代化を奨励すると同時にその矛盾を隠すために天皇制の機能を近代化したのである。

超国家主義とは、明治期から敗戦までの、人間精神にたいする価値中立性を持たぬ日本固有の国家権力のあり方を指すものである（丸山眞男「超国家主義の論理と心理」一九四六年）。諭吉は、元来市民的自由主義を理解していたはずであるから、超国家主義を認めるはずがないと考えるべきであろうか？　そうではない。それどころか彼こそが超国家主義の創始者だったのだ。

一方で彼は、帝国議会が近代の原則（国家と社会の分離の原則）の貫徹であることを認める。これによって世論（社会）は選挙を通じて国会（国家）へ伝達される。だが他方で彼は、世論（社会）の俗熱が秩序（国家）を混乱させることを恐れて、国家の中に「政治社外の高所」を設置すべきことを提言した。天皇制は、外形（富国強兵）の近代化を奨励するとともに無形の民心の近代化（いわゆる近代的人間類型の形成）を阻止する装置なのである。諭吉は「尊皇論」で、帝国臣民が西洋的な独立市民であることができず、「人智不完全なる今の小児社会」の「未だ小児の域を脱せざるもの」（⑥二〇頁）にすぎないと見ているが、この診断をもとに、独立市民の形成をめざすことをやめ、むしろ「小児社会」という条件を利用して、天皇制の「一種不思議の妙力」を持つ「民心包羅収攬」の「効用」を機能させようとしたのであった。

こうして、諭吉は市民的自由主義を外形においては認めながら、無形のメンタリティーのレベルで市民的自由主義の核心部分（国家の価値的中立性）を否定したのであった。「政治社外の高所」という天皇制規定は、後の大日本帝国憲法第一条「大日本帝国ハ万世一系ノ天皇之ヲ統治ス」や第三条「天皇ハ神聖ニシテ侵スベカラズ」を先取りするものであった。これによって天皇制は、世論の力になんら制約されることなく、それでいて民心をトータルに操作することができる逆止弁の位置を確立した。

諭吉はすでに『概略』において近代化による天皇制の強化という考え方（超国家主義の萌芽）を打ち出していたが、「帝室論」「尊皇論」でより具体的に天皇制による「人心収攬」機能について論じており、超国家主義の本格的な規定に到達した。諭吉の論理に立てば、近代化が進むほど、それだけ一層その矛盾の発現を阻止するべく天皇制は臣民のメンタリティーへ容赦なく介入することになるであろう。この意味で、天皇制に「人心収攬」機能を課した諭吉の近代天皇制論は、超国家主義の直接の歴史的起源と見ることができる。

明治天皇の見舞い

諭吉の超国家主義論は明治憲法体制発足前に天皇制を一種の近代的装置としてデザインすることに主眼を置いたものであった。諭吉自身が明治天皇という生きた人物をどのように見ていたか、論説から伺うことは難しい。ところが年譜によると、パーソナルな関係をイメージさせる若干の事柄がある。諭吉は『時事小言』（一八八一年）を出版し、これを明治天皇に献本した。『時事小言』は、海軍強化によって「国権を皇張する」（⑤一八三頁）ことを主張したものである。「今の支那朝鮮に向て互に相依存せんことを望むは、迂闊の甚しきもの」ゆえ「東洋諸国を保護して、治乱共に其魁《さきがけ》を為さん」（⑤一八七頁）と論じた。献本は、天皇に対するアジア侵略の直訴である。「献本を出願して願いの通り聞届けられる」（一八八一年一〇月八日）となっている。天皇の感想は不明である。

だが、明治天皇は諭吉を近しい者と考えていたようである。一九〇一年一月三一日午後一時半、諭吉は、臨終の間際に呼吸不整となり苦痛を訴えた。同日午後八時天皇皇后両陛下は使いを遣って見舞の「御沙汰書と御菓子一折」を「下賜せらるる」ことがあった。翌二月一日諭吉はまだ危険な状態にはあったが、長男一太郎を宮内庁に出頭させ、昨日の御見舞のお礼を言上させた。翌二日、今度は皇太子同妃両殿下が同様に見舞いの御沙汰書と御菓子一折を下賜した。そして三日、諭吉は死去した（㉑五七〇、七〇七頁）。

天皇家の諭吉に対する一連の配慮は、一民間人に対するものとしては破格の扱いである。諭吉はたんに装置としての天皇制を論じたばかりでなく、自ら著書を通じて明治天皇に働きかけ、その見返りとして天皇からの見舞いを受ける帝国臣民であった。

漱石『現代日本の開化』は留学以降の研鑽が集約された

漱石の『現代日本の開化』は諭吉の『文明論之概略』ほどの大著ではない。だが内容は、小品ながら十分比較対象になるようなスケールの大きい作品である。これは朝日新聞社主催の和歌山での講演（一九一一年）である。したがって、一般民衆の心に順序だてて直接訴えるものとして、丁寧に構成されている。講演の名手とされる漱石は、開化とは何か、開化の起源、開化のパラドクス、西洋的開化にたいする日本的開化の対比、開化が日本人に与える影響という順で、大きい主題を驚くほど原理的かつ具象的に論じている。これだけの内容を「お暑い中」聞く聴衆は誠に忍耐づよいと感嘆させられるが、講演者が聴衆にたいして示す気遣いも半端ではない。漱石は話があまりに抽象に及んで空を掴むようになるとただちに具体へ戻り、聴衆を笑わせておいて、主題を掘り下げる手腕を発揮している。

周知の中身であるから、要約は手短にとどめる。まず開化 civilization とはなにか。それは「動き」である。開化とは「人間活力の発現の経路」であるとまず定義風にいう。活力は人間の側にあるもので、「外界の刺激」にたいして活力をぶつけて発現させる。活力発現には積極と消極の二種類がある。人間が持つ「勢力の消耗」が積極的なもの、「消耗をできるだけ防ごうとする活動なり工夫」が消極的なものである。「活力の消耗」と「活力の節約」という「二つの互いに食い違って反《そ》りの合わないような活動が入り乱れたりコンガラカッたりして開化というものが出来上がる」というわけである（『漱石全集』⑯四二二頁）。

ここに「一種妙なパラドックス」がある、と漱石は先へすすめる。上代から二つの原理で長い時間をかけて文明が発展してきたのなら、人間の暮らしは「楽になっていなければならぬはずでしょう」「ところがそうではない」。「積極消極両面での競争が激しくなるのが開化の趨勢だとすれば」「生活の吾人に与える心理的苦痛から言えば」「労力を節約出来る時代に生まれてもその忝《かたじけ》なさが頭に応《こた》えなかったり、これほど娯楽の種類や範囲が拡大されても全くその有り難みが分からなかったりする」「これが開化の産んだ一大パラドックスだと私は考えるのであります」

（⑯四二九頁）。
開化には西洋流の「内から自然に出て発展する」内発的な開化と、日本のように「外からおっかぶさった他の力で已むを得ず一種の形式を取る」外発的な開化とが区別できる。これをまとめて「現代日本の開化は皮相上滑《うわすべ》りの開化」となる。「ただ上皮《うわかわ》を滑って行き、また滑るまいと思って踏張《ふんば》るために神経衰弱になる」。「誠に言語道断の窮状」である。漱石の結論は「たゞ出来るだけ神経衰弱に罹《かか》らない程度に於いて、内発的に変化して行くが好からう」（⑯四四〇頁）というのであった。

漱石は、「できるだけ内発的に」という素材を歴史的に取り出す場合古代中世近世は「比較的内発的の開化で進んできた」と推定している。しかし、明治維新によって「急に自己本位の能力を失って外から無理押しに押されて否応なしにそのいう通りにしなければ立ち行かないという有様になった」（⑯四三〇頁）のである。「自己本位」の概念がここでくっきりと反競争論的な内容を持つ点に注意しよう。ということは「活力発現」「活力節約」の両面で内発的にいくためには、どうすべきか。西洋の内発的開化と同じスピードで競合できるような日本を確立させることであろうか。おそらくそれでは足りないであろう。なぜなら、互角の激しい鍔迫り合いを日欧で行いうるステージに立てば、一見もろもろの内発的開化が並列しているようであるが、あの漱石が述べた悩みはおさまらないからである。講演で漱石は後発国の憂いを主題化しているのであるが、理論上はそれを超えている。

仮りに内発的に開化する諸国が世界中に広がることで、他力によらず自国の他に対する影響力で競合できる国々が増大するとしても、あるいは日本が西洋を追い越すほどまでになったとしても、今度は後続勢力から追いかけられる側が抱く強迫観念によって、内発的である局面にたち続けるように、他から強いられてしまうであろう。だから、日本が、ヨーロッパに対して後発国であっても、互角の競合国であっても、あるいは万が一ヨーロッパを追い越して先進国側に回ったとしても、世界中が生存競争内部で生きる限り、「生きるか生きるかという競争」をまぬがれえないのである。この意味で、皮相上滑りと神経衰弱に苦しむ人々が出現するのは日本に多いかもしれないが、日本固有というわけではない。本家イギリスにも神経衰弱はあると漱石は見ている。「神経衰弱論をか、うと思って居る。僕の結論によると英国人が神経衰弱で第一番に滅亡すると云ふのだが名論だらう」(㉒書簡595)。

「現代日本の開化」の内容は「現代世界の開化」の問題性を原理的に押さえたものであった。漱石が日本の開化を論じる前に「開化一般のパラドックス」を論じていたことを想起すれば、発展に連れ「有り難み」なく「非常な苦痛」の増大するのが二〇世紀の世界であると喝破したのである。この意味で漱石の外発的開化論を狭く解して、明治追いつき型近代化の時期にのみ発生する一過性の悩みを論じたものと見るべきではない。

活力発現と活力節約

さて、以上のような見通しに立って、漱石の近代批判をもう少し分析してみよう。『開化』が漱石の見るとおり「活力発現」と「活力節約」の二つの動きの絡み合いに起源を持つという説明は非常にわかりやすい。問題はしかし、これがどうして「生きるか生きるかという競争」をもたらし、「非常な苦痛」をもたらしてしまうのか、である。

人間が外界からの刺激に対して自己の力の範囲を知ろうとして活力を発現させ、同時に、同じやるのならできるだけ少ないエネルギーで最大の効果を得ようとする、という説明は説得力に富む。これは社会科学の用語に翻訳すれば、人間と自然の基底的な関係のなかでの人間の自然制御力の上昇を指していると見てよい。自転車、自動車、機関車、汽船、飛行機という一連の技術的な発展をその一部に含む近代化は、自然への人間の挑戦とこの挑戦の効率化の絡み合いのなかから漸次的に開化してきたものであることは間違いない。この軌跡をとってみればそれが人間にとって大いに歓迎するべきこともまた間違いのないところである。にもかかわらず、この軌跡がそのまま人間を幸福にするものとなって現れない、その理由は何か。これを、漱石はどのように説明しているのであろうか。

漱石は、「二種の活力」の説明から実は一転して「開化が進めば進むほど競争がますます劇しくなって生活はいよいよ困難になるような気がする」と断じているにすぎない。つまり、文明の原理的な「二種の活力」論と「けれども実際はどうか」というレベルを関連づけることを漱石は講演で全部省いているのである。すなわち、文明の「二種の活力」論の外側に生存競争論が想定されていて、いわば強引に結びつけられているのである。

このことは、講演全体を締めくくる結論に影響を及ぼしている。つまり、生存競争は世界的な各国間の生き残りをめぐる闘争となって現前しているということは聴衆の直接的な実感である。だから、漱石はこの実感に即して話をすすめているのであって、この実感を説明する必要はない。この意味で生存競争の実際を所与の前提に据えているのだ。だから、文明の起源を説明されて「なるほど」と納得する聴衆は、同時にそれがそのまま幸福となって現れてこない「実際」を聞いて、これまたなるほどと納得してしまうばかりである。実は、どうして文明が進化すればするほど生きるのが苦しくなるか、肝心の文明起源論とその実際の苦痛の間の関係は十分理論的に接合されているわけではないのだが、聞き手は双方の関係を問う必要がないほど話の説得力で結論へ吸い込まれていっただろう。

講演の結論は、「苦痛」の増す世の中で人は皆「気の毒」に耐えていくほかはないと語る。文明の起源論は生存競争論に埋め込まれているから、誰も文明一般のパラドックスからは逃れえないし、いわんや日本の外発的開化の皮相性も免れ得ないのである。

漱石は、一体何を訴えたかったのであろうか。これを考えるためには、講演が一九一一年になされたものであったことを想起しなくてはならない。日清戦争（一八九四〜九五年）、日露戦争（一九〇四〜〇五年）に辛勝し日本が世界の一等国になったという国民の熱狂は凄まじく、韓国併合（一九一〇年）によって対アジア植民地政策も大きく進行しつつあった。近代化にたいする過剰な期待、傲慢な気持ちの昂ぶりを漱石は我慢することができなかった。そこで講演は「悲観的の結論」を対置したのである。

日記やノートから類推すると、漱石は頭脳としてはもっと進んだところまで考えていたようにも見える。留学中の知識量とその後の思索の深まりからすれば、世界的規模での生存競争そのものを抑制するアイデアを出すところまで彼は相当近寄っていたからである。そして、「自己本位」は国際的国内的な生存競争の反対概念として登場してきた。しかし、漱石はその全貌をこの講演で披瀝しはしなかった。余力はあったと私は見る。それはもっと後になって形をとるであろう。

活力消耗と活力節約のアイデア源

漱石は、ロンドン留学中にクロージアの文明論（Crozier, *Civilization and progress*, 1898）を読んでいる。クロージアはA・コントの秩序重視を批判し、西洋文明の原理はコント流の秩序から出てくるものでなく「個人の拡張と上昇」から出てくると論駁した（㉑三八三頁）。漱石は、スピノザの哲学をあげて「西洋の開化の思想は自由と個人の拡張」（㉑二二頁）と要約した。これが『現代日本の開化』の「活力消耗」のアイデアの元になったように見える。そして、これは一定の彫琢をへて、後の「自己本位」へつながるものともなった。なぜならば、「自己本位」とは、その最も単純な規定から言えば、「自己を実現すること」であるからだ。

他方、クロージアに欠けている「活力節約」のほうのアイデアは、ノートから見ると科学史と社会史のつながりを独自に総括しながら得たものであったようだ。すなわち、「今西洋の開化を見ん。Least energy を以て多くの labour work をなす。工場、製造など」「least time を以て多くの work をなす。汽車、汽船、製造など」とあって、「人は least energy を以て much labour をなせば幸福なり」(㉑八九頁)とまとめているからだ。このように、「活力の節約」は、科学の発展のみならず、ときには奴隷制を廃し、衛生状態の改善によって病気を減らし、下等の者の賃金を上げて衣食住を高くし、専制政府を廃して立憲制を作るに至らせることで様々なムダや制度の邪魔を取り除くことに及びうるものである。

「活力消耗」「活力節約」双方に通底するのは「外物を加工可能のものとみなす」という大前提である。漱石の文明論はこのように一九〇一年から始まった留学中の研鑽からスタートし、綿密に彫琢されたものであったのだ。

すると、「外物を加工可能とみなす」大前提からすれば、文明のパラドックスを克服する道のりもいずれは見えてくるはずではあろう。しかし、克服をなしうるためには、ひとまず近代化のパラドックスが存在することをしかと見極めておかねばならない。私なりに要約すると、生存競争とは畢竟、資本の効率性が支配し、二種の活力の絡み合いがそこに従属せしめられてしか現れえない状態のことである。このもとでどれほど技術が発展しても、それは人間不在の効率主義となる。「生きるか生きるかの闘争」が忙しくなって「苦痛」の増す空虚が蔓延するとはこのことである。

イギリス社会学の社会的自由主義

漱石は一九〇一年秋からおそらく数年の間にクロージア、キッド、ルトゥルノー、ホブハウスなどの著作を読んだ。結論は様々であるが、これらは共通して功利主義からの離脱を示すものであった。ルトゥルノーやホブハウスによると、生存競争は、共同所有が解体して私的所有が一般化し、利己主義がはびこった結果として起こるものである。ホブハウスの『進化する精神』(Hobhouse, *Mind in evolution*, 1901) を漱石は読破しているが、この本の中には近代社会が「生存競争」を強制するものであることを論じた上で、いまや進歩のためには「生存競争の抑制」(ホブハウス) を行う必要があるという主張がなされている。他のイギリス社会学の主張にも同様の主張は広がりつつあった。漱石は、イギリスの社会学や哲学の中に含まれるヨーロッパ社会的自由主義を最も早い時期に理解した者であった。

漱石は自分が「皮相上滑り」と特徴づけた日本人が大量に生まれる歴史的背景をこの考え方に立って相対化することができた。

漱石による社会的自由主義の応用

漱石は社会的自由主義をある程度身につけて応用したこともある。「文芸委員は何をするか」

（一九一一年五月、⑯三六三頁）で、政府が言論統制の意図をもって文芸院を設置することに反対し、「政府から独立した文芸組合又は作家団と云う様な組織」の設置を逆提案した。「惜しいかな今の文芸家は……同類保存の途を講ずる余裕さえ持ち得ぬ程に貧弱なる孤立者又はイゴイストの寄り合いである」「ここに保護の為に使用すべき金が若干でもあるとすれば、それを分配すべき比較的無難な方法はたゞ一つある丈である。余は毎月刊行の雑誌に掲載される凡ての小説とは云わない積もりであるが、其の大部分、即ち或る水平以上に達したる作物に対しては此の保護金なり奨励金なりを平等に割り宛て、当分原稿料の不足を補う様にしたら可からうと思う」（⑯三七〇頁）。

ここに漱石の社会的自由主義がある。文芸委員会は所詮エゴイスト的作家の生存競争による「互いに噛み合う（ホッブズ的状況と読め！）」状況でしかない。文芸委員会を廃止し、代わって政府から独立した文芸組合を組織する。そしてここに保護金なり奨励金を財政配分すべしという思想である。

こうした漱石の社会的自由主義は、生存競争に巻き込まれた作家を救済する一つの知恵であり、「生存競争抑制」テーゼを部分社会に応用したものであった。しかし世界規模や国民社会規模で展開する「生存競争」を「生存競争の抑制」へ転換することは容易ではない。集合意識の内在的な変化を理知的に先取りするだけでは講演を聞く民衆をしてそこへ向かわせることは難しい。むしろ『現代日本の開化』から『明暗』にいたる五年間、『開化』における「悲観的の結論」を克服する方向で漱石はもっと深い思索へ向かわねばならない。

10 〈明治維新〉と〈第二フランス革命〉

諭吉の明治維新論

諭吉は『文明論之概略』第九章においてギゾーの説を紹介しつつ「西洋文明の由来」をひとしきり論じた。ローマ滅亡以降、ヨーロッパは聖俗を教会勢力が支配するという帝国の枠組みを受け継ぎながらも、ゲルマン、フランク二大勢力の台頭に伴い封建体制が登場する。これによって、一方で聖界の支配は教会が、他方で俗界の支配は専制君主が担当するに至る。野蛮時代に商工業が発展してくると「一種の市民」が発生し、貴族とのあいだに利害の対立が発生する。この対立は「王室と人民の激動」となって一七世紀のイギリスおよび一八世紀のフランスの「大騒乱」、すなわちイギリス市民革命とフランス革命にいたるという。

このように西洋文明史をまとめたうえで、日本文明の起源に関して諭吉は西洋に関するよりもずっと詳しく論じている。ヨーロッパ文明の起源を市民すなわち商工業の発展から説き起こしたのであるから、日本の文明をも同様に説明できるかどうかに焦点を当てる。ここで諭吉は日欧の決定的な違いを「権力の偏重」にあると論じる。甚だしく独立市民の台頭が遅れたことに偏重発生の理由があるというのである。これにより西洋文明が市民革命を達したのに対して日本が出遅れた理由を認め、「趣の異なる所」はまさしくここにあったと見定めるわけである。この分析から翻って、明治維新以降の目標は独立市民の気概、「インヂビデュアリチ」を起こすことに求められるわけだ。

以上のような『文明論之概略』の諭吉の市民革命論の特徴はどこにあったか。

第一に、諭吉は英仏の市民革命を比較対象のモデルに設定し、明治維新を位置づけるというスタイルをここで初めて確立した。『西洋事情』でもフランス革命を扱っていたが、この時の評価は幕府に気を使うものだった。「世人若し其政府を改革せんと欲せば、劇烈非常の術を用ひずして其目的を達す可き路あるときにのみ、之に従事す可し」（『福澤諭吉全集』①四二二頁）。維新前、革命後の騒乱によって工商の疲弊が起きるので、フランス革命のような革命はよくないと諭吉は評したのだ。ところが維新後はがらりと変わる。維新後の諭吉はフランス革命を手本とすることにまったく躊躇しないどころか、近世以後国学の流れの一環に一分科の位置を占める「国史」学（黒田俊雄「『国史』と歴史学」、『黒田俊雄著作集』第八巻）を打破する文明史論を堂々と登場させた。これは近現代歴史学が受け継ぐ文明史の原型的な論じ方となった。これによって明治維新以降、国史学と文明史論が対抗するようになった。文明史論は一九三〇年代にはマルクス主義の挑戦を受けることになるとはいえ、日欧比較史の視座そのものは受け継がれた。

第二に、諭吉の文明史論は西洋文明の摂取という日本国家建設上の目標設定に合わせて西洋文明を語るものである。ゆえに、一応西洋市民革命の機動力は「市民」や「人民の智力」にあると総括されている。だが智力とは元来自然と社会の一切に及ぶはずだが、諭吉は議会開設や人民の権利などに関する部分は大胆に省略し、もっぱら商工業の発展、諭吉の所謂「実学」に関心を向けている。つまり、西洋市民革命の中から彼の目的（国権の強化）に基づいて摂取対象を商工業と軍事に絞り込んでいった。

第三に、この結果、再度内政外交面の論点を顧みると、諭吉は近代社会の構成を市民社会＋階級社会の二重性にあると認め、『概略』以降になると市民社会の形骸化のほうに強調をおくようになり、内外の権力と金力との追求にこそ全力を集中するべきことを訴えにいたる。この結果、智力が文明の機動力であるとの設定が途中でねじれて、結局は腕力の拡張、つまりは強兵国家の建設に論点を移した。こうして智力から文明は発生するのだが、ふたたび腕力が大切であるとの立論で進めているのである。しかも力が正義であるという論理のもとで天皇制を利用することを躊躇しない。こうして彼は、国史学に対抗するべき文明史論をたちあげたにもかかわらず結局は国史学と妥協していったのである。

漱石の明治維新論

これにたいして漱石は明治維新をどう考えていたのであろうか。諭吉の革命論とは対照的である。すでに紹介したように、「日本は三〇年前に覚めたりと云う。然れども半鐘の声で飛び起きたるなり。その覚めたるは本当の覚めたるにあらず、狼狽しつつあるなり。ただ西洋から吸収するに急にして消化するに暇なきなり。文学も政治も商業も皆然らん。日本は真に目が覚めねばだめだ」（一九〇一年三月一六日）というものがあったが、加えて「理想ハ自己ノ内部ヨリ躍如トシテ発動シ来ラザル可ラズ。奴隷ノ頭脳ニ何等ノ雄大ナル理想ノ宿リ得ル理ナシ。西洋ノ理想ニ圧倒セラレテ目ガ眩《くら》ム日本人ハアル程度ニ於イテ皆奴隷ナリ」（一九〇六年、『漱石全集』⑲断片三五D）というのもある。

ここには、アジアで唯一成功した日本の近代化という高い評価とはおよそ対照的な視点が明快に語られている。要するに一見近代化が成功したかのように見えても内実は失敗だという冷めた視点である。

明治維新の表向きの達成にもかかわらず漱石は言う。

「英人ハ天下ノ強国ト思ヘリ　仏人モ天下一ノ強国ト思ヘリ　独乙人モシカ思ヘリ　彼等ハ過去ニ歴史アルコトヲ忘レツヽアルナリ　羅馬《ローマ》ハ亡ビタリ希臘《ギリシア》モ亡ビタリ　今ノ英国仏国独乙ハ亡ブルノ期ナキカ、日本ハ過去ニ於イテ比較的ニ満足ナル歴史ヲ有シタリ、比較的満足ナル現在ヲ有シツヽアリ、未来ハ如何アルベキカ、自ラ得意ニナル勿《なか》レ、自ラ棄ル勿《なか》レ黙々トシテ牛ノ如クセヨ　孜々《しし》トシテ鶏ノ如クセヨ、内ヲ虚《うつろ》ニシテ大呼《たいこ》スル勿《なか》レ　真面目ニ考ヘヨ誠実ニ語レ摯実ニ行ヘ　汝ノ現今ニ播《ま》ク種ハヤガテ汝ノ収ムベキ未来トナッテ現《あら》ハルベシ」（一九〇一年三月二一日、⑲日記、六七頁）。

以上、漱石が明治維新以降の近代史総体を図示したのは、前に引いた「〔Ⅱ―1〕開化・文明」というノートにおいてである。後の小説や講演の文明論はすべてこのノートから派生してきたものと言って過言でない。執筆時期は推定で一九〇二年前後であろうと思われる。ここにはいくつかの重要な論点が集中している。

第一に市民革命（西洋市民革命と明治維新）以降の時間的経過が、諭吉の場合よりも引き伸ばされている。つまり市民革命後の資本主義の展開が現在進行形ではなく、過去形として対象化され、比較対照の見取り図に組み込まれている。第二に、諭吉が民衆の精神発達をテーマ化したことを漱石は引き継いでいるが、その範囲は市民的「実学」に限定されず、個人意識と集合意識の変化全体に及ぶ。漱石の『文学論』との関わりもあって、このノートに初めてF＋fの文学論的な要点が現れる。こうして時代の焦点と個人意識の焦点を相関的に扱おうとする方法態度が一層明確になっている。第三に、近代化を最終的に締めくくるものとして、「第二フランス革命」が設定される。以上のような異同がある。そして近代の終わりが次のように論じられる。

漱石の第二フランス革命論

「余云フ　封建ヲ倒シテ立憲政治トセルハ兵力ヲ倒シテ金力ヲ移植セルニ過ギズ。剣戟ヲ廃シテ資本ヲ以テスルニ過ギズ　大名ノ権力ガ資本家ニ移リタルニ過ギズ　武士道ガ廃《すた》レテ拝金道トナレルニ過ギズ　何ノ開化カ之アラン　見ヨカノ紳商抔《など》云フ者ガ漸々跋扈シ来ルコトヲ　候伯子抔《など》ヲ得テ富ヲ求メザル者ハ此紳商ノ下ニ屈服セザルヲ得ザラン　否《いな》現ニ屈服シツヽアラン　カクシテ是等ノ手ニ土地資本ガ集マレ〔リ〕テ頭重ク equilibrium ヲ失フニ至ツテ世ハ瓦解シ来ルベシ。French Revolution ハ矢張 feudalism ヲ倒シテ capitalism ニ変化セルニ過ギズ　第二ノ French Revolution ハ来ルベシ　カノ紳商抔《など》 selfish ナル者ハ必ズ辛キ目ヲ見ン　西洋人眼前ニ此殷鑑《いんかん》アリ　故ニ可成《なるべく》慈善事業ヲナス（又宗教ノ結果）。日本ハ如何《いかん》彼等紳商ナル者ハ理非ヲ弁ゼヌ者ナリ　又宗教心抔《など》ナキ者ナリ　但我儘ノ心アルノミナリ見ヨ見ヨ彼等ノ頭上ニ電光ノ忽然ト閃ク時節アラン。」（㉑五六―七頁）

ヨーロッパの社会学者たち（ルトゥルノー、クロージア、キッド、ホブハウス）を読解することによって漱石が要約したのは、封建制を廃絶し近代をつくった市民革命が資本主義の生み出す近代的不平等の出現によって意味を失う、という把握である。Equilibrium すなわち平衡（または平等）への視座は強烈で、ここから見ると、フランス革命は対資本主義 capitalism 闘争としてやり直さねばならない、と述べる。それが「第二フランス革命」と呼ばれる。これは内容上社会主義と無縁ではない。漱石は別の文脈で、「小生もある点に於いて社界主義故《ゆえ》堺枯川氏と同列に加はりと新聞に出ても毫も驚く事無之候ことに近来は何事をも予期し居り候。新聞位に何が出ても驚く事無之候。都下の新聞に一度漱石が気狂いになったと出れば小生は反つてうれしく覚え候」（一九〇六年八月一二日、㉒書簡628）と書いたほどである。

ノートで「社会主義革命」と言わずに「第二フランス革命」と位置づけたのはなぜか。おそらくそこにフランス革命の原理念にたいする漱石の思い入れがある。つまり、社会主義というのは漱石にとって近代革命の原理念の徹底としてはじめて意味を持つものなのである。漱石が日本にも少数ながら現れている社会主義者たちを、彼らの主張そのままにではなく、漱石自身の歴史的思考において位置づけ直していることが注目される。これにもとづいて上記ノートの実作化の一つ『二百十日』（一九〇六年）で漱石は主人公の圭さんと碌さんとにこう語らせる。

「僕の精神はあれだよ」「革命か」「うん。文明の革命さ」「文明の革命とは」「血を流さないのさ」「刀を使わなければ、何を使うのだい」圭さんは何も云わずに、平手で、自分の頭をぴしゃぴしゃと二返叩いた。「頭か」「うん。相手も頭でくるから、こっちも頭で行くんだ」「相手は誰だい」「金力や威力で、たよりない同胞を苦しめる奴等さ」「うん」「社会の悪徳を公然商売にしている奴等さ」「うん」……「社会の悪徳を公然商売にしている奴等は、どうしても叩きつけねばならん」「うん」「君もやれ」「うん、やる」……「我々が世の中に生活している第一の目的は、こう云う文明の怪獣を打ち殺して、金も権力もない、平民に幾分でも安慰を与えるのにあるだろう」「ある、うん。あるよ」

『それから』で主人公の代助はこう語る。

「……牛《うし》と競争をする蛙《かえる》と同じ事で、もう君、腹《はら》が裂《さ》けるよ。其影響はみんな我々個人の上に反射してゐるから見給へ。斯う西洋の圧迫を受けてゐる国民は、頭《あたま》に余裕がないから、碌な仕事は出来ない。悉《ことごと》く切り詰めた教育で、さうして目の廻る程こき使われるから、揃って神経衰弱になっちまう。話をして見給へ大抵は馬鹿だから。自分の事と、自分の今日《こんにち》の、只今の事より外に、何も考へてやしない。考へられない程疲労してゐるんだから仕方がない。精神の困憊《こんぱい》と、身体の衰弱とは不幸にして伴《とも》なってゐる。のみならず、道徳の敗退《はいたい》も一所に来《き》ている。日本中何処《どこ》を見渡したって、輝《かがや》いている断面《だんめん》は一寸四方も無いぢやないか。悉く暗黒だ。」（⑥一〇二頁）

日記には先に引いた「岩崎の徒を見よ!!!」（㉓書簡917）がある。岩崎に関しては『三四郎』にもそれと思わせる記述が出てくる。不忍池の西、無縁坂に沿ってある岩崎邸は一万五千坪の豪邸であった。東京の土地所有を調べた柴田徳衛によれば、弥太郎の弟で三菱財閥第二代総裁岩崎小弥太宅地が二万一八八坪、弥太郎の長男で第三代総裁の久弥宅地八万六二八五坪であった。およそ庶民とは桁違いの暮らしである。弥太郎は三女俊《とし》を日本郵船香港支店長の清岡邦之助、四女滝《たき》を日本興業銀行総裁志立鉄次郎、五女光《みつ》を明治の代表的技術者で、のちに東京市街鉄道の創立に関わった潮田伝五郎に嫁がせた。岩崎家は姻戚をつうじて天皇家とつながり、三菱財閥は明治富国強兵路線を強力に支えた。この功績から、弥之助と久弥は一八九六年に男爵の地位を与えられた。漱石は明治国家とそこに癒着する三井、三菱、住友、鴻池といった実業家グループを上流社会と呼び、金力権力本位社会の象徴と見ていた。

また一九一一年一一月一一日の日記には孫文による辛亥革命にかんして論じた短い論評がある。「仏蘭西の革命を対岸で見てゐた英吉利と同じ教訓を吾々は受くる運命になったのだろうか」(⑳三四四頁)。

これは、カーライル、ドーデン、マレのフランス革命論を読んだ漱石ならではの視点である。イギリス革命は一六六八～一六八八年、フランス革命は一七八九年であったから、両者には一世紀以上の時間の懸隔があった。イギリスの高名な評論家エドマンド・バークに代表されたように、先行するイギリス革命を超えて急進化したフランス革命を恐怖した。「イギリスと同じ教訓」とは、立憲君主制にとどまったイギリスから見るならば、共和制へ進んだフランスは行き過ぎに見える。だから、イギリスはフランス革命を妨害したくなるということである。

これを漱石は日中関係に置き換える。孫文（一八六六〜一九二五、漱石より一つ年上だ）の行った辛亥革命は、日本の明治維新より四〇数年遅れたが、清朝を倒し、中華民国を樹立した。これを対岸から見ている大日本帝国は中国の人民の力に恐れを感じ、イギリスの教訓を自己のそれとするに至るかもしれないという感慨を漱石は抱いた。漱石のこの視点を入れて考えるならば、日本は、資本主義の矛盾から中国への領土拡張の野望を抱いただけでなく、中国の「人民主権」の理念的優位に恐怖を感じたのだと言える。実際に、日本は辛亥革命を叩き潰すために対華二一箇条要求（一九一五年）を足場に中華民国を蚕食し、徐々に大陸侵略へ突き進んだわけである。たんなる侵略主義ではなく、反革命こそが日本の対中国観のなかに内在していることに漱石の慧眼は届いている。

このように、漱石は一方で、フランス革命が「自由・平等・博愛（自立）」を理念的基礎とし、周辺国家に比べて原理の徹底が際立つものと高く評価していたが、他方、革命後のフランスに定着したのは原理念を裏切る階級社会でしかないというところまで見ていた。

日本より頭の中のほうが広いでしょう

漱石の考える自由のなかにはとらわれから外れる自由が含まれている。「日本より頭の中のほうが広いでしょう」と言って退かない人である。普通は、複数の人々が織り成す現実社会が自分というちっぽけな存在に比べてずっと大きいと感じている。だが、漱石はそういう常識に屈しない。自分は小さくて、社会は大きいというだけで本当に済むのか？　自分は小さいから何もできません、社会を動かすには自分はあまりに小さく無力でございますと感じるのが普通の大人の誠実というものである。成熟した大人は大抵そこで止まる。ところがそれで済むまい、と漱石は考える人だ。

漱石は、社会と歴史の問題を具体的に絞り込んでいって小説を書く。このとき時代にとらわれている人々はどういう個人だろうか。漱石によれば、個々の具体的な個人は、自分には巨大すぎてどうにも動かせぬように見える近代社会の、いわば小さい駒のような存在として生きている。彼らは体制を受動的に内面化して生きている。この体制でちゃんと働くためには、大きな体制から様々の要素を取ってきて頭の中にインプットしておかねばならないからである。だから体制にとらわれている人々の目に世界がどう見えているかというと、熊本より日本のほうが広いのと同じように、頭の中よりも社会のほうがずっと広いとしか考えられないのである。

しかし漱石はまったく別の認識を持つ。漱石は「自分と社会」を考えるとき、大きい社会のなかに小さい自分がいると、いわば常識的に掴むことを認めないではないが、同時に小さい自分は大きい社会よりもずっと大きいという反語を忘れない。「日本より頭の中のほうが広い」「とらわれちゃだめだ」という反転作用に本当の自分を置くのである。時代にとらわれた人々の目には、「日本（社会）のほうが頭の中よりも広い」としか見えない。しかし漱石は、熊本より東京が広く、東京より日本が広いという空間論で議論をすすめておいて、中途でいきなり認識論へ飛躍して、だが「日本より頭の中のほうが広い」と置き直すから、俄然面白くなるわけである。「日本より頭の中のほうが広い」というのは認識論である。「頭の中より日本のほうが広い」というのは空間論である。そこに矛盾はない。だが突如空間論から認識論へ飛躍することで、大よりも小の方が大であるという、自我（認識）による世界の構成力の問題を漱石はうまい具合に引き出しているのである。

これは要するに個人というものを元気づけるための仕掛けである。我々はふつう「頭の中よりも日本のほうが広い」という空間論に頼りきって生きているのである。あるいは自分のような極小単位は日本というような全体的な存在をどう頑張っても動かしたりできないのだと決めてかかっている。ところが、これは部分は小さくて、全体は部分よりも大きいのだという空間論によってだけ自己を捉えているからなのである。

漱石は、近代社会は各自の頭の中に「頭の中より日本のほうが広い」という意識をインプットすることによって人々を操作している、と考えていたのではないだろうか。こういう発想がインプットされてしまうと、空間論がそのまま認識論に乗り移ってしまうのである。この結果近代社会は、一人ひとりの個人をして、徹底して自分は小さくて卑小な存在であると認識させる。これは自己の無力感を生み出す源泉となる。すなわち、個人の無力感を極大化する方法は、空間論の流儀で認識論の可能性を排除することなのである。これにたいして「とらわれちゃだめだ」と漱石（広田先生）が言うのは、サイズとしては確かに社会よりもちっぽけである個人が「頭の中」

に世界だろうが宇宙だろうが、どんなものでも折りたたんで認識できる能動的な主体だということを思い出させるためなのだ。認識論としてなら漱石の言う通りなのである。このとき漱石は、個人／社会を部分／全体に類比してみるだけの常識的な議論に異を立てて、「日本よりも頭の中のほうが広い」、すなわち個人のほうが社会よりも広い、小が大よりも大であると言っているのである。

Ｆとｆの関係もこうした大小の反転を含めて考えなくてはならない。さしあたりＦは大きな社会史的な進化であり、ｆはこの文脈に埋め込まれた小さい個人の心の抱く焦点である。空間論として見るとＦのほうがｆよりも広い。しかしながら認識論から見ると、ｆのほうがＦよりも広いのである。なぜなら、ｆは驚異的な多様性を抱えながら進化する時代Ｆの動きを各自の焦点化した主観によって加工し、折りたたんでいるからだ。ｆにとって時代Ｆは頭の中に圧縮され、パッケージ化された小さきものなのである。Ｆという時代の巨大な動きは、小さい人間と無関係に客観的に動くというようなものではない。そうではなくて、ｆという小さい単位の内部に小さく圧縮され、他のｆとの関係でずれたり、反照したり、相互に絡み合いながら、ともかく小さいｆの相互抗争をつうじてはじめてＦはＦとしてようやく展開するようなものなのである。

そうであるならば、個人が自在に圧縮したｆ、ｆ'、ｆ''の相互的絡みあいを抜きにした歴史の推移などありえない。漱石は、「日本より頭の中のほうが広い」と考えた。漱石の敵は広い社会そのものではない。頭の中よりも社会のほうが広い、と考えて、どこか遠くの我関せぬ場所で歴史が一人歩きしていくかのように傍観する者、それこそが「間違ったる世の中」を生み出す元凶である。

漱石はいろいろな小説でマクロな世界情勢を具体的な人物A、B、Cに寓話化して描いている。『こころ』（一九一四年）の先生は親友Kとお嬢さんを取り合う。先生はお嬢さんに恋していることを打ち明けられると、卑劣な方法を使ってKに先手を打って、お嬢さんを取る。ショックを受けたKは自殺する。その後先生はお嬢さんと結婚するのであるが、Kに対する自分の不誠実に苦しみ、けっきょく自殺してしまう。この作品は従来、友情と恋愛の相克を通じて先生のエゴイズムの悲劇的な末路を描くものとされた。しかし柴田勝二はまったく異なる視点を出している。柴田（『漱石のなかの〈帝国〉』二一〇頁）によると、Kは韓国民衆Koreanを暗示するものである。先生は日本の人格化である。先生は韓国民衆Kから卑劣なやり方でお嬢さん、すなわち大韓帝国を略奪してしまった。先生、お嬢さん、Kは生きた人間であると同時に国際関係を表すものであるというのだ。

柴田の解釈を裏付けるかのように漱石は一九〇五、六年の断片にこう書いている。

「二個の者がsame spaceヲoccupyスル訳には行かぬ。甲が乙を追い払ふか、乙が甲をはき続けるか二法あるのみぢや。甲でも乙でも構わぬ強いほうがかつのぢや。理も非も入らぬ。えらい方が勝つのぢや。上品も下品も入らぬ図々敷《ずうずうしい》方が勝つのぢや。賢も不肖も入らぬ。人を馬鹿にする方が勝つのぢや。礼も無礼も入らぬ。鉄面皮なのが勝つのぢや。人情も冷酷もない動かぬのが勝つのぢや。文明の道具は皆己れを節する器械ぢや。自らを抑へる道具ぢや、我を縮める工夫ぢや。人を傷つけぬ為自己の体に油を塗りつける〔の〕ぢや。凡て消極的ぢや。此文明的な消極な道によつては人に勝てる訳はない。——夫だから善人は必ず負ける。君子は必ず負ける。徳義心あるものは必ず負ける。清廉の士は必ず負ける。醜を忌み悪を避ける者は必ず負ける。礼儀作法、人倫五常を重んずるものは必ず負ける。勝つと勝たぬとは善悪、邪正、当否の問題ではない……power デある……will である。」(⑲断片三三、二一〇頁)

甲と乙という項目には任意の主体を代入することができる。個人でも国家でもよい。漱石はあえて物事を記号化して書いているように見える。甲乙は同格である方が整然とするなら、日本と中国が大韓帝国(朝鮮)を取りあうという構図も考えてよいかも知れない。その場合Kとは中国Kina を指す。China は日本人名としては使いにくいからだ。いずれにせよ柴田は朝鮮半島を女性に例える論調は当時一般的であったとも書いている。興味深いことに諭吉は、結論は漱石と逆であるが、朝鮮を女性にみる比喩を使ってアジア情勢を見ている。

「此度朝鮮の変動は事件〔壬午《じんご》事変一八八二年のこと〕容易ならず、時宜に由りては止むを得ず日韓両国の戦とも相成るべきやの模様あるより……意地悪き外国人等は……朝鮮には支那と云う力の強い情郎《イロ》があるぞへ、それをお前はご承知か、……と出放題に嚇《おど》しつけられ、桑原〳〵萬歳楽と臍《へそ》を抱へて尻込み思案は、我輩甚だ感服いたさず。」（「豚が怖くて行かれませぬ（漫言）」、⑧二六三―四頁）

「三国の交際に於て、朝鮮国を一個の少婦人に比喩して、日本と支那と二男子が共に其歓心を得んことを力《つと》めて、日本は早く既に情を通じたれども、今更往時を回顧すれば唯一旦の熱に乗じたる挙動にして、結局我が得策に非ず、彼れも一時の夢なり、此れも一時の夢なり、醒めて徐々に身の覚悟のこそ大切なれ……我日本国が東洋に在て文明の魁《さきがけ》を為し、隣国の固陋《ころう》なる者は之を誘引するに道を以てし、狐疑する者は之に交わるに直を以てし、文を先にして之に次ぐに武を以てし、結局我が攻略と我が武力とに由りて、東洋の波濤を其の未だ起こらざるに鎮静するの一法あるのみ。……必ずや武力の之に伴う者あるに非れば攻略の目的を達するに足らず。」（「東洋の政略果して如何せん」一八八二年一二月七～一二日、⑧四二九―四三一頁）

諭吉は天津条約後「朝鮮人民のためにその国の滅亡を賀《が》す」（一八八五年八月一三日）と語るに至る。しかし漱石は逆である。韓国統監伊藤博文がハーグ密使事件での韓国皇帝の責任を追及し、ついに皇帝に譲位の詔勅を出させた時、漱石は一九〇七年七月一九日、小宮豊隆宛手紙でこう書いていた。

「朝鮮の王様が譲位になった。日本から云へばこんな目出度事はない。もっと強硬にやってもい、所である。然し朝鮮の王様は非常に気の毒なものだ。世の中に朝鮮の王様に同情してゐるものは僕ばかりではないだらう。あれで朝鮮が滅亡する端緒を開いては祖先へ申譯がない。実に気の毒だ。」（㉓書簡８８４）

これが漱石の本音であったとすると、韓国併合（一九一〇年）で朝鮮にたいする漱石の「気の毒」の感は極まっただろう。蔵書に『安重根事件公判速記録』（満洲日日新聞社、一九一〇年）があることも見逃せない。二年後（一九一二年七月）に明治天皇は死んだ。漱石にとって明治近代化を総括的に問うべき時が巡ってきたのである。

諭吉は、近代化を進めようとしない中国と朝鮮に苛立ち、日本のアジア侵略を正当化した。これに対して漱石は、Ｋに向かって「精神的に向上心のないものは馬鹿だ」と言い放つ先生に日本の利己心を見たのである。何よりもこのことを心理―倫理的批判を込めた小説の形で残さねばならない。卑劣な方法を使ってお嬢さんを妻にした先生は、自分の行動に苦しみ、最後には自殺に至る。先生の自殺について、従来から先生が自殺する必然性が弱いという批判がある（大岡昇平）。恋を成就し添い遂げた先生が中年になって過去を悔いて死ぬのは不自然だというわけだ。

しかし、ここに論じたように、先生の自殺は文字通りのパーソナルな三角関係の帰結ではない。柴田が明確にしたように、漱石の小説内の登場人物は国際関係を含む大きな歴史的文脈を象徴化し、寓話化したものなのだ。この解釈にもとづいて『こころ』を読めば、パーソナルな次元での自殺の必然性は二義的なものでしかない。なぜなら漱石は先生を一人の悩める中年紳士として描きたいのではなく、日本国家の暗喩として叩き潰したいのである。漱石は明治国家が朝鮮に対して行った卑劣を先生に託して寓話化した。明治国家の行いが倫理上許されえないものであるなら、国家エゴイズムを寓話化した先生は必然的に自殺しなければならないのである。逆もまた然り、『三四郎』において、漱石は広田先生をして、日本は「滅《ほろ》びるね」と言わせた。『こころ』において、日本は断然滅びねばならない。

漱石はF＋fの理論から、世界情勢を縮小して人物A、B、Cとして描く。ということは逆に言えば、人物は皆世界を独特の仕方で映し出す圧縮器のようなものだということである。

明治末の漱石の天皇制論

『こころ』の結末で、先生は明治の精神に殉じて自殺した乃木将軍の後を追うようなかたちで自殺することになっている。漱石は、明治から大正へと時代が移っていくことを、非常にノスタルジックに描いているようにも見える。ところが、『こころ』を書く前に漱石は偶然皇室や乃木大将を見る機会があり、次のような日記二Bを残している。

一九一二年（明治四五年）五月一〇日

「行啓能《ぎょうけいのう》を見る。山県松方の元老乃木さん抔《など》あり。陛下殿下の態度謹慎にして最も敬愛に価す。之に反して陪覧の臣共はまことに無識無礼なり。（一）着席後恰《あたか》も見世物の如く陛下殿下の顔をじろ〱見る。（二）演能中若《も》しくは演能後妄《みだり》に席を離れて雑踏を醸す。而して皇族方は静粛に椅子に倚《すわ》る。音楽会の方遥かに上品なり（尤もプログラムに何十分休みとも何ともなき故人々勝手な時に立つと思はる。是は能楽会の不行届なり（三）陛下殿下皆静粛に見能あるに臣民共しかも殿下陛下の席を去る咫尺《しせき》の所にて高声に談笑す　帰る所を見れば自働車手人力馬車絡繹《らくえき》たり。是等礼儀の弁別なきもの共は日本の上流社会なるべし。情なき次第也。」

「皇后陛下皇太子殿下喫煙せらる。而して我等は禁烟也。是は陛下殿下の方で我等臣民に対して遠慮ありて然るべし。若し自身喫烟を差支なしと思はゞ臣民にも同等の自由を許さるべし。（何人か烟草を烟管《キセル》に詰めて奉ったり、火を着けて差し上げるは見てゐても片腹痛き事なり。死人か片輪にあらざればこんな事を人に頼むものあるべからず。烟草に火をつけ、烟管に詰める事が健康の人に取ってどれ程の労力なりや。かゝる愚なる事に人を使う所を臣民の見てゐる前で憚《はばか》らずにせらるゝは見苦しき事なり。直言して止めらるゝ様に取り計いたきものなり。宮中省のものには斯程《かほど》の事が気が付かぬにや。気が付いてもそれしきの事が云ひ悪《にく》きや。驚くべき沙汰也。（四）帝国の臣民陛下殿下を口にすれば馬鹿丁寧な言葉さえ用ひれば済むと思へり。真の敬愛の意に至っては却って解せざるに似たり。言葉さえぞんざいならすぐ不敬事件に問ふた所で本当の不敬罪人はどうする考にや。是も馬鹿気た沙汰也。（五）皇室は神の集合にあらず。近づき易く親しみ易くして我等の同情に訴えて敬愛の念を得らるべし。夫が一番堅固なる方法也。夫が一番長持ちのする方法也。政府及び官吏の遣口もし当を失すれば皇室は愈《いよいよ》重かるべし　而して同時に愈臣民のハートより離れ去るべし。」（⑳三九三―五頁）

細かい観察である。臣民のまなざしの中の皇族と山県有朋、松方正義、乃木希典などのしぐさが透けて見えるようだ。とくに喫煙をめぐる天皇家と臣民の同等の自由という主張は意表をつく。それだけではない。最後の段の「皇室は神の集合にあらず」は決定的である。漱石は天皇制に対してこれほどの透徹した言葉を打ち出せる人なのである。『こころ』の先生がもし本気で「明治の精神」へのノスタルジーを感じて自殺したのだとしても、漱石自身がそうでなかったことは、これを見る限り、明らかではなかろうか。むしろ、漱石は先生をただの「時勢遅れ」として描いたにすぎない。

小は大よりも大である

漱石の思索から一つの展望が出てくる。もし、国際情勢を小さき人物に仮託し寓話的に描けば、当の個人は日常生活で国際関係の対立や和解を圧縮されたかたちで背負わされているような存在だということになる。現実の国際政治の中の日本の苦悩が小さい人物に縮小されて映しだされてくる。『こころ』で言えば、一個人たる先生がKを自殺に追い込み、後になって自己の行為に痛烈な悔恨を感じる。事件は、それ自体としては三角関係のこじれ話でしかなく、ごくパーソナルな心理問題である。先生は、ひとりの女性を二人の男が奪い合い、自分がKをダマシ討ちしたという点に倫理的な反省を加えていく。すると先生は、根が真面目であるだけに、やってはならぬことを犯してしまったという反省に行きついてしまうのである。

もし読者が先生の自己分析と自殺とを受け容れるならば、次のステップで大きな宿題が待ち受けていることになる。というのも読者に想像力があれば、先生と同様に日本国家こそが同じ悔恨を感じてしかるべきなのである。先生個人の行為に関する倫理的反省は日本国家の行為に関する倫理的反省へと拡張されねばならない。先生の自殺の理由を詮索することを通じて、韓国併合(一九一〇年の日本国家による韓国植民地化)の重大な問題性が浮上することにならねばならないのである。こうなると読書という行為は密室内での個人的行為に収まりえない。漱石は『こころ』において読者を国家を裁く倫理的判断の主体の位置に立たせようとしたのである。

一人ひとりの読者は小さい存在にすぎない。ところが、この小さい存在に先生の自殺の意味を問わせることを通じて、同じ罪を犯した日本国家を一個の倫理的問題の次元へ引き降ろすことができるよう仕向けるのである。このとき読者は小さい存在ではあるが、大日本帝国よりも大きな存在になってしまう。『三四郎』の広田先生が言ったように、小は大よりも大でありうる。そうであるがゆえに、大を頭の中に畳み込んでしまう小をつくっていくという漱石の挑戦が出てくる。『こころ』は、パーソナルな心理問題の姿で筋をたどらせ、国家を倫理的存在として承認できるか否かという瀬戸際へ読者を誘うだけの力に溢れているわけである。柴田の言う寓話的手法には、このような反転するダイナミズムが仕掛けられていたのである。

だから、文学がfを描くという意味は、Fを大きい文脈として、fは高々その局所的現象であるにすぎない、という意味にはならない。広田先生は「日本よりも頭の中のほうが広いでしょう」と言った。これは、fのほうがFよりもずっと大きいものでありうるという意味でなくてはならない。空間的に見れば小さいfが大きいFの所産のごとくに見えるが、認識論的にはfがFよりずっと広く、したがってfの側の心がけ次第でFと対峙しうることを示唆するものなのである。

『硝子戸の中』（一九一五年）でも漱石は「小さい私と広い世の中」という対照を好んで使い、第一次大戦開始に対して「硝子戸の中」の「閑散な文字」で対抗しようとしているかのようである。けっきょくFがfより広いように見えるのは、「とらわれている」ときの受動的な態度に人がとどまる限りにおいてのことである。誰でもfを鍛えていけば、そしてfがFよりも広いことを知りうるならば、とらわれから自由になりうる。

漱石は「無人島の天子とならば涼しかろ」（一九〇六年七月二五日浜武元次宛葉書、⑰三四八頁）という句をつくった。天皇制にたいする臣民的なとらわれはここには微塵もない。もしも、人々が王／臣民のタテの秩序から認識論上自由になると、この歌が理解できる。無人島で人は天子になれるだろうか。天子という地位は臣民なしにありえない。人々が臣民的な存在に「とらわれている」限りでしか、天子は天子たりえない。無人島の天子は無力なのだ。

同様に、権力社会、階級格差、孤独、生存競争等から自由になって、万人が真っ当な「自己」に応じて生きていけるようになると仮定してみよう。経済的な地位、世代の差、性別、民族の上下等にあくせくすることなく、人々が文字通り自由に生きていけるようになったとしよう。漱石にとって「自己本位」とは、常識批判を可能にする、一切の創作を根拠付ける力なのである。この「自己」を漱石は探求しつづけた。文学は、巨大なものを微小なものに置き換えて描くことを通じて、微小な人間を巨大な存在よりも大きい何者かへ飛躍させる契機を与えることができる。漱石の考える小説の面白さとはこういうものだった。

漱石は強い敵と向き合うとき自己本位を鍛える

大きな時代の流れのなかの木の葉のように私たちは生きている。大きな流れとは何か。それは、西洋の世界支配、金力と権力、帝国主義、技術革新、物真似的態度などである。一言で言えば、

「他人本位」の流れである。これはとても強い。二〇世紀に強かっただけでなく、二一世紀にはいよいよ強い。ところがこれらがいずれも「自己本位」を邪魔するものであるということが見えてくると、「自己本位」というものは近代化批判の価値的源泉となってますます際立ってくる。

漱石は模索の途中で果てた。この意味で「自己本位」は、封建制でも、資本主義でも、また社会主義でも掬いきれない未解決の問題に挑む源泉を与えるものであった。漱石でない人にとっても、人は誰も皆自己というものを抱えて、この体と心を使って生きていくしかない。自分がどういうものなのかは自分で何かをやってみてはじめて事後的にわかるのである。自己の何たるかは死のまぎわになってはじめてわかるものなのだ。他人もまたそういう可能的存在である。我々は一生手探りで生きるほかはない。

人間にできることは、ただ万人に手探りで生きる可能性を少しでも広げていくことだけである。広げようとしている自己が何者かに遮られるとき、「自己本位」という参照点はますます強くなるだろう。「自己本位」が直面する「金力権力本位の社会」が強ければ強いほど、それだけ一層自己本位の概念は深いものになっていくのである。それが漱石のやったことである。

漱石の三つの論理系列

漱石の紆余曲折を重ねた論理の系列を分析的に三つの論理系列に類型化しておく。

第一の論理系列は、近代社会における利己と利己との闘争である。『虞美人草』の「我の女」

藤尾、『三四郎』の「無意識な偽善（利己心）」、『それから』における代助の思想的後退、『こころ』の先生のエゴイズム、『明暗』における津田とお延らは、多かれ少なかれこうしたホッブズ的なエゴイストが自己保存の論理を大義として互いに傷つけ合い、もがきあう様を描いている。それは近代人が避けることのできない一種の生存競争劇である。これは大小様々なスケールに伸縮するから、個人レベルだけでなく、西洋対日本、日本対韓国など国家レベルにおけるホッブズ的状況としても描かれていき、寓話化された形で互いを反照し合う。

第二の論理系列は、「利己」の抽象的対極としての「自己」の論理である。漱石は近代社会への抵抗の根拠になるものを終始探し求めた。近代への抵抗は、時に『坊っちゃん』のような佐幕派的心情に託されることもあった。だが、漱石はそこに心情的共感を示すことはあるが最終的な信を置かなかった。より深い受け皿を探求し『二百十日』『三四郎』、あるいは実験的な『坑夫』に模索を重ね、様々なインテリを登場させて日本近代にたいする批判を語らせた。漱石の文学がしばしば「余裕派」と呼ばれるのは、俗世を超越的な理念から撃つという色彩が色濃かったからである。

この理念の核心には次第に「自己」の概念が固まってくる。ホッブズ的市民社会においては「利己」と「自己」は未分化である。だが、厳密に考えていくと、他者との相克を宿命化してしまう「利己」と他とともに生きていく「自己」は全然別のものである。だから、市民社会でゴッチャになっている「利己」＝「自己」を分けていくことで「自己」が得られるのである。「自己」

を純化した者が「賢人」である、という意味からすれば、頭の良さは必要である。「こっちも頭でいくんだ」「頭の中のほうが広い」という場合の「頭」は、だから「機を見て敏」な賢さとは異なる。実際漱石は、義理の親や帝大教授会との闘争をつうじて「自己」の論理を闘いとったのである。

さて、「自己」の側から覗くと、エゴイストの何たるかを微細に観察することができた。すなわち「自己」を「利己」から概念的に分離すればするほど、「利己」の動きは手に取るように対象化できるし、ひとりの人間の心理内部を鋭利に腑分けすることができた。『それから』の代助が「自己」を探求したにもかかわらず腰砕けとなって「利己」に退行せざるをえない悲劇や、『こころ』の先生がエゴイズムを反省して自殺に至った理由は、漱石にはお見通しである。それらはことごとく「自己」の不足から来るのだ。このように「利己」と「自己」との区分によって、漱石の作品世界の奥行はぐんと広がり、現代人の心理構造を規範的な高みから見下ろすことが可能になった。

だがその反面で、「余裕派」の立場には弱点があった。それは、この超越を担保するものがもっぱら知識人による自己反省でしかないという点である。俗世に対抗するものは本当に頭だけなのだろうか。気取った文明論で変えられるほど世間は甘いものではない。このことを漱石は十分承知しており、「自己」をもっと深い根拠に向けて探求しなくてはならなかった。たんにスマートな才能ではなく、本当に強い頭でなくてはならない。本当に力強い「自己」は、そもそもどこから発生してくるのか。言い換えると、歴史のどこからエゴイズムを超えた、新しい心理―倫理は生まれるのか。このことは知識人の境遇に乗っかったままではよくわからなかったのである。「利己」と「自己」を抽象的に対置させるだけではまだ足りない。そこに第二の論理系列に準拠する諸作品の弱点があった。

第三の論理系列は、「自己」を近代社会の重層的な構造から引き出す段階である。近代社会は、表層ではホッブズ的な市民社会であって、第一系列の利己的闘争、言い換えると「生きるか生きるかの競争」である。個人や国家のように行動単位の大小を問わず、二〇世紀の惨めさは大小のエゴイストたちの生存競争から帰結するものであって、現代人の「皮相上滑り」や「神経衰弱」もこの表層で起こっている現象であった。

だが、第一の論理系列のことを「利己」の現れとして丹念に描いているうちに、漱石の心の中に第二の論理系列がおのずと出来上がってきていた。第二の論理系列というのは「利己」に対峙する者を「自己」というかたちで抽象的に対置してみる論理の位相である。これで「利己」に限界があることを「自己」から描けるようになった。漱石自身はある種の高みに立って、人々を観察できる。切れ味は抜群である。

しかし、では人々は自分と同じように「利己」を捨てて「自己」を採ることを学ぶだろうか。そこがあいまいだ。「話をして見給え（国民は）大抵は馬鹿だから」（『それから』）などと大見得を切って見せることはできるものの、そう言えるのはただ知識人としての余裕があるからというにすぎず、特権に依存しているだけでは「自己」も弱々しい。「自己」が宿るに値する大衆的な強さが裏打ちされねばならない。近代化批判の実験を漱石はいろいろやってみた。佐幕派的な心情から出発する坊っちゃんは「自己」をつくることはできない。また、高踏派的な知識人の内省だけに期待するのも限界がある。こういうことに漱石は一層自覚的になっていく。

こうした探求からついに得たのが第三の論理系列である。その最高の到達点は『明暗』である。というのもこの作品で初めて、第一、第二系列を乗り越える第三系列の論理を出せるところまで彼は踏み込んだからである。知識人の余裕や頭のよさは世俗から超越しているだけでは内在力が不足する。しかし、『明暗』の第三系列の論理になると「自己」発生の可能性は近代社会の構造内部にきちんと置かれるに至る。

三つの論理系列と『明暗』

漱石の描いた小説の主人公を並べてみると、『坑夫』を例外とすれば、高校教師、学生、大学教師、高等遊民、役人など皆中流以上の階級に所属する人々ばかりである。しかし、こうした人々は諭吉風に言うと「貧にして智ある者」ではない。「貧にして智ある者」が何を発想しうる存在かという問いかけは、漱石の作意のなかで一九〇二年前後の「第二フランス革命」論の提起以来潜在的にはずっとあったものだ。というのは階級格差の懸隔で平等の均衡が崩れていることが「第二フランス革命」の基盤になると認識していたからである。『坑夫』はそのような可能性をもっていたが、漱石のほうではまだ「自己」の概念をつかみきっていない段階であったから坑夫の階級的基盤まで迫りきれなかった。作品中の主人公の経済的位置は、さまざまに変化してゆく。

そこで『明暗』の津田は中流の人間ではあるが普通の勤め人である。このことは画期的な意味を持っており、『明暗』という作品の構成と絡んでいる。作品は未完に終わったが、漱石は新しい物語構成を暗示するところまで到達した。

まず第一の論理系列に対応するのは津田とお延である。すなわち、津田とお延という利己心の強い凡人を主人公とし、彼らの出世欲や夫から愛されたいという我欲の世界に閉じこもる様相を仔細に描いてゆく。第一の論理系列を描く理由は一種の悲劇的な運命に出会わせるためである。しかし、第一系列に対する批判は、第二系列の知識人の賢人ぶりや文明論にもはや委ねられてはいない。つまり「利己」にたいして「自己」を対置するようなやり方は採られていない。その代わりにまったく斬新なやり方が取られる。それは第三系列を体現するものとして小林という人物を登場させることによってである。

小林は津田の大学時代からの友人である。小林は出世に失敗し上流社会に這い上がれず、ついに東京から朝鮮へ都落ちする脱落者である。漱石は小林という階級的な底辺をさまよう人間を津田と並ぶもうひとりの主人公に据え、貧人の立場から上流社会の「利己」的人間を階級的に攻撃させるのである。こういうかたちで漱石は、近代社会の表層でもなく、知識層でもない、いわば底辺層の叫び声を作品の中に導入し、ここに第三の論理系列が構成されてきたのである。

小林という人物は、不気味であって、必ずしもチャーミングな人間とはいえない。しかし、津田やお延のような「金力権力本位の社会」（利己本位社会の客観的な言い換え）をホームグラウンドにしてそこから一度も出たことのない者たちとはまったく異質の存在である。津田は出世主義者だし、お延は愛されたい願望の権化であって、いわば利己心のままに無自覚に生きている。しかし、そうした人々を小林は「別世界」から見ているのだ。小林は津田に向かって言う。「僕は紳士なんてどんなものかまるで知りません。第一そんな階級が世の中に存在している事を、僕は認めていないのです」。

小林は、津田の住む上流社会の人々が衣食住の気取った好み、粋なセンス、趣味の洗練度を競い合い、彼らの市民的価値観を横溢させる世界を、貧人の側から妬むのではなくむしろ軽蔑し、上流社会の人々の小心翼翼とした不安を、階級的な底辺へ落ち込んだ開き直りの立場から徹底的に嘲笑い、叩くのである。これは上流社会を気取る人々（現実には中流の人々でも良い）にとって恐ろしいことである。なぜなら利己心のニセの相互承認劇のなかにある日常を「始終ぐらぐらしている」と評されることは「利己」を丸裸にされてしまうことだからだ。

小林は「自己」そのものではないかもしれない。だが、彼は場末の平民的安酒場に津田を誘って、こう言う。「僕は君と違ってどうしても下等社会の方に同情があるんだからな」「見たまえ、彼等はみんな上流社会より好い人相をしているから」「君はこういう人間を軽蔑しているね。同情に値しないものとして、始めから見縊っているんだ」「君はこうした土方や人足をてんから人間扱いしない積もりかもしれないが」「彼等は君や探偵よりいくら人間らしい崇高な生地をうぶのままもっているかわからないぜ、ただその人間らしい美しさが、貧苦という埃で汚れているだけなんだ、つまり湯に入れないから汚いんだ、馬鹿にするな」(⑪一一一頁)。

『現代日本の開化』(一九一一年)が生存競争というホッブズ的世界をその心理の疲弊において描いたとすれば、『私の個人主義』(一九一四年)は、「金力権力本位の社会」(⑪七三頁)で貧人の事業を妨害する上流社会の階級的利己心を批判するものだった。市民社会と階級社会の関係が、こうして漱石の描こうとする世界に徐々に浮上してきている。市民社会の皮相性を主題化すると『開化』のような構成になる。つまり皮相なのは明治近代化に受動的についていこうとする利己的人間の群れである。日本人は近代社会の全ての人々を貫く汎通的な皮相さを身にまとう。皮相になる理由は目先の利益を追わねば生きられないからだ。だから皮相を免れようとすると神経衰弱に陥るほかはない。

だが階級社会に視座を据えると、別の構図が見えてくる。これは『私の個人主義』の後段の階級社会論の延長である。利己心には濃淡がある。近代社会は上流社会と下等社会の双方へ分断されている。双方ともに同質の利己心をもつわけではない。下等社会の利己心と上流社会の利己心が激突する。だが、両者のうち、利己的な汚れにまとわれつつも、はっきりと「自己」を結晶させるのは下等社会の人々である。万人が「自己」を望むはずなのに上流社会の「利己」は個性の伸びやかさを独占して貧民と窮民に渡さないからだ。上流社会の作為は「自己本位」の普遍性にもとる。「自己本位」を妨害された下等社会の人々を、上流社会に属する人々は汚いとか、一段価値の低い奴らだと内心軽蔑している。上流社会は軽蔑される者を日々産出することをつうじて自己の価値を正当化するものなのである。

『明暗』に第一系列のホッブズ的市民社会が描かれているのだが、それを描くとき漱石が第二系列の「自己」の理念から見ていることは間違いない。しかしそれだけではない。『明暗』の漱石は「自己」の理念に照らして猫やインテリや賢人の声を借りて風刺したり、嘲笑したり、自己批判したりするやり方をもう使わない。つまり、「利己」にたいして「自己」を抽象的に対置し、あるいは理屈の上で論争させるだけに終始した第二系列目の論理を使わない。代わってここに第三系列が持ち込まれてくる。つまり市民的「利己」と対抗するのは、頭の良い知識人ではなく、階級的「自己」の抗いなのである。

第一系列の市民社会（利己）は、階級社会を温存する元凶である。だが利己はこの作品では下の階級から揺さぶられ、包囲されるものとなるのだ。こうなると、それまで漱石が採用してきた、佐幕派的、余裕派的な文明批判は、階級社会の下層の存在基盤と結びついたものとなる。軽い風刺や気の利いたウィットなどがそれだけで完結せず、もっと広い、もっと大きな力と結合していくようになる。漱石は以前から様々な工夫を凝らしてリアリティのある作品を発表してきたわけであるが、だいたいにおいて第二の論理系列で闘っていた。しかし『明暗』で漱石が第三の論理系列まで踏み込んでしまうと、旧作は過渡的作品、迫力の劣るものに見えてくるわけである。

このようにして、漱石は長い思索の果てに、ついに第三の論理系列を掘り当て、「自己」の側から「利己」を対象化していく可能性を近代社会の階級的基盤に求めていく。なぜこれが可能になったか。入試委員嘱託拒否事件で、漱石は近代知識人のプロレタリア化を身をもって体験した。食べていけないような貧苦に陥ったわけではないが、上の権力に楯突けばたちまち失業してしまうような未来の可能性を漱石は彼なりに敏感につかみ取ったのである。そしてこれを踏まえると一九〇二年に予言された近代社会を小説化する狙いは力強く浮上してくることにもなったのだ。加藤周一は『明暗』の文体を評して「明治以降今日までの日本語の小説でおそらくこれに匹敵するものはないだろう」（加藤周一『日本文学史序説』下、三五九頁）と述べた。私なりに言えば、『明暗』は、文体のみならず、近代日本を総体的に掴む、最初にして、これまでのところ最高の小説であったということになる。

これはどういう工夫によってできたのか。漱石は、第一の論理系列に住む津田やお延を日本近代の、いわば表層におく。表層を記述するとき漱石自身の視座は第二の論理系列の「自己」理念に準拠している。だが作品中では「自己」をインテリの理屈で代弁させたりせず、近代社会の階級的な底辺に生きている小林という人物に託して語らせる。だから第三の論理系列は、漱石の階級社会の論理である。市民社会と階級社会の重層たる近代社会は、階級社会の底辺部（自己）へ抑圧をかけてきたのであるが、このエネルギーが大きく反転してきて、近代社会（利己）の価値観が揺さぶられ、あざ笑われる側に回されていくのである。

漱石は、第一の論理系列のホッブズ的市民社会の「自己保存」の「自己」を「利己」から純化・目的化し、第二の論理系列をつくった。第二系列では「自己」を目的化して生きうるものに「賢人」という名前をつけた。そして第三の論理系列では、批判の強度が階級的な下層的存在そのものから調達されるのである。以上三つの論理系列を織り込んだ近代社会の重層的な構成で、「利己」と「自己」との闘争を描こうとしたのが『明暗』であった。

近代批判の三類型

漱石が『坊っちゃん』『それから』『明暗』で提起したものを、近代批判の三類型としてまとめてみよう。第一の類型は、後ろからの近代批判だ。『坊っちゃん』は、元旗本の子孫であるという自負を持つ正義漢である。坊っちゃんの唯一の理解者である清《きよ》は明治維新（瓦解）で零落した昔風の下女である。坊っちゃんは田舎の学校に赴任すると、英語学士の教頭赤シャツの卑怯を見破った。坊っちゃんは、近代化の「おこぼれを頂戴する赤シャツや野だいこの一派」（内田義彦）と対決し、東京に帰る。いずれ彼は清の待つお墓に入るだろう。第二の類型は、『坊っちゃん』とは反対に、前からの近代批判である。「自分に特有なる細緻な思索力と鋭敏な感応性」を誇る代助は、近代の「他人本位性」を見破っている。「旧時代の日本を乗り超えている」代助は、昔気質の父の説教を聞かされるが、内心軽蔑しているので働こうとしない。彼は、人妻千代に同情し結婚を申し込むが、これが父の怒りを買い、けっきょく働かざるを得なくなる。自己の愛を貫けば賃労働で自己を失うのである。第三の類型は、下からの近代批判である。『明暗』は、津田とお延という上流志向の夫婦のエゴイズムを津田の同窓生小林に攻撃させる。小林は、大学出のインテリだが出世に失敗し、下等社会の目で上流社会の価値観を揺さぶるのである。

漱石は、結果的に、可能な近代批判をすべてやったのだ。後、前、下という三つの場所から近代化を批判する。上からの近代批判はここにはない。上からの目で近代化を批判（リード）する仕事を実践したのは諭吉だった。漱石は、諭吉の仕事に抗して、後、前、下の三方からの抵抗を描いたのである。

フランス革命は「ただ実定法だけによって容認されている人為的不平等は、それが自然的不平等と同じ釣り合いを保って一致しないときはいつでも自然法に反する」と論じたルソー（『人間不平等起源論』一七五五年）の精神から出てきた。近代批判の類型の多様性と深まりは、「第二フランス革命」への漱石の苦闘を物語っている。

11　思考様式の変遷

諭吉の思考様式の変遷

諭吉はよく市民的自由主義の典型と言われる。しかし彼の思考様式は絶えず変形する。諭吉の思考様式を図式化すると、佐幕派↓啓蒙思想↓市民的自由主義↓帝国主義と超国家主義↓大東亜共栄圏という変遷をたどったといってよい。

幕臣として渡米し維新を迎えるまで、諭吉は譜代中津藩の下っ端侍の尻尾をつけた考えから出発した。幕府と外様の上下を維持しながら西洋の文物を取り込むという発想であった。維新後、「幕府による近代化」という枠を捨てて市民的自由主義へ移る。ここで『学問のすゝめ』を書いた。このとき、啓蒙思想と市民的自由主義という市民的思考様式の二つの局面をどう処理するかが問題となった。というのも小経営者と資本家のイデオロギーは等しく私的所有の基盤のうえに立つとは言え、平等の規範をめぐって両者は激しく激突するからだ。

諭吉は日本最大の啓蒙思想家と言われるけれども、一八世紀啓蒙思想からの影響は非常に弱く、むしろ啓蒙思想を批判して登場する一九世紀産業社会論者の色彩が圧倒的に強い。ゆえに諭吉は「米独立宣言」に体現された小経営者社会を見捨てて資本主義の思想家に変身した。これによって彼の市民社会＋階級社会論は生まれた。理論構成上、市民社会を手段にして階級社会を目的にするのはこのためである。こうして、彼の市民社会＋階級社会論は明治政府による富国強兵論の指導理論となった。啓蒙的モメントの切り捨てと思考の発展段階の圧縮に諭吉のオリジナリティがある。

西洋近代のあるモメントを切り捨て圧縮して先を急ぐということは、左右を問わず明治期の思想家全般の宿命である。このアレンジの効果は凄かった。日本人全体を立身出世主義者につくりなおすほどの衝撃を与えたのである。諭吉の場合、ジェファーソン的啓蒙思想に見切りをつけて階級社会論の一モメントへ格下げするかたちで、資本主義論を樹立したのである。これは、西洋思想史で言えば、J・ロック（一六三二〜一七〇四）からA・スミス（一七二三〜一七八〇）を経てH・スペンサー（一八二〇〜一九〇三）までの思想の距離を一人三役で兼ねるほどの大ジャンプを試みたことを意味する。「米独立宣言」に体現された一八世紀の小市民思想を諭吉は大して重視せず、自由・平等・自立といった規範性を「されども」で切り捨てたということである。

切り捨てが必要となった理由は、西洋市民革命とは異なる明治維新の特徴による。欧米ならば小市民が抱いたはずの身分制批判の思想を、市民の弱い日本では下級武士が代行せざるを得なかった。小市民の自由・平等・自立は、武士にはわかりづらかったにちがいない。またわかる必要もなかった。身分制から資本主義への過程が圧縮されているために、身分制的上下関係を資本主義的上下関係へ移しかえねばならないからだ。

維新前の諭吉が「活計」を身分制的に考えていたのに、維新後は「活計」を競争論的に把握するようになるのは、この過程の急激さを示している。市民社会は「されども」によって階級社会の現実へ組み込まれる。まさしくこれは四民平等が階級社会形成の一モメントであった明治の現実を映しだしている。啓蒙思想から市民的自由主義への移行はおよそこのように進行した。

一八七〇年代中盤は、市民的自由主義が帝国主義と超国家主義へ派生していく時期である。それは『文明論之概略』において特徴的である。諭吉の市民的自由主義はもともと、市民社会を手段化して階級社会を目的化する理論構成であった。それゆえ、階級社会を維持しようとすれば、貧しい者を温存せざるを得ず、したがって国内マーケットの不足を外部マーケットの獲得によって補う必要が出てくる。ここからまず帝国主義が派生してくるわけだ。また、同じ階級矛盾は、上に向かうと超国家主義を派生する温床にもなるのである。市民的自由主義が外向きに展開すると帝国主義となり、上向きに現れると超国家主義を派生する理由はもともとの理論構成にあった。

帝国主義と超国家主義という派生態の出現は、明治国家の動向に対応する。すなわち明治国家は、産業資本の生産を軌道に乗せるために絶えず戦争の必要を煽っていった。明治政府は最初旧封建武士団の解体を対外侵略（征韓論）へ結びつけるような前期的な要因を抱え、徐々に産業資本の軌道が確立すると、近代的な侵略主義（自由貿易帝国主義）へ本格的にシフトしていった。

琉球処分、台湾征伐、江華島事件などは、東アジア冊封《さくほう》体制を近代世界システムに組み替える、制度的なチューニングの作業である。これを必然とするほどにはまだ国内産業資本は確立していなかったといえる。しかし、これらを強引な契機にしてしまうと産業革命が誘発され、産業資本の軌道を上からつくっていくことが容易になった。すると今度は本格的に日清・日露戦争を引き起こしていくようになるわけだ。

諭吉は『文明論之概略』で、このような明治近代化の過程を商売＝戦争と規定して、市民的自由主義から帝国主義と超国家主義の並列状態へジャンプするという、大胆な仕事を達成した。これが可能となった理由は、諭吉の市民社会（啓蒙思想）にたいする軽視、階級社会の重視があったためである。時代が国民的にも国際的にも弱肉強食であり、国際公法がもはや通用しないことを論拠にして自由民権運動を攻撃した理由もここにあった。しかも『概略』は帝国主義を基調としたうえで日本の国権形態（レジーム）を天皇制との関係で再編し、超国家主義を提起した。洋学者の常識からすると、まことに独創的な理論展開である。

一八七〇年代中盤に市民的自由主義から帝国主義と超国家主義を派生させたことは、決定的に重要な展開であった。これを踏まえてアジア侵略を呼びかけた文書こそ「脱亜論」（一八八五年）である。その結論部で諭吉は「其支那朝鮮に接するの法も隣國なるが故にとて特別の會釋《えしゃく》に及ばず、正に西洋人が之に接するの風に従て處分《しょぶん》す可きのみ」（⑩二四〇頁）とした。

「脱亜」は「入欧」とセットである。入欧という言葉がなくても、諭吉は明確に、西洋人がアジアに対するような仕方で「処分」することに同調すべしと規定している。これこそ日本が、いまや西洋帝国主義と同列の植民地主義を仕掛けていく側に立つという宣言以外の何者でもない。時論的に見れば、これが金玉均ら諭吉が期待した親日派による京城クーデター（甲申事変）の失敗したことによる一時的ショックと解せなくはない。しかしすでに見たように、『概略』の市民的自由主義は内在的に帝国主義と超国家主義へと転化していた。加えて『時事小言』もアジア侵略を論じた。この点を考慮すれば、「脱亜論」は以前の理論的展開をふまえた延長上の応用編なのである。

「脱亜論」のみならず一八八〇年代以降の諭吉は『時事新報』社説欄を使って、時論的な仕事を大量に書いた。すべてが直筆とは言えないようだが、諭吉は晩年まで社説欄を主宰したことは間違いない（安川寿之輔『福沢諭吉の戦争論と天皇制論』、杉田聡編『福沢諭吉　朝鮮・中国・台湾論集』）。よって『時事新報論集』は、大筋で諭吉の思想を体現しているとみなすことができる。何よりも大量の社説の背後には、一定の理論構成――基底に市民社会＋階級社会論があり、国権は外に向かっては帝国主義、内に向かっては超国家主義を必要とするのだという――を踏まえた一貫性が読み取れる。一八八五年以降の諭吉の晩年の思考様式の特徴は、近代の矛盾への対応として内在的に派生してきた両モメント（帝国主義と超国家主義）を新たな状況に合わせて、より一層有機的に結合させることにあった。

すなわち、日清戦争の結果、下関条約（一八九五年）によって、日本は念願の台湾を植民地化した。同時に朝鮮を「独立」させ、併合への前提を固めたのである。清朝は存亡さえおぼつかない状態に陥り、最後は滅亡する。この状況を見越して、諭吉はかつて夢想した、東アジアの植民地化へ現実的な一歩を踏み出せる状態を手に入れた。廃藩置県で琉球を併合したあと、台湾、朝鮮、中国を次々に植民地化していくという構想はいよいよ具体化してくる。諭吉の最晩年の思想は概略次のようなものであった。

大日本帝国を世界帝国の一つたらしめるステップを踏み出す。このために、帝国主義と超国家主義という二つのモメントを互いに有機的に絡み合わせる。つまり、帝国主義的な領土拡張によって日本の防衛線をできるだけ本土から遠隔の地に引き、これに超国家主義を抱き合わせ、天皇制には本土中心から超国家主義の「人心収攬」機能を照射し、大日本帝国の末端まで及ぼすという構想である。諭吉は、隣接する台湾、朝鮮、中国を三様に分析し、三様に支配することを提言し、西洋帝国主義よりもずっと日本帝国による植民地経営が効果的に経営できると述べた。すなわち、台湾については「蛮族」を排除し、経営の要点を日本人が握り労働力は本土から植民化する。朝鮮については、通信、鉄道網に先行投資し、原住民を雇用する方式をとる。最後に中国に対しては、中国人を「蛮民」から区別し、国風の由来と人情風俗をよく熟知して支配すべきだというのであった（「土地は併呑す可らず国事は改革す可し」「台湾割譲を指令するの理由」、⑭四三六、六六〇頁、「支那分割後の腕前は如何」⑯二二〇頁）。

諭吉は日本帝国の版図を、大英帝国のインド支配とアメリカによるハワイとフィリピンの占領、およびロシアの存在を与件とし、そこにぎりぎり迫っていくように東アジアを順次植民地化するという考えで描いていたようである（「米西戦争及びフィリピン島の始末」「帝室の財産」、⑯四一四、六八五頁）。『福翁自伝』の末尾において諭吉は、「日清戦争など官民一致の勝利、愉快とも難有とも言いようがない。……実を申せば日清戦争何でもない。ただこれ日本の外交の序開《じょびら》き」（⑦二五九頁）でしかないと豪語した。「序開き」の先にあったものは、一九四二年の大日本帝国の版図に限りなく近い、台湾、朝鮮、中国を支配下に置く一種の大東亜共栄圏論の先取りであった。

以上のような諭吉の思考様式の変遷は彼自身の独創によるものである。しかしだからといって単独で可能になったものとはいえない。諭吉は各界要人と緊密に連絡を取りながら、支配階級の中の司令塔として活躍したことを見落とすことはできないであろう。伊藤博文、大久保利通、大隈重信、岩崎弥太郎、荘田平五郎（三菱）、中上川彦次郎（三井）、渋沢栄一、松方正義、松田道之（琉球処分を行った官僚）などへ送った私信には、ほとんど全方向に及ぶ勧告、指令、注意喚起があり、政財官、知識人などと協力しながら政治経済上の戦略を諭吉がいかに精力的に練っていたかがわかる。

思考様式の変遷は、順序を追ってまことに論理的に透徹した形で進行した。これは諭吉が近代社会の論理を実に内在的に洞察していた結果と言える。佐幕派から転換した後の諭吉は、西洋派に変身したとは言え、社会矛盾がいよいよ激烈になるにつれて西洋化を採用しながらも、西洋文明を手段化し、日本独特の体制の構想を次々に打ち出し、しかも欧米帝国主義の手法を踏まえて大東亜共栄圏の萌芽を構想する地点まで到達した。

図3　諭吉の思考様式の変遷図

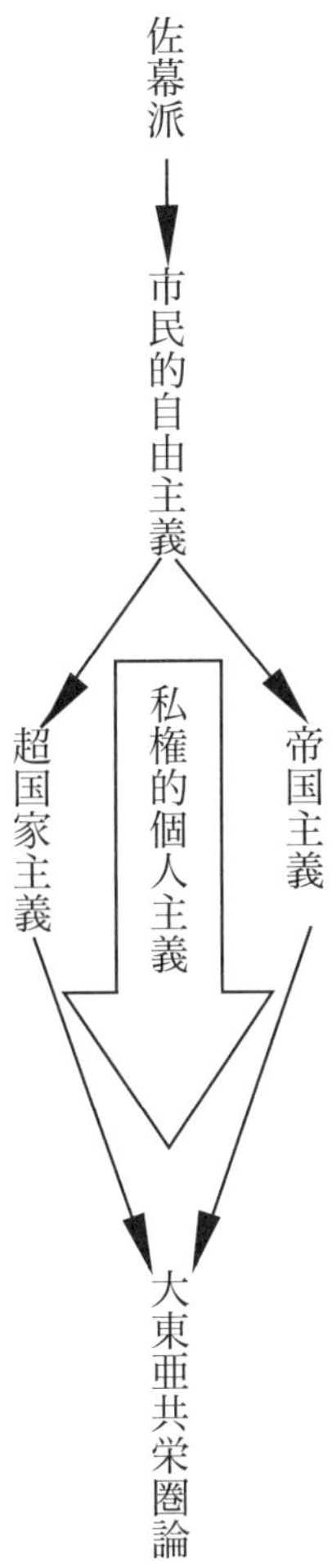

これらの多様な思考様式を貫いているものがあるとすれば、それは彼の「私権的個人主義」である。一切の対外的対内的戦略はことごとく私権（私有財産制）を防衛するための工夫であったからだ。状況を見ぬくおそるべき機敏さで、近代化をふまえて自在な理論展開を行ったというべきである。佐幕派思想から市民的自由主義へ、さらに帝国主義と超国家主義から大東亜共栄圏論の萌芽へと至る、実に独創に富む思想展開は、おそらく誰にも真似することができないほどの質量をもつ。諭吉の思考様式は、わずか三五年間で、驚くべき変貌をなしとげた（図3）。

漱石の思考様式の変遷

これにたいして、漱石はどうであったか。漱石にも、諭吉に匹敵するような思考様式の変遷が見られる。それは、佐幕派的視座→社会進化論→社会的自由主義→自己本位的個人主義と定式化できる。

まず佐幕派的視座の段階について。名主の家に生まれた漱石は、生誕と同時に近代化の波に飲み込まれ、没落に直面した。養子に出されたり、実家に戻ったりした彼の不幸はこの没落と密接に関わっていた。幼い漱石は、名主の状況変化に後手後手の対応を迫られた実の父母や義理の父母の身勝手に翻弄された。漱石は月並みに親から可愛がってもらえなかった不幸から大人のエゴイズムを感じ取った。しかし、この深い背景を探求すると、明治近代化が旧封建層やそれに付属していた名主階層を没落させたことへいきつく。

まだ少年であるにもかかわらず、感じ取ることが人並み外れて多かった境遇を考えて、漱石の思考を佐幕派的視座と規定しておきたい。視座というのはまだ思想まで届いていないが、時代の動きにたいしてなんとなく恨みがましく、厭世的で、不愉快な気分で家族や世の中を見ていた、という程度の意味である。一〇代の漱石は、この事態から距離を取るかのように漢学を学び、少しずつ主体的な態度を身につけた。

二〇代に佐幕派的視座から社会進化論へ移行する。帝大時代の知的雰囲気はH・スペンサーら市民的自由主義の流れを汲む社会進化論の影響が強かった。一八八一年スペンサーの『社会平権論』（『社会静学』）およびダーウィンの『人祖論』（『人間の進化と性淘汰』）が翻訳され、八二年加藤弘之の『人権新説』が出ている。「スペンサーの輪読番人」と呼ばれた外山正一《とやままさかず》が一八八六年に帝大文科大学長、加藤が一八九〇年に帝大総長となったのは、それぞれ漱石の在学中である。漱石はスペンサーの本を太田達人から借りて読んだと記録されている。また荒正人の指摘によると、留学直前に熟読したと言われるスティーヴンの『一八世紀イギリス思想史』（一八七六年）も基本的に思想の変化を社会進化論で説明するものであった。

このように見ると大学から留学までの時期の漱石は、大枠では社会進化論的な発想をもちつつ、東洋思想と西洋思想の位置づけについて思考をめぐらしていたと推定できる。ただし、漱石は国家主義的サークルと決別したり、戸籍を移したりしているので、社会進化論の国家主義的な形態とは一線を画していた。

帝大卒業後、松山中学や熊本高校で英語教師として働いた時期には、教師の勤めと並行して『ホトトギス』に原稿をおくったりしていたがまだ思想的に覚醒した様子はない。

だが、社会進化論はロンドン留学で大きく変化する。漱石がロンドンに留学したのは、日清戦争と日露戦争の間の一九〇〇〜一九〇三年であった。日清戦争当時、反戦論は勝海舟のそれを除いてほとんどなかった。しかし、漱石の感覚は海舟に近い。たとえばロンドンの日記にこう書いている。「日本人を観て支那人と云はれると厭がるは如何、支那人は日本人よりも遥かに名誉ある国民なり、只不幸にして目下不振の有様に沈淪せるなり、心ある人は日本人と呼ばるゝよりも支那人と云はる、を名誉とすべきなり、仮令然らざるにもせよ日本は今迄どれ程支那の厄介になりしか、少しは考えて見るがよかろう」（一九〇一年・明治三四年三月一五日、⑲日記、六五頁）。

日清戦争後に書いていることに意味がある。漱石は国費で英文学研究を目的に留学中の身であるが、西洋の視点を内面化し、日本を中国の上に置きたがる傾向に対して、反感をもっているわけである。中国人を見下すのはいけない、いや中国人と見間違われることを名誉と感じるべきだと思っているわけである。中国は「目下不振」であるにすぎない。西洋と中国に対して等距離で見ていこうとする主体性を漱石は堅持しようとしていた。

日露戦争までの戦間期に、内村鑑三の不敬事件、田中正造の足尾鉱毒事件など富国強兵路線への不満が蓄積し、反戦論は準備されていた。帰国後の漱石は、こうした空気を吸いながら『猫』を書いている。「此猫は向三軒両隣の奴らが大嫌だそうです」（一九〇五年、㉒書簡４００）とは対世間的な不愉快感を猫に託したものではなかろうか。自分を取り巻いている向こう三軒両隣とは、あるいは、西洋が先導し、そこへロシアや日本が名乗りを上げている国際情勢を指すのであろうか。一九〇二年、日本はイギリスと日英同盟を締結し、〇四年にはロシアの南下を阻止する帝国主義戦争に参入していった。猫はそれを嫌っているかに見える。

漱石は、西洋が力を独占して後進世界を振り回す、その中核都市ロンドンにいるが、頭の中には一種の東西思想の並立状態がまだあった。漱石が留学している理由は、英文学の良し悪しを判断するためである。にもかかわらず、西洋中心主義の批評に従うのがよいことなのかどうかという疑念が、あの並立状態から見て、浮上してきた。たしかにこれまで学んだ社会進化論に従えば西洋が一番強いのであるから、批評もこれに追随しなければならない。西を善とし、東は悪となるしかない。だが、文芸批評も弱肉強食の基準で考えるしかないのだろうか。もしもたまたま強い国力をもつ文学が他を圧倒するというだけであるなら、普遍的な良さというものは存在しないことになってしまう。こうした反省を行う程度には東洋へのシンパシーが漱石にあった。

物事を等距離で公平に測るための普遍的な価値基準をどうやったらつくりうるのか。このことが漱石にはわからなかったのだ。文芸上の良し悪しをどうやって公平に論じうるかという問題は、文芸評論という狭い範囲を超えて、もっと大きな世界観上の物の見方の一部に過ぎないと漱石は気づいていった。自分は無根拠に生きているという自覚が高じて、前後不覚に近い異様な精神の緊張状態におかれた。本当に発狂すれすれになるほど彼は追い詰められたのかもしれない。

行き詰った彼は、英文学研究を一旦捨てて、社会学と心理学の研究に没頭した。これはどういうことであったのだろうか。東西の世界を一個の世界史的な視座で歴史社会的に位置づけてみたいと思ったのだろう。世界における個々の社会の仕組みと成り立ちとを社会学から学び、この動向のうえに心理学から得られる精神ないし意識の研究成果を乗せてみる、という研究の方法である。こうした、一種の社会史的意識論の方法によって、歴史社会の構造と意識（個人意識と集合意識）を関連づけつつ総体的につかもうというわけだ。これが漱石の編み出した手探りの一手であった。

前後不覚で、自分を信じられないとき、人がどうやってそれを克服していけばよいかについて、漱石はひとつのお手本を示してくれている。漱石くらい自分を疑い、突き離し、前後不覚をくぐると社会学や心理学が理解できるのである。漱石は「自己本位」を設定するために、普遍的基準を求めて一旦社会学と心理学をくぐり抜け、このくぐり抜けの結果「自己」の台座のようなものを見つけたのである。

社会進化論↓社会的自由主義という移行は、社会学と心理学の勉強に負うて漱石が一挙に世界的な水準に追いついたことを意味する。ちょうどイギリスの世紀転換期の論壇は自由放任的自由主義（社会進化論）から社会的自由主義への激動期にあった。漱石が読んだヨーロッパ社会学は、スペンサーやスティーヴンから、ルトゥルノー、クロージア、ホブハウス、キッドなどへ移行していた。社会進化論は社会的自由主義で根本的に修正されたのだ。心理学の方面では、モーガンやジェームズの意識の波（流れ）の理論を学んだ。

漱石が得た答えは、こういうことだった。人間の意識には二つの極がある。一方には個人意識があってこれは、いわば点か線のような断片的で時間的にも短く変転極まりないものである。他方集合意識は、人びとの個人意識が共通の焦点をもつことで均されたものを指し、長期的に変わりにくい構造性をもつ。両極はつながっており、個人意識が集合意識へ積分化したり、反対に既成の集合意識がこなごなに砕け散って微分化する。このような両極へ大きな影響力を与えているのが社会史的な発展である。歴史的社会的舞台の上に生きる人々の意識は相互に反照しあい、ダイナミックに浸透しあう。この相互作用を把握することで自分の意識の位置を知ることができるはずだ。

要するに社会史的な変動過程のなかに自分の意識を位置づければ、「自己」にかなり近づけるのではないか、ということである。漱石は、社会学と心理学をこのように複合的に組み合わせて、一種の社会史的意識論とでも呼ぶべき理論的な枠組みを独自に作った。すると「自己」を以前よりは広い歴史的、社会的文脈に位置づけることができたのだ。かなり普遍的に意識（個人／集合）をつかめるようになるのである。一九〇二年の「大著述の構想」は漱石の知的興奮を示す。この「構想」において漱石は、社会史という土台に集合意識および個人意識を対応させ、近代の総体を見るという考え方をつくったのだ。『文学論』のF＋fの定式はむろんこれを小説の普遍性として圧縮したものである。

ところで社会的自由主義は、一九世紀社会進化論への批判である。社会的自由主義は、国内的、国際的な「生存競争」が必ずしも人間性の発展をもたらさないことを暴露するとともに、福祉国家と国際協調を構想した。これによって、環境変化を後追い（適応！）するしかないと見られていた人間は、かえって生存競争を抑制することさえ行いうる主体となってくる。だから主体性の度合いがずっと高まる。漱石は断然そういうものを好む。「今に人間が進化すると、神様《かみさま》の顔へ豚《ぶた》の睾丸《きんたま》をつけた様な奴ばかり出来て、それで落付《おちつき》が取れるかも知れない」（『虞美人草』、④三四九頁）。漱石は、スペンサー流の、生存競争で環境にフィットしたものが生き残るという考え方を攻撃している。

だが、生存競争、適応、弱肉強食、細分化などへの批判はさらに一歩掘り下げられていった。一九〇三年に日本へ帰国した後、彼は帝大の講師になった。ここで漱石は英語入試委員嘱託拒否事件を起こした。文学部教授会と漱石の対決である。この体験をもとに『坊っちゃん』が生まれた。これは、佐幕派的反近代化の気分で赤シャツや野だいこなどのような近代派の連中を懲らしめて溜飲を下げるものだ。帝大教授会の権威主義を松山の中学に舞台を換えてあてこすった作品であった。

しかし、それだけで問題は終わらなかった。漱石は、入試委員嘱託拒否事件で問われていた問題から、「生存競争の抑制」につらなるもっと根源的な問題をつかみだした。賃労働の問題がそれだ。それは搾取の問題というよりも、上の者が下の者を管理する、近代的上下関係の問題である。つまり、近代社会が市民社会と階級社会の合成であるとすれば、民衆が自己を失う理由が賃労働の管理論的な深みからえぐりだされるのである。これは社会的自由主義よりも進んだ、漱石独自の発見である。

事件を通じて、日本近代化の過程に巻き込まれた民衆たちが見えてくる。日本の民衆は資本家、地主、名望家などの下にはいつくばって、しかも、どこへも逃げられないような人々なのだ。漱石の思考様式が、社会進化論↓社会的自由主義へ移るにつれて、「生存競争の抑制」の主体が次第に管理論的な深みから再考されていった。漱石はF＋fの定式を使いこなして、小状況を大きな歴史的舞台に乗せて描いた。

すでに述べたように、作品は三つの論理系列を濃淡をもって、あるいはそれらを総合して描くものであった。近代批判の三つの類型もここからでてきた。貫くべき「自己」は、漱石自身の「自己」概念の深まりにつれて変化する。「自己」は社会史的な脈絡の中で「利己」との対決を鋭角化するべきものである。近代化に乗り遅れた「坊っちゃん」的ヒーローは痛快ではあるが限界を持つ。漱石に近い高等遊民たちは頭は良い（利己への批判は持つ）かもしれないが行動を伴わぬために時代に押し負けてしまう。では何が本当に「自己」の発生根拠となるのか。ヒーローは後ろでもなく前でもなく、下、つまり近代階級社会の底辺にうごめく無数の民衆に求められていくのである。ただし漱石自身は一介のインテリにすぎない。しかし漱石は、帝大講師のときの体験から「自己」と賃労働との対立を独特なかたちで理論的に把握した。それゆえ社会的自由主義に賃労働批判を付け加えるという理路で民衆に感情移入できるようになったのである。

漱石の関心は、心理―倫理的な主体性である。人真似でない芸術批評の基準を探究するうちに漱石は「自己本位」という言葉をつかんで強くなった。「汝なにするものぞ」と思えるようになった。だが、もっと「応用」的な意味がある。社会進化論が描いた弱肉強食の世界でいつもおどおどして生きていくのは嫌だという考えは、さらに近代的な管理の中で「自己」を喪失することを拒否するということにつながる。「私の個人主義」はこのように、たえず現実に向かって「自己本位」を開く強力な原理である。漱石自身もこの可能性を汲み尽くしきれぬままであったかも知れない。それをここで「自己本位的個人主義」と呼びたい。

諭吉と漱石の思考様式の変遷は鋭い対照を持つ。諭吉は啓蒙思想をいち早く知ったが、同時にそれをすぐに捨てざるをえなかった。幕府の通訳士から私塾経営者になったあと、慶応義塾と『時事新報』の経営者になり、一大人脈を構築して政財官マスコミ界に巨大な影響力を持つに至った。彼の市民的自由主義は絶えざる激動の中で一方では帝国主義、他方では超国家主義を内在的に生みだした。さらに八〇年代半ば以降、両モメントを相互に有機的につなげる、いわば大東亜共栄圏論の萌芽へと転化していった。いずれも「機を見て敏」な賢さに恵まれた支配者層の陣営に生きたことの反映である。ここに通底するのは「私権的個人主義」である。勝海舟の諭吉評価はそこを突いている。「諭吉カへ。……相場などをして、金をもうけることがすきで、いつでも、そう云うことをする男サ」(勝海舟『海舟座談』)。海舟らしい観察である。

これにたいして漱石は、近代化と戦争の連続のなかから啓蒙思想の内実をつかみだした。ルソーやカントが小経営者的な古典近代の時期に啓蒙理性の内実を考えたとすれば、漱石は同一の思想を資本主義的近代化に突入した火中から拾った。「自己本位」とは啓蒙思想のなかにわずかながらあったもののことである。自分の本領を自分で決めるという理念は小経営者に起源を持つがゆえに小経営とともに近代化で消えていくものだ。しかし漱石は、消えつつある「自己」を、最初は知識人的につかみ、さらに賃労働の立場からつかみ直し、「自己本位」を文芸論の狭さから解き放った。

「自己」というものはたんなる人格、個性、その人らしさなどというものよりももっと根源的な何かである。それは世界史的近代を照射できる光源であって、資本が主体となって動かしている世界をカッコに括ることのできる最も深い審級なのである。「利己」は世界に振り回される。しかし、「自己」は、この世界を止め、組み換えることさえできる。

諭吉の反権威主義は、依拠する歴史認識が二段階論なので、近代主義で止まってしまうが、漱石の反権威主義は、歴史認識が三段階論になっているので、近代批判までカバーできるようになっている。

図4　漱石の思考様式の変遷図

佐幕派的視座
↓
社会進化論
↓
社会的自由主義
↓
自己本位的個人主義

漱石のエゴイズム批判は、一九三〇年代に明確になってくる「経済人（諭吉の私権的個人主義）の終焉」の問題を、J・M・ケインズやP・F・ドラッカーよりもずっと早く、しかもすぐれて心理─倫理的な視角でとりあげるものであった。漱石は、「自己」を「利己」から腑分けすることによって、市民社会の原理念の将来的再建（第二フランス革命）という目標を設定する、自己本位的個人主義へ到達した（図4）。これは内容的には、社会的自由主義の世界史的水準を踏まえて、ほとんど社会主義の間近まで接近したものだった。

12　散歩をしよう

諭吉のウォーキング健康法

二人とも好んで散歩をした。諭吉は、一八九八年（明治三一年）九月二六日六五歳の時に脳出血症を発し、約三ヵ月でほとんど全快したあと、健康のために散歩を始めた。「宵は早く寝て朝早く起き、食事前に一里半ばかり芝の三光から麻生古川辺の野外を少年生徒と共に散歩して、午後になれば居合を抜いたり米をついたり……一日も欠かしたことはない」。諭吉はこの集団散歩を「散歩党」と称し、ときには二〇人に及ぶこともあったらしい。現代のウォーキングにも連なる、健康のための散歩を実践した先駆者であった。詩が残っている。「一点の寒鐘、声遠く伝う半輪の残月、影なお鮮やかなり　草娃竹策、秋暁を侵し　歩みて三光より古川を渡る」（『自伝』、『福澤諭吉全集』⑦二五八頁）。

路上、様々な風物を見ておしゃべりをしながら歩くのが大好きであった。いろいろな風物に出くわす。ときには元武士の没落者や女乞食に会うこともあった。このあたりが分け隔てなく誰とでも気軽につきあえる諭吉の開けたところである。元武士には涙を流し、乞食には金を与えたこともあるという。パーソナルな場面での、こうした人間交際の実践を平気で行うことのできる人間であった。

漱石の散歩は活力消耗論の実行である

漱石も散歩が好きであった。彼もまた「散歩党」という言葉で誘い合ったりした。散歩とは何か。漱石によれば「吾々が毎日やる散歩という贅沢」は「要するにこの活力消耗の部類に属する積極的な命の取り扱い方の一部分」である。「好んで身体を使って疲労を求める」のは、自動車や電車に頼ることなく「是非今日は向う迄歩いて行きたいという道楽心」の発現であるという(『漱石全集』⑯四二四頁)。だから、歩きながら漱石は文明形成の二原理のうち、いまはあえて「活力節約」と対立する「活力消耗」の行動を選んでいるのであって、これこそ「自己本位」(すなわち職業に対する道楽)だと考えていたわけである。

諭吉ほどには大人数を好まない。数人の友人を連れて早稲田から東へ進み、上野から隅田川へ出て南下し、佃島を回って帰ってくるほどの健脚であったらしい。『三四郎』に「君、この辺に貸家はないか。広くて、きれいな、小生部屋がある」「いやきれいなのがある。大きな石の門が立っているのがある」「そりゃうまい。どこだ。先生、石の門はいいですな。ぜひそれにしようじゃありませんか」と与次郎は大いに進んでいる。「石の門はいかん」と先生が言う。「いかん？

そりゃ困る。なぜいかんです」「なぜでもいかん」「石の門はいいがな。新しい男爵の様で可《い》いぢゃないですか、先生」「与次郎は真面目《まじめ》である。広田先生はにや〳〵笑ってゐる」（⑤三四九頁）とある。その場所は千駄木から上野へ出る界隈であった。あるいは「大きな黒い門がある。与次郎が、ここを抜けて道灌山へ出ようと言い出した。抜けてもいいのかと念を押すと……誰でも通れるんだからかまわないと主張するので、その気になって門を潜って、藪の下を通って古い池の傍まで来ると、番人が出てきて、大変に三人を叱り付けた。其時与次郎はへい〳〵と言って番員に詫《あや》まった」（⑤三五五頁）などと書いている。

立派な門構えのある家の観察を漱石は散歩で得た。無縁坂にある岩崎弥太郎邸は、最盛期には一万五〇〇〇坪の敷地に二〇棟の館を誇った。白亜の殿堂と呼ばれ、高くて長い壁と石の門があった。他にも漱石自身の手紙に「僕は散歩して赤坂田町の方や大倉喜八郎の邸の周囲や芝公園や烏森や木挽町や色々な知らない所を歩いて面白がってゐる」（㉓書簡１４３１）とある。大倉喜八郎邸とは当時の大倉財閥オーナーの邸宅を指す。漱石は、散歩をしながら大邸宅をみつけると悪戯を好んだ。豪邸に忍び込み、様子をうかがうのである。豪邸をねらったり、偶然見つけたりして、散歩することを好んだ。番人が出てきて叱りつけたり、犬が吠えたりで追い出される。それで飛び逃げたりすることが好きだったようだ。広田先生が男爵風の石の門を嫌う理由も漱石自身の体験から書いたのであろう。

三田の豪邸に住んでいた諭吉にとってべつだん金持ちの家は珍しいものではない。反対

表　諭吉と漱石の社会認識対照表

	諭吉	漱石
出身身分	下級武士	名主
所属階級	社長	社員
物事を見る視点	上から	下から
近代社会	市民社会＋階級社会(階級社会の維持から照射される)	金力権力本位の社会(市民社会の原理念から照射される)
帝国主義 超国家主義	肯定	否定
理想的個人	私権的個人主義	自己本位的個人主義
未来の革命	否定	肯定
歴史認識	「前近代→近代」の２段階論	「前近代→近代→超近代」の３段階論

に、下層階級を見て回りたかったのではないか。激烈な明治近代化のなかで排除され、食い詰めているような人々が「貧にして智ある者」になりはしないかと諭吉は心配した。ましてや虚無党やソシアリズムに走ったりする者に対しては弾圧を論じていとわなかった。路上の一般大衆の所作や声を聞き、ときには最下層の者と語り合い、参与観察し、彼らの生きた心境を実地に聞くのが諭吉の散歩であった。諭吉の人間交際は、きわめて多次元的な、しかし、勝者の目線から射るような、やや「昆虫学的」な冷徹さをまとっている。諭吉の開けた態度と呼ばれるものの本質はそういう用心深い観察眼であった。

漱石は、やはり、諭吉とは違った散歩をした。散歩に同行した友人から「悟りとは何か」と問われて言下に「彼も人なり我も人なりと云う事さ」と答えて歩き続けたというエピソードは印象的である。金持ちの豪邸から追い出される悪戯を楽しみながら、漱石は人と人の対等平等とはどういうことか、考えていたような気がする。屋敷の奥に住んでいる上流社会の主人の顔を思い浮かべ、彼らとて所詮は自分と同じただの人ではないか、「汝何するものぞ!」と身構えているような、不敵な抵抗者の印象がここにある。

二人の思想は対照的であり、散歩もまた好対照だったのである。

おわりに

諭吉の全生涯をかけた近代日本最大の目標は「一国独立」であった。文明、一身独立、多事争論、脱亜等は所詮、最大目標である「一国独立」実現のために利用すべき、もろもろの手段でしかなかった。このことにたいする賛否をここでは脇に置いて、諭吉に内在して考えてみよう。

問題は、諭吉のめざした「一国独立」が適切に実現されたかどうかである。日米修好通商条約（一八五八年）は独立を阻む不平等条約だった。諭吉は条約改正のためには国力の強化しかないと考え、その基盤を追求したわけである。なかでも西洋への従属を退ける決め手はアジア侵略であった。諭吉は一八七四年台湾征討に際して勝ち取った清からの賠償金を使って「ナショナリチの基を固くし、此国権の余力を以て西洋諸国との交際上に及ぼし」ていくべきと論じた（「征台和議の演説」⑲五四一―二頁）。『概略』はこれを踏まえて戦争を自然状態とみなし、さらに脱亜（一八八五年）を掲げ、日清戦争へつき進んだ。旧日米通商航海条約（一八九四年）および諭吉死後の新日米通商航海条約（一九一一年）によって、対米従属は解消された。皮肉なことであるが諭吉の「独立」路線のもとでは、他者（琉球、台湾、大韓帝国）を従属させることなしには自国の独立はありえなかったのである。

日清戦争後の一九〇一年、諭吉は「日本外交の序開《じょびら》き」にすぎないと言い残して死んだ。日本は、諭吉の遺言に従うかのように、「序開き」からもっと先へと突き進んだ。国権の拡張は一九四二年の大日本帝国の最大版図となって実現した。晩年の諭吉の思想が大東亜共栄圏論の先取りであったことを考慮すると、草葉の陰で諭吉がこれを喜ばないはずはないと思われる。ところが、まさに国権が最大限に広がったとき、日本はドイツやイタリアとともに列強中最大の邪魔者とされ、ドイツが降伏した一九四五年五月以降は、単独で二〇世紀の覇者アメリカと「最終決戦」へ臨まざるをえなくなった。

その「悲劇」はよく知られているとおりである。アメリカは一九四二年にミッドウェー沖海戦で日本に勝利し、南方海域の島々でも撃破を続け、ついにテニアン、グアム、サイパンを接収したあと一挙に日本本土空襲を行い、広島、長崎への原爆投下を断行した。日本民衆にとって悪夢のような敗戦となった。

戦後世界の世論は、日本をアメリカの従属下に閉じ込めることを概ね歓迎した。日本はドイツのように四つに分断されたわけではなかったが、沖縄と本土へ二分割された。沖縄は一九七二年までアメリカの植民地にされたままであった。本土は連合国による七年に及ぶ占領後一九五二年に「独立」を回復した。しかし、日本の「独立」は名目にとどまる。安保条約に付随して、米兵の犯罪を裁くことができない日米地位協定（一九五二年）を締結したからである。明治政府が苦しんだような不平等条約が再び構築されたというべきかもしれない。

アメリカは、戦後アジア戦略を実行するために日本の基地を自由に使わねばならない。そこで資金技術援助によって世界規模での経済成長軌道の中に日本を取り込み、この一環で日本政府を事実上の傀儡《かいらい》国家へと作りかえようと試みた。戦後日本国民は、敗戦から大きな衝撃を受けた。そしておおむね戦後民主主義を受容した。六〇年安保闘争が示したように、戦後民主主義は日米安保体制の枠組みそのものを左右するほど高揚したこともあった。しかし、国民は、紆余曲折はあるものの、傀儡国家と化した日本政府が敷いた経済成長路線におおむね「順応」した。この結果日本の民衆は、帝国臣民《ていこくしんみん》から離脱し、徐々に傀儡国民《かいらいこくみん》へと変貌したと言うべきである。

諭吉をはじめとする明治のリーダー層は、それまで幕藩体制のもとに閉塞していた日本の民衆を帝国臣民につくりかえた。帝国臣民は「独立の気概」を求め、帝国主義と超国家主義を受容した。そしてアジア侵略によって対米従属の不平等条約をついに撤廃するところまで達した。これが諭吉の『文明論之概略』に淵源し「脱亜論」に具体化される「国権皇張」路線であった。

しかし、皮肉なことであるが、西洋諸国と同様のやり方でアジアを処分する「国権皇張」路線は、それ自体が英米帝国主義との真正面からの闘争をもたらすことになった。これが日清戦争、日露戦争、韓国併合、満州事変、太平洋戦争へ連なる、戦争の時代であった。敗戦後、日本の民衆像が大きく変貌したことは論じたとおりであるが、一九五一年のサンフランシスコ講和条約と日米安保条約体制のもとで、アメリカは沖縄に基地を集中させた。一九九五年に起こった沖縄の米兵少女暴行事件をもし諭吉が見たならば、おそらく怒髪天をつくほど激怒したにちがいない。

しかし、一八五八年に締結した不平等条約を廃棄しようとする明治政府の「国権皇張」の努力が、ひと回りして、現在の対米従属の日本をつくったものだとすれば、諭吉の怒りは天に唾するものとなってしまうだろう。こうして、日本という国は、一方では諭吉が主唱した帝国主義や超国家主義を再び採用することはできないが、かと言って、一国独立の展望を捨てることもできないという、進退に窮するジレンマにさいなまれているわけである。

諭吉は、明治の不平等条約（対米従属）に関して「日本国が朝鮮国に対するの関係は、亜米利加国が日本国に対するものと一様の関係なりとして視る可きものなり」（「朝鮮の交際を論ず」⑧二九頁）と書いた。そこで諭吉が考えたことは、「圧政も我身に受くればこそ悪《にく》むべしと雖も、我より他を圧政するは甚だ愉快なり」（⑧四三六頁）ということであり、このメンタリティーこそが「国権皇張」を推進させるものとなった。戦後民主主義は、「国権皇張」が悪の根源であったと認めて諭吉の「一国独立」を「国権皇張」から切り離した。それは正しい。しかし、諭吉の全思想は目標としての「一国独立」を手段としての「国権皇張」と結びつけたものであったから、両者を切り離してしまうと、いかにして独立を達成すべきかにかんする展望を失わざるを得ない。諭吉の全思想はみごとに空中分解せざるをえないわけである。

戦後の日本政府や国民は、帝国主義や超国家主義を公然と肯定することはできないが、独立への意思を公然と発言することもできない。たとえば、二〇一二年は独立回復六〇周年であったにもかかわらず、いかなる独立回復記念式典も開催されなかった。そこで翌年、政府は実態にそぐわない主権回復式典を強行したところ、沖縄市民主催の「屈辱の日」集会が参加者数において圧倒するという事態になった。日本政府が国民とともに独立記念式典を祝えないのは、二つの壁があるからだ。一つは沖縄基地問題、もう一つは3・11原発事故である。これらはアメリカの核の傘のもとでの経済成長路線に対応するものであって、漱石風に言うと、戦後日本の「無意識な偽善」と言うべきものである。

現代日本はどういう社会であるのか。諭吉を近代化の師とするにもかかわらず、当の諭吉の最大の目標である「一国独立」を実態において否定せざるをえないという逆説である。むろんこのことに気付いた人々は戦後史上に少なからず存在した。だが諭吉の目標を継承したのは、本来彼に近いはずの自由主義者（右派）や保守主義者では決してなかった。自由主義者や保守主義者は一九五一年の安保体制を支持した。ゆえに「一国独立」を熱心に主張したのは当時のリベラル左派や社会主義者たちとならざるをえなかった。とりわけ社会主義者たちは、社会主義と非武装中立（憲法第九条）を手段に「一国独立」の構想を対置した。目標を「一国独立」とするならそれを実現するための手段は社会主義と非武装だと論じたのである。目標に限れば、諭吉の継承者は吉田茂ではなく宮本顕治だったのである。

「一国独立」という目標が日米安保によって形骸化され、反対側の社会主義勢力によって諭吉のめざしたところを継承するしかないという交錯は、近代日本思想の最も興味深いねじれというべきである。しかしここで、この思想史的ねじれの両モメント（「一国独立」と「社会主義」）の間で、漱石は興味深い位置に立っているのである。

漱石について、ここまで考察してきたことを近代日本思想史の文脈で再構成すると、次のように言えるであろう。

まず漱石は、諭吉の考えた「一国独立」がそもそも「本物の独立」なのかという議論を投げかけたのだというべきだろう。『現代日本の開化』は、近代日本思想史において、諭吉の「一国独立」の議論がそもそも疑わしいという論争を提起したものである。漱石によれば、諭吉が企図したような、西洋を範として独立と近代化を追うという構えは「畢竟《ひっきょう》皮相上滑り」と言わざるをえない。なまじ国家という間口を張れるだけに一層内部の人間が壊れてしまうのだと漱石は主張した。諭吉以降の一定の近代化の推進を見た上で、西洋諸国のような強者の真似をして日本を鋳型にはめる近代国家作りや帝国主義化はことごとく日本の主体性を剥奪するものだと批判したのである。むろん漱石は、「独立」という目標自体を捨てたわけではない。新しい独立概念を持ち込んだというべきである。それは「皮相な独立」から「本当の独立」へと特徴づけることができる。

そこで、漱石流の「本当の独立」を実現するためには諭吉が選んだ「国権皇張」とは異なる手段が対応しなければならなかったはずである。諭吉が掲げた「国権皇張」を細かく砕いてみると、市民社会＋階級社会論、市民的自由主義、帝国主義、超国家主義、そして大東亜共栄圏論であった。そしてこの根底には私権的個人主義があった。これに対して漱石は諭吉の理論的土台そのものを徹底的に破壊し、社会的自由主義をベースに「自己本位的個人主義」へ接近する道を対置したわけである。

「自己本位的個人主義」を実現する手段は、階級社会に対抗する市民社会の実質化、「第二フランス革命」、反帝国主義、反天皇制、互恵的な国際的秩序の尊重（「彼も人なり我も人なり」）である。これが諭吉に対する漱石の抵抗のスタンスである。

では漱石の社会主義への関係はどうなるのか。漱石がマルクスについて論じた箇所を見ればわかるとおり、親社会主義的であるとの解釈は否定しえない。しかし、漱石がいかなる意味において親社会主義的だったかを考えていくと、近代日本の社会主義とは本質的に異なる思想を抱いていたというべきである。すなわち漱石は一九〇二年頃、すでに「剰余価値」「独占資本主義」などの概念で資本主義の終末を見通しうることを知っていたが、次の革命にかんして「社会主義革命」とは呼ばず、「第二フランス革命」と規定していた。漱石はフランス革命（市民社会）の原理念のやり直しを考えていたわけである。大方の社会主義思想は、ブルジョア個人主義を否定して人民的集合主義に置き換えようとした。これにたいして漱石は、あくまで個人のあり方に定位し、啓蒙思想の原理念（自由・平等・自立）をどう再建するかに焦点を絞りこんだ。人間が、国際的にも個人的にも、いかにして近代化を乗り越えうるかという作業を、三つの近代批判の類型で具体化し、『現代日本の開化』『私の個人主義』および絶筆となった『明暗』において、ついに内省的な利己主義《エゴイズム》批判を超えて、「自己本位」の可能性を下等社会の自己発展のうちに求めたのである。

このような理路を通って漱石は、社会的自由主義から社会主義の間際まで近づいたのであって、すぐれて心理—倫理的な次元から〈自己と社会〉の関係を考えたと言えるだろう。あえて要約すれば、漱石が評価する社会主義とは、「第二フランス革命」の内実を持ちうるところの、「利己」から「自己」への概念的転換に基盤をおいた、「自己本位的個人主義」の徹底であるような社会主義だけである。

日本の社会主義は、残念ながら漱石の構想した「第二フランス革命」を探求するものではなかった。日本の社会主義は、一九一七年のロシア革命の影響をうけて本格化したので、ボルシェビズムの色彩に強く染まったものであり、したがって一切の個人主義をブルジョア個人主義と同一視して切り捨てるという基調にたっていた。漱石はブルジョア個人主義と対決する道を「自己本位的個人主義」に求めた。この思考様式の特徴があるから、個人抜きの集合主義に汚されることなく、あくまで個人に内在して「利己」から「自己」への転換を考える筋道を固守したのだった。漱石が構築した「自己本位的個人主義」は社会的自由主義から社会主義の入口にぎりぎりまで近づいたものであったが、一九一六年の彼の死によってそれ以上の展開は中断された。代わって一九一七年以降の社会主義は、木に竹を接ぐように、個人概念抜きの「人民」的集合概念に優先権を与えたのである。

「自己本位的個人主義」の重要性が明らかになってくるのは、むしろ戦後、東西冷戦をへて一九九一年のソ連・東欧崩壊によってである。漱石の思想を下敷きにしてみると、ソ連・東欧崩壊は「自己本位的個人主義」を欠いた社会主義の宿命であったことが見えてくる。ソ連が「人民」という集合概念の虚構性もろともに崩壊し、ただちにロシアが「私権的個人主義」まで舞い戻っていった理由は、漱石の「自己」概念がソ連にいかに欠如していたかを物語るものだ。およそいかなる政治体制のもとにおいてであろうとも、現代にあっては「自己本位」に定位できないようないかなる現代組織もまっとうな発展を遂げることはできない。この意味で、漱石は、現代の「一国独立」の基礎に「自己本位」という決定的モメントを据えるべきことを予言していたわけだ。もしそれを怠れば「滅びる」のだと。

それだけではない。漱石の「自己本位的個人主義」は、私権的個人主義の現代的バージョンである新自由主義《ネオリベラリズム》に対しても厳しい警告を投げかけている。

諭吉の時代は、西洋自由主義の全盛期である。だが漱石の時代は西洋自由主義が本格的に分裂・動揺を始めた時期である。このような世界史的環境の中に日本が同時代者として登場したのは日本近代化が産業資本の軌道を確立し、さらに帝国主義へ向かう一定の成熟による。このことは思想へとハネ返り、諭吉の思想が一人勝ちをしていた世界に漱石が正面から挑戦する環境ができあがっていった。「私権的個人主義」と「自己本位的個人主義」の分岐がここに発生する。「私権的個人（利己としての自己）」と「自己本位的個人（自己としての自己）」の対抗である。

一九九一年の冷戦崩壊以降の世界は、ちょうど、漱石が諭吉に挑戦をした当時の世界と酷似している。なぜなら、自由主義だけで構成された世界がリセットされ、これに対抗する思想を民衆がふたたび探し始めたからである。現代日本では個人論の基調には「私権的個人」論がある。だが、それにもかかわらず日本人の魂の深いところには漱石の「自己本位」論があって、長い間彼の文学の人気は衰えないのである。「私権的個人主義」のほころびが露になれば、魂のもうひとつの力が深い地下水脈を通っていつ浮上するかもしれない。

論吉が日本近代化をセットし、それが軌道に乗り、次世代のなかから漱石が出てきた。ここで漱石は、近代化を批判し、亡くなったのは五〇歳の誕生日を迎える直前であった。諭吉は佐幕派、市民的自由主義、帝国主義、超国家主義からついに大東亜共栄圏論まで押し進めた。漱石は、それらを胸の奥まで呼吸していたがゆえに、佐幕派的視座、社会進化論、社会的自由主義を踏まえて、社会主義をぎりぎりまで理解したうえで「自己本位的個人主義」のカードを切った。

両者の仕事を総体として見たとき、日本近代化開始わずか五〇年で、近代思想のほとんどの概念装置を二人は出しつくしたと言ってよい。ポスト冷戦期の思想空間において、諭吉と漱石の関係を再検討する必要が出てくる理由は、二人が協同で残した思想的岩盤の豊穣さにある。諭吉なくして漱石はなく、漱石なくしてまた諭吉もない。しかも二人の亀裂が析出することは避けられなかった。今後いかなる思想的立場を創造するにせよ、両者の対比から学ぶ者だけが新しいものへの足場を築きうる。この意味で、およそ一切の未来志向の理論と思想にチャンスがあるとしたら、両者の思想的遺産から再出発する以外ないだろう。このことは、今ようやく見え始めたところなのである。

諭吉・漱石年譜

年号 諭吉年齢	諭吉			社会史の動向
	個人史の動向	著作・活動		
1835年（天保5） 諭吉0歳	1月10日大阪中津藩蔵屋敷で生まれる			
1836年（天保7） 諭吉1歳	父死去。福沢家は中津藩へ帰る			
1849年（嘉永2） 諭吉14歳	漢学を学ぶ（「14、5歳のころには漢学者の前座くらゐにはなって居た」）			
1853年（嘉永6） 諭吉18歳	家計を助ける			ペリー来航
1854年（安政1） 諭吉19歳	蘭学を学ぶため長崎に行く			日米和親条約
1855年（安政2） 諭吉20歳	緒方洪庵の適塾に入学			パリ国際博覧会
1858年（安政5） 諭吉23歳	藩命により江戸に出る	蘭学塾を開く（慶応義塾の起源）		安政の大獄。 日米修好通商条約
1859年（安政6） 諭吉24歳	木村摂津守に紹介状を書いてもらい、従僕となる	オランダ語から英語に転向		露、仏、英、蘭、米との自由貿易
1860年（万延1） 諭吉25歳	咸臨丸で米国、ハワイ訪問	『増訂華英通語』		桜田門外ノ変

1861年（文久1） 諭吉26歳	遣欧使節団翻訳方になる。 諭吉、錦と結婚				米、南北戦争開始
1862年（文久2） 諭吉27歳	遣欧使節団一員として欧州7カ国を視察。 香港でイギリス人が支那商人を杖で追い出すのを見る				米英間のアフリカ奴隷貿易禁止条約。 奴隷解放宣言
1866年（慶応2） 諭吉31歳	前後数年外交文書を大量に翻訳	「長州再征に関する建白書」 『西洋事情初編』			薩長同盟。 英国金融恐慌
年号 諭吉年齢 漱石年齢	**諭　吉**		**漱　石**		**社会史の動向**
	個人史の動向	著作・活動	個人史の動向	著作・活動	
1867年（慶応3） 諭吉32歳 漱石0歳	幕府軍艦で渡米、米独立宣言草稿を見る。 謹慎処分を受ける		旧暦1月1日江戸牛込馬場下横町に、夏目金之助として生まれる		徳川慶喜、大政奉還上表を提出
1868年（明治1） 諭吉33歳 漱石1歳	8月、幕臣を解任される	5月、『西洋事情外編』 ウェーランド経済書を講義	塩原家の養子になる		明治維新
1869年（明治2） 諭吉34歳 漱石2歳			名主制度廃止、五十番組制度になり養父は添年寄、実父は中年寄世話係りになる		

1872年（明治5） 諭吉37歳 漱石5歳	三田慶應義塾敷地を私有地に買い受け	『学問のすゝめ初編』	漱石の養父塩原昌之助、二等戸長を任命される		土地永代売買の禁を解く。 琉球処分。 高島炭鉱で暴動
1874年（明治7） 諭吉39歳 漱石7歳		『明六雑誌』発刊 「征台和議の演説」 『文明論之概略』の執筆を思いつく	戸田学校に入学、二級進む		台湾征討
1875年（明治8） 諭吉40歳 漱石8歳	スペンサー、トクヴィルなど読む	『文明論之概略』	塩原夫妻離婚、漱石、塩原姓のまま夏目家に引き取られる		江華島事件
1876年（明治9） 諭吉41歳 漱石9歳	ミル『功利論』、スペンサー『第一原理』を読む	『学問のすゝめ』17編まで完結	養父昌之助、戸長を罷免される。 実父直克、区長から警視庁八等警視属となる		日鮮修好条約調印
1878年（明治11） 諭吉43歳 漱石11歳	東京府会議員に選出される	『通俗民権論』 『通俗国権論』	東京府より学業優秀につき表彰される	「正成論」	東京商法会議所設立認可
1880年（明治13） 諭吉45歳 漱石13歳	株式会社丸屋の株主になる	「民間経済録」	実家が火事にみまわれる		教育における欧化主義の批判
1881年（明治14） 諭吉46歳 漱石14歳	明治天皇に『時事小言』を献本	『時事小言』	漢学塾二松学舎に入学		明治14年の政変

1882年（明治15） 論吉47歳 漱石15歳		時事新報創刊。 「圧政もまた愉快なるかな」 「帝室論」 「東洋の政略はたしていかんせん」	二松学舎を退学		壬午事変
1885年（明治18） 論吉50歳 漱石18歳	時事新報の対韓対支強硬論にたいして政府取り締まる	「脱亜論」 「朝鮮人民のためにその国の滅亡を賀す」	東京帝国大学予備門予科（1984～）で受験準備		天津条約
1888年（明治21） 論吉53歳 漱石21歳	徳教論、国会論などを論ず	「尊皇論」	第一高等学校に入学 夏目家に復籍		市町村制
1889年（明治22） 論吉54歳 漱石22歳	憲法論、国会論、条約改正論などを論ず	「私権論」 「貧富痴愚の説」 「条約改正、法典編纂」	「漱石」の号をはじめて使う		大日本帝国憲法発布。 皇室典範。 民法典論争
1890年（明治23） 論吉55歳 漱石23歳		「尚商立国論」 「親孝行の話」 慶應義塾大学部設置	帝国大学文科大学英文科に入学。井上哲次郎の講義などを聴講。厭世感		第1回総選挙。 教育勅語。 商法公布
1891年（明治24） 論吉56歳 漱石24歳		「貧富論」 「三菱社」 「痩我慢の説」	「われこれに抗して工商の肩を持たんとす」		内村鑑三不敬事件。 足尾鉱毒事件
1892年（明治25） 論吉57歳 漱石25歳	「痩我慢の説」を勝、榎本に送る	『国会の前途』	ヘーゲルや東洋哲学を論じる。 北海道岩内に本籍を移籍、徴兵を逃れる	「老子の哲学」	民法施行を延期

1893年（明治26） 諭吉58歳 漱石26歳	鉄道論、道路論を論ず	『実業論』	文科大学卒業。 学習院への就職に失敗。東京高等師範学校英語嘱託教員に就任		小作争議頻発
1895年（明治28） 諭吉60歳 漱石28歳	台湾獲得、朝鮮クーデターを論ず	三国干渉に触れる記事で時事新報発行停止処分	英字新聞『ジャパンメール』の記者を志願するが不採用。 愛媛県尋常中学校英語嘱託教員に就任		日清戦争（94～）。 下関条約で台湾を獲得、台湾島民反乱、閔妃殺害
1896年（明治29） 諭吉６１歳 漱石29歳	台湾論、移民論などを論ず	「台湾の騒動」 「まず大方針を定むべし」	第五高等学校英語教師に就任。 鏡子と結婚		台湾総督府を設置
1898年（明治31） 諭吉63歳 漱石31歳	支那論を論ず	「米西戦争及びフィリッピン島の始末」 『福沢諭吉全集』発刊	鏡子投身自殺をはかり、救助される		米ハワイ、フィリピンを併合
1900年（明治33） 諭吉65歳 漱石33歳	井上哲次郎との道徳主義論争	『修身要領』	イギリス留学		田中正造、足尾鉱毒被災民の請願運動弾圧につき、国会で質問。 治安警察法公布。 ボーア戦争（1899～1902）長期化。 義和団事件
1901年（明治34） 諭吉66歳 漱石34歳	病状重く、天皇皇后両陛下よりお見舞いを下賜される。 ２月３日没	「瘦我慢の説（1891年執筆）」発表	池田菊苗が下宿に同宿する。 社会学、心理学書を読む。 一著述を思ひ立ち日夜読書とノートをとる。神経衰弱再発	福澤三八の留学生試験監督	片山潜、幸徳秋水ら社会民主党結成

年号 漱石年齢		漱石		社会史の動向
		個人史の動向	著作・活動	
1902年（明治35） 漱石35歳		中根重一宛手紙に著書の構想案を書く（マルクスへの言及）		日英同盟。 レーニン、ロンドンに来る
1903年（明治36） 漱石36歳		帰国。 第一高等学校、東京帝国大学講師に就任。 神経衰弱再発		国定教科書制度成立
1905年（明治38） 漱石38歳		英文学概論の講義	『我輩は猫である』	日露戦争（1904～） 桂・タフト覚書、 日露講和条約。 第二次日韓協約
1906年（明治39） 漱石39歳		入試委員嘱託拒否事件	『坊っちゃん』 『草枕』	東京市電値上げ反対デモ1600人
1907年（明治40） 漱石40歳		教職を辞任。 朝日新聞社に入社、東大講師解職願。 小宮宛手紙で朝鮮の王様は気の毒と書く	『虞美人草』 『文学論』	日仏協約。 ハーグ条約密使事件
1908年（明治41） 漱石41歳		エルトマン『カントの批判主義』を読む	『坑夫』 『野分』 『三四郎』	台湾縦貫鉄道開設
1909年（明治42） 漱石42歳		満州朝鮮を旅行	『文学評論』 『満韓ところ〴〵』の連載	日糖疑獄事件。 安重根、伊藤博文を射殺

1910年（明治43） 漱石43歳		石川啄木が社用を兼ねて見舞いに来る。 修善寺の大患。 ジェームズの『多元的宇宙』を読む。 森鷗外より『涓滴』を贈られる	『それから』	大逆事件。 韓国併合
1911年（明治44） 漱石44歳		博士号辞退。 ベルグソンを読む。 胃潰瘍再発。 「仏蘭西の革命を対岸で見てゐた英吉利と同じ教訓を吾々は受くる運命になったのだろうか」（日記）	『門』 「文芸委員は何をするか」 「道楽と職業」 「現代日本の開化」	日米新通商条約で日本は関税自主権を確立。 青踏創刊。 文芸委員制度公布。 辛亥革命。 社会主義冬の時代
1912年 （明治45／大正1） 漱石45歳		靖国神社能楽堂にて観賞。日記に「皇室は神の集合にあらず」と書く	『彼岸過迄』 『行人』の連載	清朝滅亡 明治天皇没
1914年（大正3） 漱石47歳		鷗外より『かのように』を贈られる。 北海道岩内より転籍し、東京府平民となる	『こゝろ』 「私の個人主義」	第一次大戦開始
1915年（大正4） 漱石48歳		「軍国主義論、軍国主義ハ方便、目的ニアラズ故に時勢遅れなり」（断片70c）「大我は無我と一ナリ故に自力は他力と通ず」（断片65）	『硝子戸の中』 『道草』	対中21ヶ条の要求。 大正教養主義の始まり

1916年（大正5） 漱石49歳		12月9日、胃潰瘍で没	『明暗』 絶筆	工場法施行
1945年				第二次大戦終了。 日本敗戦
1946年				日本国憲法発布
1951年				サンフランシスコ講和条約。 日米安全保障条約
1995年				沖縄米兵少女暴行事件。 日経連『新時代の日本的経営』
2011年				3・11東日本大震災・福島原発事件
2015年	諭吉生誕180年			
2016年		漱石没後100年		

注） 年齢は、誕生日時の満年齢
『福澤諭吉全集』年譜、『夏目漱石全集』年譜、荒正人『増補改訂　漱石研究年表』、『近代日本総合年表』岩波書店より作成

参考文献

福澤諭吉関係

『福澤諭吉全集』全二一巻・別巻、岩波書店、一九五八～七一年［巻数を○の囲い数字とした。また引用にあたっては適宜、現代語訳、ふりがなを入れた］。以下に、本書で参照した巻・収録論文を記す。

①『西洋事情初編』、『西洋事情外編』、③『学問のすゝめ』、④『文明論之概略』、「通俗民権論」、⑤「時事小言」、「帝室論」、⑥「尊王論」「痩我慢の説」、⑦『福翁自伝』、⑧「条約改正」「朝鮮の交際を論ず」「圧制も亦愉快なる哉」「豚が怖くて行かれませぬ（漫言）」「東洋の政略果して如何せん」、⑩「脱亜論」「国役は国民平等に負担すべし」、⑪「私権論」、⑫「貧富知愚の説」「尚商立国論」、⑬「貧富論」、⑭「土地は併呑す可らず国事は改革す可し」「台湾割譲を指令するの理由」、⑯「支那分割後の腕前は如何」「米西戦争及びフィリピン島の始末」「帝室の財産」、⑲『西航記』、「征台和議の演説」、⑳「御時務の儀に付申上候書付」「長州再征に関する建白書」「ひゞのをしへ」「試験問題」、㉑『修身要領』。

小熊英二『日本という国』理論社、二〇〇六年。

勝海舟『海舟座談』岩波文庫、一九八三年。

柴田德衛「江戸から東京へ――土地所有の変遷」『東京経大学会誌』第二五一号、二〇〇六年。

杉田聡編『福沢諭吉　朝鮮・中国・台湾論集』明石書店、二〇一〇年。

遠山茂樹『福沢諭吉』〈UP選書〉、東大出版会、一九七〇年。
平山洋『福沢諭吉の真実』文春新書、二〇〇四年。
丸山眞男『増補版　現代政治の思想と行動』未来社、一九六四年。
丸山眞男『「文明論之概略」を読む　上中下』岩波新書、一九八六年。
丸山眞男『福沢諭吉の哲学』岩波文庫、二〇〇一年。
安川寿之輔『日本近代教育の思想構造』新評論社、一九七〇年。
安川寿之輔『福沢諭吉のアジア認識』高文研、二〇〇〇年。
安川寿之輔『福沢諭吉と丸山眞男』高文研、二〇〇三年。
安川寿之輔『福沢諭吉の戦争論と天皇制論』高文研、二〇〇六年。
安川寿之輔『福沢諭吉の教育論と女性論』高文研、二〇一三年。
吉田傑俊『福沢諭吉と中江兆民』大月書店、二〇〇八年。
慶應義塾編『慶應義塾豆百科』慶應義塾大学出版会、一九九六年。

夏目漱石関係

夏目金之助『漱石全集』全二八巻・別巻、岩波書店、一九九三〜九年［巻数を□の囲い数字とした。また引用にあたっては適宜、現代語訳、ふりがなを入れ、ひらがなへの変換を行った］。以下に、本書で参照した巻と巻タイトルを記す。
1吾輩は猫である、2倫敦塔ほか　坊っちゃん、4虞美人草、5坑夫　三四郎、6それから　門、7彼岸過迄、9心、10道草、11明暗、14文学論、15文学評論、16評論ほか、19日記・断片　上、20日記・断

片　下、㉑ノート、㉒書簡　上、㉓書簡　中、㉕別冊　上、㉖別冊　中。

荒正人『増補改訂　漱石研究年表』集英社、一九八四年。

伊豆利彦『漱石と天皇制』有精堂、一九八九年。

内田義彦『社会認識の歩み』岩波新書、一九七一年。

江藤淳『漱石とその時代』1―5、新潮社、一九七〇―一九九六年。

大岡昇平『小説家夏目漱石』筑摩書房、一九八八年。

加藤周一『日本文学史序説　下』筑摩書房、一九八〇年。

黒田俊雄『黒田俊雄著作集』全八巻、法蔵館、一九九四―九五年。

小森陽一『世紀末の預言者・夏目漱石』講談社、一九九九年。

小森陽一『漱石論』岩波書店、二〇一〇年。

柴田勝二『漱石のなかの〈帝国〉』翰林書房、二〇〇六年。

柴田勝二『村上春樹と夏目漱石』祥伝社新書、二〇一一年。

鈴木信雄『内田義彦論』日本経済評論社、二〇一〇年。

スティーヴン、レスリー『十八世紀イギリス思想史　上中下』中野好之訳、筑摩叢書、一九六九―七〇年。

土居健郎『漱石文学における「甘え」の研究』角川文庫、一九七二年。

夏目鏡子談、松岡譲筆録『漱石の思い出』角川書店、一九六二年。

夏目伸六『父・夏目漱石』文藝春秋新社、一九五六年。

朴裕河『ナショナル・アイデンティティとジェンダー』クレイン、二〇〇七年。

半藤一利『漱石先生ぞな、もし』文藝春秋、一九九二年。

半藤一利『続・漱石先生ぞな、もし』文藝春秋、一九九三年。
半藤末利子『漱石の長襦袢』文春文庫、二〇一二年。
平岡敏夫編『夏目漱石研究資料集成』一―一〇、日本図書センター、一九九一年。
平岡敏夫『佐幕派の文学史』おうふう出版、二〇一二年。
牧原憲夫『民権と憲法』岩波新書、二〇〇六年。
松岡陽子マックレイン『漱石夫妻　愛のかたち』朝日新書、二〇〇七年。
三浦雅士『漱石――母に愛されなかった子』岩波新書、二〇〇八年。
水川隆夫『夏目漱石と戦争』平凡社新書、二〇一〇年。
ラッセル、バートランド、河合秀和訳『ドイツ社会主義』みすず書房、一九九〇年。
ルソー、ジャン＝ジャック、本田喜代治・平岡昇訳『人間不平等起源論』岩波文庫、一九七二年。
『新装版　文芸読本　夏目漱石』河出書房新社、一九八三年。
Crook, D. P., *Benjamin Kidd*, Cambridge University Press, 1984.
Crozier, John B., *Civilization and progress*, Longmans, 1898.
Hobhouse, Leonald T., *Mind in evolution*, Macmillan, 1901.
Kidd, Benjamin, *Social evolution*, Macmillan, 1898.
Kidd, Benjamin, *Principles of western civilisaiton*, Macmillan, 1902.
Letourneau, Charles, *Property: Its origin and development*, Scott, 1892.
Morgan, Conwy L., *An introduction to comparative psychology*, Scott, 1894.

あとがき

本書は、近代日本思想史にかんする私の初めての仕事である。二人の人間を比較する場合、「王と長嶋」「手塚治虫と白土三平」「中島みゆきと松任谷由実」のように、時代とジャンルを共有した人物なら、わりと論じやすい。これにくらべると「諭吉と漱石」はずっと座りが悪い。時代が違うし、思想界にあったとは言えるが政治評論と小説というふうにジャンルが違うからだ。

しかし、そういう違いがあっても、たとえば親と子を論じることはできる。「鳶が鷹を生む」とか「二代目は馬鹿息子」というような比較を私たちは常識的にやっている。またすぐれた二人の知性が異なる時代のなかで果たす役割を変えることを垣間見ることだってできる。時代とジャンルを共有していなくても、これはこれで別の面白さがあったりするのである。

というわけで、「諭吉と漱石」ならどうなるか、私は考えてみたかった。二人には親子ほどの年齢差がある。何といっても諭吉は堂々たる日本思想界の横綱である。三十年以上後で生まれた漱石は、双璧の横綱になってゆくべき人物ではあったが、後から世に出てくるので土俵がすでにできてしまっていた。だから最初は小僧でしかない。

功なり名を遂げた先行者に対して、徒手空拳の若者がどういうふうに闘いを挑んでいくのか、そこに人生のドラマを読み取ってみたいと私は思った。

若者の闘い方には二つのパターンがある。第一は、上の世代に擦り寄って、先輩を立てて自分の位置を押し上げ、力がついたところで決別していくやり方である。ヤクザ映画によく見られる。第二は、最初からぜんぜん相手を無視して、名指すこともなく言及もせず、土俵にさえ上がらずに好き勝手にやって、別個の体系をつくってしまうようなやり方である。ざっとみて第一のタイプが圧倒的に多く、第二のタイプは少ないような気がするがどうだろう。私は、漱石は第二のタイプだと見た。強烈な毒舌を吐くが、無闇な闘いはせず、それでいてちゃんと対抗するものを作った。これはなかなか見事ではないか。

先に生まれて事を為した諭吉には漱石にたいしてコメントするチャンスはない。だから先行者諭吉は、漱石が出てきても、仁王立ちしたまま沈黙を守り、距離を置いて、何を言われてもじっと耐えるしかない。死者は、孤独な死後をなお生きると言うべきか。しかし、それはそれでなかなか味わいがある。

大きな仕事をした二人はそれぞれ双璧となって、我々の自由な判断にすべてを委ねている。あとのことは、我々のやりよう次第ということだろうか。

人生八十年の時代である。昔に比べれば短くはない。誰でも誰かの後続者であり、そして運がよければ誰かの先行者になるかもしれない。誰でもが皆、短くはない時間で、二つの役割を背負ってゆかねばならない。ならば、一人の人間の人生の順序から言えば、まず漱石のように生き、後に諭吉のように仁王立ちしていかねばならないのだろうか。この意味で、「自己本位」とか「独立自尊」は、さほど景気のよい言葉ではない。よるべなき荒野でじぶんの前髪をつかんで引っ張り上げるようなものかもしれない。自分を見つけるまでにきっと長い時間がかかるし、たとえ見つけたとしても、長い時間をかけて自分をメンテナンスしていかねばなるまい。大変なことだなあと、つくづく私は思い、二人の間の火花散るドラマに照らして、自分のこれまでとこの先を、とくと見据えるための参照基準を得たように思う。

さて、私は、主として古典を読む仕事、社会学史という領域で仕事をしてきた。西洋の社会学の本をこつこつ読む。このため、A・コントやH・スペンサーについての多少の知識を持っていた。しかし隔靴掻痒、これが近代日本人とどう関係してくるのかさっぱりわからなかった。苦し紛れに西洋社会学者の日本での受容史をポツポツと調べ始めた。すると諭吉がスペンサーの古典を実によく読んでいることがわかってきた。彼の考え方の骨組みに深く染みついているとさえ思われた。こうして、〈スペンサーと諭吉〉という枠組みが出来上がった。

続いてスペンサーの不肖の弟子にあたるL・T・ホブハウスを読んで、これまた処理に困っていたところ、ホブハウス受容史のなかから漱石が芋づる式に引っ張り出されてきたのだった。こうして、〈ホブハウスと漱石〉という枠組みが出来上がった。

当然次に問題となるのは、これら二つの枠組みが相互にどうつながっているか、である。〈スペンサーと諭吉〉という時代が一段落すると〈ホブハウスと漱石〉という時代が続いていくのだという大局的な見通しはごく自然に浮かび上がってきた。つまり、近代西洋思想史と近代日本思想史は、一九世紀後半から二〇世紀初めの頃には、かなりシンクロしながら進行していたのである。そういう仮説を下地にして二人の全集を読んでいくと、彼らの思考様式の変化をダイナミックに、かつ無理なく辿れるのではないかと思った。

要約すると、諭吉から漱石へ至る経過を一種の個人的な闘争として読み取ることができるばかりでなく、両者を出来の良い鏡として近代日本史の歩みをも辿れるのではないかというわけである。これは、うまくいけば一石二鳥の儲けものであろう。

本書は、私のいろいろな関心や人との出会いがうまい具合に発酵して出来上がった書き下ろしである。意外に早く出来たものだから、仕上がってみるとたちまち厳しい出版事情に直面し、困った。するとちゃんと救世主が現れて花伝社が私を拾ってくれたのであった。担当の柴田章さんには、タイトルや細部において貴重なアドバイスをいただいた。お礼を申し上げる。

竹内　真澄

二〇一三年九月二四日

竹内　真澄（たけうち・ますみ）

1954年、高知県生まれ。1977年、立命館大学産業社会学部卒業。1982年、立命館大学大学院社会学研究科博士後期課程修了。1986年、桃山学院大学社会学部助教授。

2002年、桃山学院大学社会学部教授（現在に至る）。

2005年、京都自由大学講師（現在に至る）。

主な著書
『人間再生の社会理論』（共著）、創風社、1996年
『福祉国家と社会権——デンマークの経験から』晃洋書房、2004年
『市民にとっての管理論』（共著）、八千代出版、2005年
『物語としての社会科学——世界的横断と歴史的縦断』桜井書店、2011年

訳書
マーティン・ジェイ編『ハーバーマスとアメリカ・フランクフルト学派』竹内真澄監訳、青木書店、1997年
ハワード・ジン『ソーホーのマルクス——マルクスの現代アメリカ批評』岩淵達治監修、竹内真澄訳、こぶし書房、2002年
アクセル・ホネット『正義の他者——実践哲学論集』（共訳）、法政大学出版局、2005年

諭吉の愉快と漱石の憂鬱

2013年11月15日　初版第1刷発行
2020年10月25日　初版第2刷発行

著者 ———— 竹内真澄
発行者 ——— 平田　勝
発行 ———— 花伝社
発売 ———— 共栄書房
〒101-0065　東京都千代田区西神田2-5-11 出版輸送ビル2F
電話　03-3263-3813
FAX　03-3239-8272
E-mail　info@kadensha.net
URL　http://www.kadensha.net
振替　00140-6-59661
装幀 ———— 生沼伸子
装画 ———— 竹内みなみ
印刷・製本 ——シナノ印刷株式会社

ISBN 978-4-7634-0681-1 C0095